U0143808

快
慢
之
间
有
中
读

谁在书写我们的时代

12堂小说大师课II

三联书店

三联中读文丛
总　序

李鸿谷

杂志的极限何在？

这不是有标准答案的问题，而是杂志需要不断拓展的边界。

中国媒体快速发展二十余年之后，网络，尤其智能手机的出现与普及，媒体有了新旧之别，也有了转型与融合。这个时候，传统媒体《三联生活周刊》需要检视自己的核心竞争力，同时还要研究它如何持续。

这本杂志的极限，其实也是"他"的日常，是记者完成了90%以上的内容生产。这有多不易，我们的同行，现在与未来，都可各自掂量。

这些日益成熟的创造力，下一个有待突破的边界在哪里？

新的方向，在两个方面展开：

其一，作为杂志，能够对自己所处的时代提出什么样的真问题。

有文化属性与思想含量的杂志，重要的价值，是"他"的时代感与问题意识。在此导向之下，记者将他们各自寻找的答案，创造出一篇一篇文章，刊发于杂志。

其二，设立什么样的标准，来选择记者创造的内容。

杂志刊发，是一个结果，这个过程的指向，《三联生活周刊》期待那些被生产出来的内容，能够称为知识。以此而论，杂志的发表不是终点，这些文章，能否发展成一本一本的书籍，才是检验。新的极限在此！挑战在此！

书籍才是杂志记者内容生产的归属，源自《三联生活周刊》一次自我发现。2005 年，周刊的抗战胜利系列封面报道获得广泛关注，我们发现，《三联生活周刊》所擅不是速度，而是深度。这本杂志的基因是学术与出版，而非传媒。速度与深度，是两条不同的赛道，深度追求，最终必将导向知识的生产。当然，这不是一个自发的结果，而是意识与使命的自我建构，以及持之以恒的努力。

生产知识，对于一本有着学术基因，同时内容主要由自己记者创造的杂志来说，似乎自然。我们需要的，是建立一套有效率的杂志内容选择、编辑的出版转换系统。但是，新媒体来临，杂志正在发生的蜕变与升级，能够持续，并匹配这个新时代吗？

我们的"中读"APP，选择在内容升级的轨道上，研发出第一款音频产品——"我们为什么爱宋朝"。这是一条由杂志封面故事、图书、音频节目，再结集成书、视频的系列产品链，也是一条艰难的创新道路，所幸，我们走通了。此后，我们的音频课，基本遵循音频－图书联合产品的生产之道。很显然，所谓新媒体，不会也不应当拒绝升级的内容。由此，杂志自身的发展与演化，自然而协调地延伸至新媒体产品生产。这一过程，结出的果实，便是我们的"三联生活周刊"与"中读"文丛。

杂志还有中读的内容，变成了一本一本图书，它们是否就等同创造了知识？

这需要时间，以及更多的人来验证，答案在未来……

目　录

globalization

NOUN

Meaning & use

The action, process, or fact of making global; *esp.* (in later use) the process by which businesses or other organizations develop international influence or start operating on an international scale, widely considered to be at the expense of national identity.

1930-

> **1930** Wholeness,..integration, globalization..would seem to be the keywords of the new education view of mind: suggesting negatively, antagonism to any conception of human experience which over-emphasizes the constituent atoms, parts, elements, [etc.].
>
> *W. Boyd & M. M. Mackenzie, Towards New Education* iv. 350

Etymology

< global *adj.* + -ization *suffix*, perhaps after **French** *globalisation* (1904).

Frequency

globalization typically occurs about eight times per million words in modern written English.

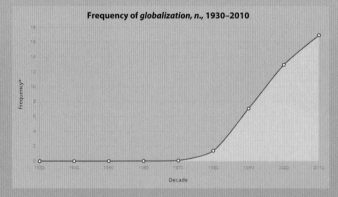

Frequency of *globalization, n.,* 1930–2010

第一讲

十一个世界，
一个世界

🎙 李敬泽

曾任《人民文学》杂志主编，现为中国作家协会副主席、书记处书记，兼任中国现代文学馆馆长。著有《会饮记》《青鸟故事集》《咏而归》等。

这一个一个的写作者，他们想象和建构自己的通天塔，表现和创造一个一个的世界，最终，在经历种种冒险之后，这复数的世界或许会被那唯一的世界所回收，但命里注定，他们必须反抗这个唯一性。

我们的同代人

这一系列的"小说大师课"要谈 11 位作家，他们是阿特伍德（Margaret Atwood）、巴恩斯（Julian Barnes）、奥兹（Amos Oz）、奈保尔（V. S. Naipaul）、麦克尤恩（Ian MacEwan）、村上春树（Haruki Murakami）、石黑一雄（Kazuo Ishiguro）、帕慕克（Orhan Pamuk）、托卡尔丘克（Olga Tokarczuk）、库切（J. M. Coetzee）和汉德克（Peter Handke）。

这个名单和上一本《12 堂小说大师课：遇见文学的黄金时代》相比，有一个重要的变化，那就是大部分作家尚在人世，村上春树还在每天跑步，麦克尤恩 2019 年还来过中国。只有奈保尔和奥兹，刚刚在 2018 年去世了。也就是说，这次所选的都是我们同时代的作家，是我们的同代人，与我们共同生活在这个世界上，当然，是在地球上不同的地方。

你也许会说，奥兹如果活着都 80 岁了，奈保尔如果活着都 87 岁了，我怎么会和他们是同代人？当然，你可能是"60 后""70 后""80 后"，甚至"90 后""00 后"，此时此刻，相差十年甚至五年就足以构成明确的代际区分，这种区分会成为一个人基本的身份标记，让人觉得相隔十年或二十年出生会有重要的差异。但是，鲁迅生于 1881 年，沈从文生于 1902 年，他们不仅打过笔墨官司，还吵过架，在我们看来，他们就是同时代的作家。时间会忽略甚至抹去很多东西，让很多差异变得无关紧要。说到底，此时阳光所照的都是同代人。

我们通常认为，同代人之间同声相应、同气相求，更能够形成某种认同。我想未必，实际上，真正的分歧、敌意，道不同不相为谋，大概率发生在同代人之间。就作家来说，我们更可能与那些早已升天封神的先辈们相处得很好，你和曹雪芹、鲁迅或托尔斯泰、卡夫卡谈得来，碰到同时代的作家反而话不投机；读李白、杜甫就摇头晃脑，读现在某诗人就照例要生气。这正是那些伟大经典的权威所在，我们自身在某种程度上就是那些经典的产物，是被它们塑造出来的，对我们来说，这是相对熟悉、舒适和安全的区域。然而，我们可能还是觉得言不尽意或意在言外，还有好奇心和野心，还想让话语跟随我们来到内在和外在的陌生之地，于是，伟大的经典不能终结文学，现在的作家还得继续写下去。而作为同代人，我们和他们的关系远为纠结复杂，我们可能发了昏地爱他们，也可能厌烦他们、鄙视他们或者索性对他们毫无感觉；他们可能引领我们，也可能成为我们争辩的对手。我们和他们的关系正如我们和世界的关系，动荡不宁、难以言喻。他们宣称，会带着我们去冒险和发现，去把幽暗的地方照亮，去整理和码放我们混沌的经验和生命。他们诱惑和鼓励我们，大胆一点，走得远一点，但我们难免犹豫不决，为什么相信他们，让自己——哪怕在想象中——置身于一片不确定、不舒适、不安全的荒野？

边缘与中心

现在，我就在这荒野中彷徨。如果谈论 19 世纪文学，有一套现成的、公认的论述。即使是 20 世纪现代主义文学，也就是前面提到的文学的"黄金时代"，乔伊斯、普鲁斯特、卡夫卡等等，也已经形成了相对清晰的文学史秩序。好比梁山泊上起一座忠义堂，一百单八条好汉排了座次，作家们各就各位，秩序井然。但是，现在，本书的 11 位作家或者尚在人世，或者刚刚驾鹤西去，天堂上还没开会呢，他们都还没被写到文学史里，用一句学术的说法，还没有被历史化。

我只好四面八方地找话说，且说且找。比如眼下就有第一条，这些人中，真正的欧美作家只有两个：巴恩斯、麦克尤恩，都是土生土长的英国人。美国的一个没有，当然，不是说美国没有好作家，也不是说欧洲的好作家都在英国——英国还正在拼命脱欧呢。这其实凸显了近些年来世界文学的一个大趋势，那就是小说的边缘地带出现了越来越多的重要作家，"农村包围城市"，边缘挑战、颠覆中心。

现在有必要谈谈小说的历史。世界各重要文明都有自己的小说传统，中国小说史可以追溯到很远，学术界有各种说法，大家的习惯总是越远越有面子，但事物有它的规定性，有它的条件，无穷地追下去，就已经不是那件事了。就好像我们作为生物体都是由元素周期表上的那些元素构成的，但恐怕不能说某个元素就是你。小说的条件之一是虚构，顺此追溯可以追到文字初始、殷商卜辞：起风了、下雨了，这是写实，是非虚构，但若说起风下雨是对虔诚祭祀的奖赏，这种联系就是虚构。但这算不算小说？我觉得还不能算。虚构和想象是小说的必要条件，但不能等同于小说。

现在一般理解的现代意义上的小说主要是一个西方产物，是15、16世纪资本主义兴起和扩张后伴随现代性而来的一个事物。现代性的"现代"指的是从15、16世纪开始由欧洲启动的全球性进程，这个进程是政治的、经济的，也是文化的、思想的，涉及人的自我意识和自我想象，最终从根本上塑造了我们现在的生活。史学界也在争论，或许在中国，我们并不是等到1840年才被迫接受"现代性"，而是有一个自发的生成过程，王德威编《哈佛中国现代文学史》，一口气把"现代"推到了1544年。如果我们把现代意义上的小说视为现代性的先声和表征，而不只是现代性的结果和反映，那么至少南宋时期话本小说就已经成形了。

无论如何，我们没有办法否认，西方在这个全球性进程中攫取了霸权，相应地，欧洲小说也是现代意义上的小说的定义者和领跑者。歌德提出的"世界文学"这个概念，看上去天下大同、美美与共，实际上还是有个标准。所以，现在谈17、18、19乃至20世纪的文学，主要都是欧洲作家，并且主要是英国、法国、德国、俄国的作家，后来再加上美国。

到了20世纪后半叶，情况慢慢地变了。这个变，从根本上说是世界大势开始变，西方的全球殖民体系瓦解了，原来边缘的、无声的地带渐渐站起来，有了声音。世界原来是一个，现在一下子变成了三个。另一方面，西方自身也在变，殖民变成后殖民，现代变成了后现代。文学、小说这件事，说大不大，说小不小，往大说，它涉及一个国家、一个地区、一个民族能不能在这个现代世界里自己讲自己的故事。是讲故事的还是被讲的，这很不一样，这本身就是权力，拿不到就是被动的一方。当然，拿到了这个权力确立了主体性，不意味着就可以控制、碾压别人。所以，20世纪下半叶开始，随着世界大势的变化，渐渐地，就小说而言，大势也变了，原来的边缘地带由沉默而发出声音，开始讲自己的故事，而且渐渐地被听到，被注意。

本书所讲的作家大多来自现代小说的边缘地带，反映的就是这个趋势。阿特伍德是加拿大作家，看起来也是西方阵营的，但其实，加拿大的文化以美国为中心，阿特伍德发牢骚说：对美国来说，加拿大只是一个在谈论天气时才会想到的地方。村上春树是日本作家，日本在西方体系里也是边缘，脱亚入欧，欲脱不脱，欲入不入，十里一徘徊，焦虑了一百多年。帕慕克是土耳其人，恐怕也是一般中国读者知道的唯一一位土耳其作家。奥兹是以色列作家，库切是南非作家，石黑一雄生在日本，五岁时跟着父母移居英国。奈保尔祖上是印度人，后来到了西印度群岛的特立尼达，那是英国殖民地，独立后成了一个国家，特立尼达和多巴哥，奈保尔出生在那里，被殖民政府保送上了牛津。据奈保尔自己说，一开始他写小说，人家见此人又黑又瘦又矮，一看就不是英国人，开言问道：你从哪儿来的？他说：我特立尼达人。对方不吭声了，表情是：特立尼达在哪儿？特立尼达有什么小说？但是再后来就不一样了：奈保尔了不起，你知道他是哪儿人？特立尼达人！

文化与身份政治

从中心到边缘的这一趋势当然会带来小说主题和视野的变化。

比如，文化政治和身份政治成为世界性的文学主题。在西方体系内部，文化政治和身份政治声势浩大，选举中的传统政党面临的大问题是，过去选票跟着饭碗走，现在，饭碗未必完全失效，但不再是决定性因素，移民、女性、同性恋婚姻这样的社会和文化议题也足以撕裂选民。在文化上，左派身份政治从学院到社会形成"政治正确"的高压，像哈罗德·布鲁姆这样的保守主义者都要骂他们是"憎恨学派"，正在摧毁西方文化的根基。

这股子革命热情也会反映到欧美文学中，我一点也不怀疑他们的真诚，但是，如果左一部右一部小说总在处理诸如自己到底是男的还是女的，是 N 种性向之哪一种的痛苦，我真的怀疑他们是不是快疯了。罗马人在澡堂子里临水自照，正在变得精致纤细、自恋偏执。这也是小说大势之变的一个原因。

说回文化政治和身份政治，它们在全球体系的中心与边缘有着很不相同的性质，在前者，外人看来很像是一家子晚餐饭桌上的吵架，而在后者，它可能是真正严重的问题，依然具有小说传统中"世界危机"和"个人危机"的强劲张力。也就是说，在如今的欧美小说中，"个人危机"可能只是夸张的"世界危机"，而在边缘地带，"世界危机"仍然是"个人危机"，反之亦然。

过去四百年来，西方殖民主义体系有一个很重要的文化装置，就是把世界分为主体和他者，把别人他者化。"他者"就是要让你失去自我意识，自己说不出自己的话。你可能吧啦吧啦一直在说，但是一张嘴说的都是别人的话，都是别人不知不觉灌输给你的话，所以，不仅你在人家眼里是"他者"，你自己也把自己当"他者"。这是一个权力机制，西方在它的内部会指认和生产他者，比如对女性，同时在外部，它以巨大的规模和直到无意识的深度把自己的边缘地带，进而把全世界都他者化了。

于是，到了这个时代的很多边缘地带作家这里，一个古老的问题复活，重新变成一个陌生的问题，那就是我是谁，在我身上、在这片土地上发生了什么，什么是我的话、我的故事？作家们要在混沌错综的历史经验和文化冲突中省思自己的复杂身份，他们要让人们的无意识被赋形，获得意识。比如奈保尔，从早期的《米格尔街》，到后来的"印度三部曲"，他始终纠结于诸如此类的问题：我是谁？我是印度人、特立尼达人，还是英国人？他都是，又都不是。从如此混杂暧昧的经验中，他发展出特殊的视角和方法去看这个世界，看那些既分隔又互相联系的国家、土地和人群。帕慕克生长在伊斯坦布尔，博斯普鲁斯海峡横穿这个城市，这边是欧洲，那边是亚洲，作为一个土耳其人，海峡就在他身体里，他的身体和目光中交织着基督教文明和伊斯兰文明的冲突。我是谁？这个问题是要建构和生成一种主体性，是自己把自己从精神上再生下来一次，这当然特别困难，特别痛苦，这是痛苦破碎的现代性历史造成的，小说家们从中获得了讲述的必要性和讲述的动力。

资本主义的现代性把它的权力推行到全世界，这个历史进程既把全世界前所未有地紧密联系起来，又造成了大规模的、超大规模的，主动的和被动的出走、迁徙、流散。什么是"现代性"？如果非用一个词概括，那不外乎是"离家出走"。这是空间的，它几乎已经成为人类生活的常态，不是现代性造成了流散，而是现代性中就预设着流散，预设了生命的居无定所，预设了远方；这种流散更是时间的，我们的生命里都有了一个未来的向度。"未来"这个词，以我的阅读所及似乎在先秦典籍里没有，佛经里才有，但佛经里的那个"未来"是循环的、复归的，过去、现在、未来，如轮周转。但在现代，"未来"就真的是向着未来的单行道了，无论空间和时间，都意味着冲突、断裂，外在的和内在的困境。

在有些作家中，这种流散、冲突和断裂所构成的困境具有世界和历史的总体性。比如奥兹，作为一名以色列作家，他毕生所写都离不开以色列与巴勒斯坦的冲突，都要回应犹太民族的命运。比如我们要思考正义，好吧，奥兹就得在以巴之间面对正义，这显然不是一件容易的事，甚至都不一定是可能的事。比如库切，他是殖民者后代，荷兰人、布尔人，他们在南非建立了殖民地，但是库切发现他在根本上还是个流浪者，无家可归。这种流浪、流散，是一种"越界"，是"越界"的结果也是"越界"的原因，人越出了他的界限，这固然使人的世界得到扩展，但其中也包含着严峻的危险，包含着道德和伦理上的危机。在库切的《耻》中，殖民者就是越界者，而那个主人公大学教授，当他性侵年轻的女学生时，他也越过、侵犯了师生、长幼这些人类生活的界限。问题在于，在现代世界和现代经验中，人很难确知他的界限在哪里。面对以色列人和巴勒斯坦人，奥兹想来想去，也不认为二者可以亲如兄弟，只能是妥协、划界，然后共处。库切也在另外的层面上思考怎么确定和接受界限，心的界限、生活的界限。在他看来，即使父女之间也有一个界限问题。暴力、侵犯、道德危机常常是在越界中发生的，对个人、家庭、国家和文化来说都是如此。当然，流散不一定是冲突，也可能是差异和比较，由此打开新的世界"风景"。比如石黑一雄，他是英国人，也是日本人，他在自己内部打开了一个空间，从日本看英国，从英国看日本。

文化和身份，为何要加政治？政治就是关系，是人群和人群、人和人之间的权力关系。马克思讲生产关系，是占有生产资料的权力，是人类生活的根部。还有一个基本的权力是性别权力。本书的大部分作家也把性别政治作为重要主题。

阿特伍德是加拿大作家，加拿大最初就是殖民地，尽管它有一个几乎不言自明的西方认同，但相对于美国，它处于一个边缘、他者的位置。阿特伍德就在某种意义上回应着这个问题，她的小说常常致力于重构加拿大的历史记忆，她像一个女王，光芒四射，庞大、强悍、飞扬，有时会让我想起阿赫玛托娃。——扯远了，拉回来说。在阿特伍德那里，加拿大的主体性和女性的主体意识，有一种隐秘的同构关系。她反复讲述女性的命运，那些被遗忘、被无视、被彻底他者化的沉默无声的女性如何获得自我意识，如何争取主体的完整性。她的小说里贯彻着残酷的性别斗争，她至今得不了诺贝尔奖是有道理的，她太有冒犯性，我猜瑞典文学院那帮老家伙里有人很讨厌她。她最被中国读者熟知的作品可能是《使女的故事》，改编成了热门的美剧。在这部小说中她虚构了一个国度，一个反面乌托邦，在那里，无所不及的专制暴力，最深刻地落在女性身上。女性是"使女"——有人翻译成"女仆"，"女仆"虽然有被动、役使的意思，但"使女"更鲜明——被使用的女人，女人完全被物化、他者化了，被使用的女人没有自己的故事，就像你的汽车没有自己的故事，而阿特伍德讲的就是这样的女人如何在男权暴力下为自己的故事而战斗。男女之间的权力关系问题打开了一个对家庭、社会、人类生活具有强大潜能的批判视野。也正是因此，男作家也会关注这一议题，比如在库切那里，加诸于女性的权力和暴力是重要的主题。

在不可能中创造出可能

至此，有三位作家我还一直没有提到，巴恩斯、麦克尤恩和村上春树。

好吧，我马上就要提到了。先说麦克尤恩，这是我非常喜欢的一位小说家。麦克尤恩的问题是他过于聪明机灵，以至于高雅之士常常不好意思公开表达对他的喜爱。我记得有一位评论家曾经说过："他的脑袋是个有意思的地方，值得一访，但要我长住我可不干。那里漆黑一片，弥漫着乙醚的气味，弗洛伊德吊在房梁的钩子上，床脚箱里装满骷髅，蝎子遍地横行，蝙蝠四处乱撞……"这样的地方我也不想长住，而麦克尤恩的本事就在于，他把如此的混乱荒唐写得如此有趣，如此动人。前面讲到，世界小说正在发生边缘向中心的逆袭，英国小说可以说是中心的中心，它有伟大的小说传统，但为什么我们现在感到，它正在失去活力？其中一个原因是，他们太安逸，他们连同他们的世界都在坍缩、内卷，失去了对自己、对世界提出真正重要问题的能力。麦克尤恩和巴恩斯的经历是本书介绍的作家中最平淡的，他们就是聪明的好孩子，除了早年当嬉皮士抽大麻，然后就是乖乖当作家。

但麦克尤恩理应被收录于本书中，在他身上也许看不出一个伟大作家的雄浑和力量，但他要是早生二百年，我断定会和狄更斯不相上下。在他这里，我们看到的是一个作家深刻地受制于总体性的历史节律，他做不成狄更斯，也做不成康拉德，他在自己乏味的现代、后现代生活中看到混乱和空虚，然后又极尽机巧地为这混乱和空虚赋予繁复的、巴洛克式的、重口味的戏剧性。但同时，他和那些现代主义作家又很不相同，现代主义作家看到了空虚的深渊，然后跳下去了，而麦克尤恩要在上面架一条独木桥，拴一根绳索，看人们怎么惊险万状、心惊肉跳地混过去。

这就说到了村上春树。我查了一下村上的资料，忽然意识到，村上竟然这么老了，他是1949年生人，年逾古稀了。他后来的很多小说尽力写得像个成人，但是，在我这样的读者的印象里，他好像一直是、必须是那个孤独的青年，这个青年的孤独不需要慰藉，他生活在全球化时代，生活在某个无名的都市里。如果说，全球化带来的一个效应是像帕慕克、奥兹那样致力于建构家园，那么村上春树就体现着全球化另一个方向的冲动，他竭尽全力不日本，他力图消除地方性，他用全球化的——当然很大程度上是美国化的——流行文化元素建构了一个乌托邦。如果说，麦克尤恩写作的是关于空虚和混乱的戏剧，甚至是狗血剧，村上春树创作的则是关于空虚和混乱的诗或者歌谣。

最后，在巴恩斯这里，正好可以结束这一番概述。这11位分布于世界各地的作家，他们各不相同，如果一个一个读下来，你可能会觉得，这不是一个世界，这是来自11个世界的写作。但是，在一个更大的视野里，他们都身处过去几十年特别是冷战结束后的世界性政治、经济、社会和文化潮流之中。现代主义作家属于"短20世纪"，那是两次大战、革命、非殖民化的世纪，而本书的这些作家主要属于21世纪，属于全球化和后冷战时代，所有这些作家都在开辟和面对新的问题场域，他们要写出新的故事，关于人类、世界，关于他们自己。他们并非空无依傍，我们已经在他们的作品中看到，他们和这个时代一些重要的思想潮流存在呼应关系，后现代、后殖民、女权主义、文化批评等等。当然，他们确实不是哲学家或思想家，他们志在忠实于复杂而具体的人类经验，同时，他们也在探测小说艺术作为一种方法论和认识论的新的极限，他们说：此时此刻，让我们看看小说能做什么。

而巴恩斯，这个英国人，他绝顶聪明——刚刚讲了麦克尤恩就很聪明，昔日帝国的残存能量依然很足。巴恩斯的小说都是元小说，也就是关于小说的小说，关于小说的认识论基础的小说。在这些小说里，比如《福楼拜的鹦鹉》《十又二分之一章世界史》，我们看到所有的话语都遭到解构，看到意义的艰难，看到叙述是多么不可靠——哪怕是最真诚的叙述，看到真实是多么的变动不居……

这一切实际上袒露了所有这些作家的共同语境，也就是说，这些作家是要在巴恩斯结束的地方开始讲述。在巴恩斯看来，一切故事都是不可能的，世界上只有关于不可能的故事的故事。这就是历尽繁华而败落的昔日豪门袖手看世界，尖刻、冷漠、玩世不恭。好吧，世上的人说，可是我们依然有话要说，让我们试试看，能不能在不可能中创造出可能来。这些作家，他们知道巴恩斯很可能在路的起点或尽头等着他们，他们必须设法证明，他们的世界和巴恩斯的世界不是一个。这让我想起特德·姜的小说《通天塔》，这一个一个的写作者，他们想象和建构自己的通天塔，表现和创造一个一个的世界，最终，在经历种种冒险之后，这复数的世界或许会被那唯一的世界所回收，但命里注定，他们必须反抗这个唯一性。

2019 年 9 月 28 日草稿
12 月 24 日改定

玛格丽特·阿特伍德

国籍：加拿大
代表作：《盲刺客》

朱利安·巴恩斯

国籍：英国
代表作：《福楼拜的鹦鹉》

伊恩·麦克尤恩

国籍：英国
代表作：《无辜者》

奥尔加·托卡尔丘克

国籍：波兰
代表作：《白天的房子，夜晚的房子》

彼得·汉德克

国籍：奥地利
代表作：《痛苦的中国人》

村上春树

国籍：日本
代表作：《东京奇谭集》

V. S. 奈保尔

国籍：特立尼达和多巴哥
代表作：《幽暗国度》

石黑一雄

国籍：日本
代表作：《我辈孤雏》

奥尔罕·帕慕克

国籍：土耳其
代表作：《我的名字叫红》

阿摩司·奥兹

国籍：以色列
代表作：《爱与黑暗的故事》

J. M. 库切

国籍：南非
代表作：《耶稣的童年》

谁在书写我们的时代

irony

—— NOUN ——

As a mass noun. The expression of one's meaning by using   1502–
language that normally signifies the opposite, typically for humorous
or emphatic effect; *esp.* (in earlier use) the use of approbatory
language to imply condemnation or contempt (cf. **sarcasm**_*n.*). In
later use also more generally: a manner, style, or attitude suggestive
of the use of this kind of expression. Cf. **ironia**_*n.*

The meaning in quot. *a*1657 is obscure.

> **1502** Suche synne is named yronie, not that the whiche is of
> grammare, by the whiche a man sayth one and gyueth to
> vnderstonde the contrary.
>
> *translation of Ordynarye of Crysten Men (de Worde) iv. xxii. sig. ff.iii*

< (i) **Middle French** *ironie, yronie* (**French** *ironie*) (second quarter of
the 13th cent. in **Anglo-Norman**, end of the 13th cent. in continental **Old
French** denoting the rhetorical device), and its etymon (ii) **classical Latin**
īrōnīa form of wit in which one says the opposite of what one means,
pretended ignorance (Cicero) < **ancient Greek** *εἰρωνεία* dissimulation,
pretended ignorance < *εἴρων* dissembler, of unknown origin + *-εία* **-y_**
suffix3.

irony typically occurs about nine times per million words in modern written English.

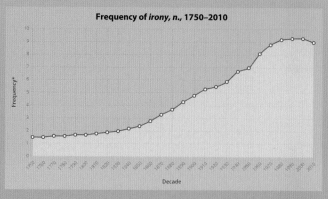

Frequency of *irony, n.*, 1750–2010

第二讲

朱利安·巴恩斯

反讽是一种微妙的思维方式

🎤 苗炜

作家，曾任《三联生活周刊》副主编和《新知》杂志主编。著有随笔集《让我去那花花世界》，短篇小说集《除非灵魂拍手作歌》《黑夜飞行》和长篇小说《寡人有疾》。

反讽是一种暧昧的、复杂的表达方式，它当然不只是说反话这么简单，而是一种很微妙的思考角度，但同时也包含了对人世的悲悯。反讽很难解释，看出来了就是看出来了，作者没法儿跟你说，嘿，注意啊，我这里在反讽。

1 | 反讽的审美价值

我要给大家介绍一位英国作家，他叫朱利安·巴恩斯（Julian Patrick Barnes），1946 年出生，今年七十多岁了。

这可能是一个有点儿陌生的名字，按照惯常的思路，我们应该先介绍这位作家的生平，再介绍他的作品。但我觉得了解一位作家是什么样的人，是后一步的事儿。我们总是先被某一本书或者某一个小故事吸引，然后才会注意这位作家，再去找这位作家其他的书去看，对他有更多的了解。读小说，这个第一印象很重要。我清楚地记得，我读的第一部巴恩斯的小说，就是《十章半世界史》（*A History of the World in 10 1/2 Chapters*，1989），这部小说正确的译名应该是《十又二分之一章世界史》，里面一共有十个小故事，我读第二个故事的时候，立刻喜欢上了朱利安·巴恩斯。

FACT：

《十章半世界史》以挪亚方舟的传说为原型，是对《圣经》创世神话的戏谑化重构，书中的十个短篇故事和一篇名为《插曲》的文章均涉及"航行"和"灾难"等元素。

鲜明的标签

提到巴恩斯，评论总说他是一个聪明的作家。他有一个非常重要的标签就是反讽，ironic。这是英国小说中很常见的一种叙述方式，甚至可以说，这是英国人特有的一种表达方式。我们大概都看过《傲慢与偏见》，记得小说开头第一句话吗？有钱的单身汉都想娶一个媳妇，这是举世公认的真理。这句话就是反讽，班内特夫妇有五个女儿，班内特太太想赶紧把女儿给嫁出去，最好还能嫁给体面的有钱人。所以，上面那句话只是班内特太太信奉的真理。我们会讨论英国人的言行潜规则，如果有人说一部电影很有趣，

1 2

1 简·奥斯丁
2《傲慢与偏见》（1833 年版）插图

interesting，他大概真实的意思是，这实在太荒唐了。

反讽当然不只是说反话这么简单，它其实是一种很微妙的思考角度。反讽也很难解释，看出来了就是看出来了，作者没法儿跟你说，嘿，注意啊，我这里在反讽。

我看《十章半世界史》立刻喜欢上巴恩斯，就是因为他的反讽。巴恩斯在采访中也说，他是一个反讽型的作家。一个作家有一个鲜明的标签不知道是好事还是坏事，你可能因为反讽立刻喜欢上他，也可能立刻就不太喜欢他。但我觉得有一个鲜明的特征是好事，很多作家写了一辈子也没什么特征。

《十章半世界史》里的第二个故事《不速之客》中的主人公叫休斯，是一位电视学者。这是英国电视中的一种文化传统，请学者拍摄纪录片，向观众讲述历史、艺术和科学。休斯就是这样的一位电视学者，他的学术背景不太好，在大学和学术圈里没有得到过承认，但他非常擅于用通俗易懂的语言，深入浅出把一个文

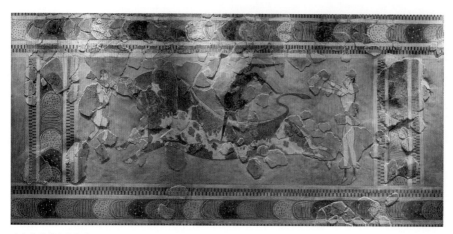

来自米诺斯文明的壁画

化上的事儿给讲明白。他结了两次婚，离了两次婚，和一家旅游公司合作，在地中海的邮轮上讲历史。邮轮从意大利威尼斯出发，到希腊转一圈，航程十天左右，休斯就在船上给游客讲威尼斯的历史，希腊克里特岛的文明，等等。讲课会有收入，此外，他还可以带一个女助手上船，同时也上床，邮轮公司会给女助手安排一个单独的船舱，外人看来是助手，实际上是情人。巴恩斯介绍休斯先生，态度上就是反讽的，字面上并没有什么贬低，但实际上有点儿瞧不上。

休斯先生很精明，他是英国人，但拿了一本爱尔兰护照。同船的游客有美国人、英国人、瑞典人、日本人等等。旅程开始的几天一帆风顺，到了爱琴海，停靠在罗德岛，上来几位不速之客。第二天早上，休斯先生继续演讲，讲的是克诺索斯文明和米诺斯文明，就在他演讲的时候，那几位不速之客闯进了大厅，他们是恐怖分子，戴着红格子头巾，向天花板开枪，劫持了船上的游客。

休斯先生此时做了一个很大胆的决定，他继续讲述克诺索斯文明，编造了一些考古发现，说在王宫里挖掘出了很多的匾额，匾上写着字，比如"我们正处在危难时期"，"我们不能轻举妄动"，"日落处有一种强大的力量"，等等，这些编造出来的考古发现是为了向听众传递信息。休斯做出继续演讲的决定时，感觉自己身上披了一层领袖外衣，他巧妙地在演讲中向听众传递信息，这的确很需要勇

《不速之客》描述的故事非常类似1985年发生的阿基莱·劳伦号劫船事件。1985年10月7日，四名来自巴勒斯坦解放阵线（PLF）的男子，挟持了埃及客轮阿基莱·劳伦号，当时这艘客轮正从亚历山大航行至塞德港。他们劫持了所有的乘客以及船务人员，命令该船航行至叙利亚塔尔图斯港，并且要求释放50名以色列监狱中的巴勒斯坦囚犯。当船只被拒绝入港时，劫船者立即杀害了一名坐轮椅的乘客，犹太裔美国公民里昂·克林霍弗（Leon Klinghoffer）。劫船者将他的尸体丢入海中，之后客轮便获准进入塔尔图斯港。经过了两天的谈判后，劫船者同意弃船而改乘埃及客机飞往突尼斯。

气。他还向恐怖分子提出要求，让乘客上厕所，还嘱咐自己的情人，把戒指戴到表示已婚的那根手指上，这样就表示他们是一对夫妻。在这样的危险中，休斯能为大家说话，能想办法照顾自己的女友，是很了不起的。

接着，恐怖分子开始检查乘客的护照，把美国人、英国人分在一起，法国人、意大利人、西班牙人和加拿大人分在一起，再把瑞典人和日本人放在一起，这显然是按照敌对关系来划分的，或者说，按照西方国家在中东局势上的负罪程度来划分的：美国、英国是最大的敌人，法国、意大利、西班牙、加拿大罪责一般，瑞典和日本罪责最弱。拿爱尔兰护照的休斯和日本人还有瑞典人分在一组，休斯此时就提出，他那个拿英国护照的女友，实际上已经和他结婚了，所以他们应该坐在一起。恐怖分子则说，如果你想和妻子坐在一块儿，你可以过去，坐在英国人那一桌。休斯这时决定，还是留在原来的位置。

这个名为"黑色雷电"的恐怖主义组织劫持邮轮后，要求西方国家释放他们的同伙，如果到预定期限不满足他们的要求，就开始枪杀人质，每一个小时枪杀两人，从美国人开始，然后是英国人，接下来是法国人、意大利人、西班牙人、加拿大人，最后是瑞典人、日本人、爱尔兰人。杀人之前，恐怖分子要休斯先生向全体游客再发表一次演讲，解释他们被杀掉的历史必然性。

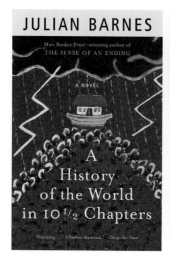

1 2

1《十章半世界史》
2《她过去的爱情》

尽管巴恩斯没有明说，但这些恐怖分子应该是巴勒斯坦解放组织的成员，他们把以色列和犹太人视为头号敌人，并且认为犹太平民也是士兵，也该杀掉，而西方国家支持以色列，它们的平民也该为此付出代价。恐怖分子给休斯先生两三个小时的备课时间，还有一个恐怖分子充当学术顾问，给他提供一些背景知识，他们许诺休斯先生，只要完成这个演讲，就可以把他的女友当作爱尔兰人来处理，也就是和他一起放在最后杀掉。

休斯没什么讨价还价的余地。他做了一番演讲，讲犹太复国主义是怎么回事，讲以色列在中东战争中的偷袭，讲纳粹把犹太人训练成了纳粹，犹太人现在的做法跟纳粹没有区别。休斯先生向他的听众们宣布了屠杀的顺序，先杀美国犹太人，再杀其他美国人，然后是英国人、法国人、意大利人、西班牙人、加拿大人。休斯的演讲结束后，恐怖分子开始枪杀人质，杀掉十多人之后，美国的特种部队登上了船，在枪战中又有六名人质死亡。故事到这里就讲完了，休斯先生当然活了下来。

这就是《十章半世界史》中的第二个故事，一个短篇小说，不到两万字。巴恩斯并不是在讽刺休斯先生，也不是在讽刺知识分子立场不坚定，他是在描述一种人的处境。在暴力面前，人的立场、知识的立场会发生变化，对历史的解释也会发生变化，某一种解释会让你对自己的行为有道德上的优越感，换一种解释，也会让你对自己的行为产生怀疑，这两种解释来自不同的价值体系。我们若假想自己是邮轮上的游客，就会体会出一种无力掌控自己命运的荒谬，这是生活的可悲之处。所谓反讽型作家，总是会看到人世的可悲之处，然后用讽刺性的笔调写出其中的荒谬。

捕捉人生的荒诞

我在这里要讲一个笑话，让大家更明白什么是反讽。

一个人下班回家路过商店，想买一只鸡，商店的冰柜里只剩下一只鸡了，售货员拿出来，给他称一下分量，告诉顾客：一斤半。顾客说：小了点儿，换一只。售货员想，就剩这一只赶紧卖完吧，他把这只鸡放到冰柜里，假装拿出另一只，其实还是这一只，放到秤上，说：一斤八两。顾客想了想说：还是小了点儿，干脆你把刚才那一只也拿出来，我两只鸡都要了。

我特别喜欢这个笑话，因为它描述了一种人生中很常见的尴尬处境，你非常精明地算计自己的利害得失，却不知道会碰到什么样的状况。假设我们就是那个售货员，该怎么办？该怎样继续说谎呢？这就是人生的讽刺之处，反讽型作家特别擅长捕捉这样的讽刺之处，这是他们看待问题的独特角度。

巴恩斯早期的一部长篇小说《她过去的爱情》（*Before She Met Me*，1982），写的是主人公格雷厄姆遇到了一位过气女演员，陷入婚外情，他为此离婚，和女演员结婚。有一天，格雷厄姆去前妻那里接孩子共度周末，前妻说起电影院正在上演一部老电影，是他现在的妻子主演的，不如带孩子去看。格雷厄姆就带着孩子去看电影，看到了一个床上镜头。他认为这是前妻的报复计划。后来格雷厄姆到处看妻子主演的电影，揣测这个女演员和那些男主角之间的关系，他们是不是在银幕外假戏真做？他们是不是一起度假了？她曾经和一个男演员一起去西班牙和意大利玩，最近又提出要去那边度假，我不能跟她去，她在那边有回忆……

我们知道，图像有巨大的力量。格雷厄姆不断看演员老婆主演的旧电影，她过去的爱情不断在自己的头脑中重演，最后崩溃了，杀掉了老婆的一个旧情人。

这也是一部很有讽刺意味的小说。男欢女爱之中包含着占有欲、自私、算计、猜忌、嫉妒，其中有很多可笑的地方。在那些看似严肃、纯洁的地方发现可笑之处，这就是反讽的来源。过于严肃的人不太能欣赏反讽性的作品，但英国文学的一个重要传统就是反讽，包含同情的反讽，提醒读者——我们和我们讽刺的人物、事情之间相隔并不远，这会让我们比较超脱地看待生活，看待我们的困境，这可以说是反讽的审美价值所在。

巴恩斯另一部小说《英格兰，英格兰》（*England, England*，1998）讲的是一家大企业的一个大老板，买下英格兰附近的一个小岛，要建一个名为"英格兰，英格兰"的主题公园。他在主题公园复制白金汉宫，找人来假扮约翰逊博士或者王尔德，宣称英格兰拥有伟大的历史和深厚的智慧，英格兰的文化极具市场价值，莎士比亚、维多利亚女王、工业革命、园艺，这些都是英格兰的特色：

> 我们已经成为别人还在渴望成为的东西。我们必须把我们的过去作为他国的未来卖给他们。

企业家做用户调查，看英格兰最吸引人的 50 种元素是什么，然后在主题公

园里把这些元素展示出来。老英格兰作为一种审美，的确有很大的市场，很多人会沉迷于老英格兰那种特殊的调调，下午茶、帽子、猎狐、赛马、英式管家、阶级差异、女王、标准的伦敦音。书中人物说：

> 英格兰在世界上的作用就是扮演一个衰落的象征，一个道德的和经济的稻草人，打个比方说，我们教给这个世界板球运动，现在袖手旁观，让其他所有的人将我们打败，这是我们的职责，是我们的历史使命，是我们残留的帝国负罪感的一种表达。

这个主题公园的目的也不是让人学习历史的，而是让人来体验的：

> 人们花钱不是为了来学习的，如果他们想这么干，他们完全可以走进当地一家图书馆，他们来我们这里，是为了享受他们已经知道的东西。

这是书里比较有意思的一些段落，从中可以看出，反讽就是不好好说话，言在此，意在彼，是一种暧昧的、复杂的表达方式，但同时也包含了对人世的悲悯。

1 《英格兰，英格兰》初版封面
1 2
2 英国白金汉宫

2 | 《终结的感觉》 与被质疑的记忆

人生故事不只是讲述"发生了什么"

朱利安·巴恩斯有一个哥哥，他是哲学教授，研究亚里士多德的专家，兄弟两个对童年的一些事情记忆完全不一样。如果说小孩子的记忆不靠谱，那成年人的记忆也并不总是准确，巴恩斯的外祖父母都有记日记的习惯，隔一段时间，两个人会互相读日记，某年某月某日，外祖父的日记里写道，在花园里干了一天活儿，种土豆；外祖母的日记里却写着，这一天下大雨，花园里一片泥泞，根本没法儿干活。

成年人都有过类似的体验，对于同一件事，两个人的记忆不太一致。巴恩斯的小说《终结的感觉》(*The Sense of an Ending*, 2011)，创作的缘起就在这里，探究记忆的不可靠。小说采用第一人称叙述，主角名叫托尼，六十多岁，已经退休，差不多正是巴恩斯写作这本小说时的年龄。小说分成两部分，第一部分讲的是托

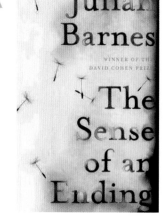

BOX

英国文学理论家弗兰克·克默德（Frank Kermode）也写有一本名为 *The Sense of an Ending* 的著作，中文版被翻译成《结尾的意义》。克默德在书中从阐释学的角度分析了"虚构"，尤其是"故事的结尾"对个体确立人生价值与意义的重要作用，在某种程度上与巴恩斯的小说形成了观点和思想上的呼应。

《终结的感觉》初版封面

尼 20 岁前后发生的事，第二部分就到了托尼六十多岁的时候。小说篇幅不长，就十万字，在 2011 年获得了布克奖。

其实，许多人都有讲述自己人生故事的本能，只要开始回答"这几年你过得怎么样？"这个问题，就进入了叙述。许多人的人生是一个完整的故事，并不能构成一个完整的叙述，但许多人讲述自己的人生，或者在自己的内心勾勒其人生轨迹的时候，总是有故事线的，或者用一个文学上的术语，是有叙事弧的，因为什么事，所以有了什么事，我对这个事情是如此看的，所以我做了这样的一个选择，等等，这样的故事要讲述一个人何以成为今天的模样。

有一位文学教授说：

> 人生故事并不是简单地映照个体，它是个体最重要的一部分。人生故事不只讲述发生了什么事，还要讲述这些事为什么重要，又怎样形成个体身份的认同。

从这个角度来看，我们可以说，人到了中年、暮年，总会在心里勾勒出一本关于自己的小说。他会组织自己的记忆，甚至用想象篡改记忆；他可能会吹牛，会删改一些片段，努力让自己的人生形成一个完整的故事，最好还有点儿意义。这么做的目的是什么呢？说得残酷点儿，就是对抗死亡。

无法转述的叙述方式

《终结的感觉》第一部分写的是托尼的青春时代，他在中学里认识了一个朋友叫艾德里安。艾德里安成长在单亲家庭，非常聪明，他在历史课上和老师讨论到底什么是历史，他认为不可靠的记忆和不充分的材料相遇，所产生的确定性就是历史。艾德里安中学毕业后获得了剑桥大学的奖学金，托尼则去布里斯托尔大学读历史，还交了一个女朋友，维罗尼卡，两个人小心翼翼地交往着。

有一次，托尼去维罗尼卡家度周末，认识了维罗尼卡的父亲、母亲和哥哥，他和这一家人相处得并不算融洽，但也没什么特别不融洽的，就像他和维罗尼卡的关系，没什么不好，也没什么特别好的。人在年轻时总会谈几次无疾而终的恋爱，托尼和维罗尼卡的关系维持了一段时间就结束了。可是后来，维罗尼卡和艾德里安在一起了，艾德里安写信告诉托尼，我和你的前女友在交往，托尼回了一封信。很快，托尼有了新女友，看起来他们都会有各自的生活，然而，艾德里安在22岁的时候自杀了。这就是小说第一部分的内容。

小说的第二部分来到了40年之后，托尼退休了，离婚了，有一个女儿和外孙女，他忽然接到律师函，维罗尼卡的妈妈去世了，给他留下一份500英镑的遗产，还有她保留的艾德里安的日记。托尼好奇，自杀的艾德里安会在日记里写什么？他的日记为什么会在维罗尼卡的妈妈手里？于是他联系上了维罗尼卡，见到了艾德里安的儿子，这个孩子四十多岁了，精神不太正常。最后托尼得知，艾德里安的这个孩子并不是和维罗尼卡生的，而是和维罗尼卡的妈妈生的：艾德里安经历了一场不伦之恋。

《终结的感觉》被改编为电影，2017 年上映

这就是小说的梗概，听起来略有一点儿狗血，但实际上，只有托尼和维罗尼卡谈恋爱那部分笔墨稍多，而艾德里安的自杀以及他的不伦之恋，都是托尼得到的消息，就像我们听到朋友的生活中发生了一些变故，这些变故并不是我们亲历的。小说的故事梗概很难总结，因为梗概包含在叙述之中，我们可以复述一本小说的内容，但我们没法转述一个作家独特的叙述方式。

年轻人总幻想自己的未来，年老的人则编造自己的过去，小说第一部分，是几个年轻人的速写，小说的第二部分则是老男人的一些感悟，比如托尼说——我仍然喜欢读历史，当然也包括我有生之年所发生的一切正史，撒切尔夫人、9·11事件、全球变暖，阅读之时自然带着恐惧、担忧以及谨慎的乐观，但阅读这一段历史与阅读古希腊罗马、大英帝国或俄国革命时的感受迥然不同，我从未完全相信它。

托尼的意思是，他不相信当代史，他觉得那些已被公认的历史比较牢靠。这是因为我们置身于当代历史中，接触到来自当下的不同素材，反而觉得对当下历史的描述有点儿靠不住，而那些年代久远的事叙述相对固定，则更容易令人相信。这种感觉可能与时间有关。托尼说，如果我们无法理解时间，无法掌握其节奏与进展，我们何以理解历史，何以理解我们自己那微小、私密、基本无从记录的历史。作者还写道："时间先安顿我们，继而又迷惑我们。我们以为自己是在慢慢成熟，其实我们只是安然无恙而已。我们以为自己很有担当，其实我们十分懦弱。"

艾德里安和维罗尼卡决定交往时，曾经给托尼写了一封信，托尼也回了一封信，在托尼的记忆中，这封回信还算得体。然而，40年后，维罗尼卡把自己保留的那封信的复印件给托尼看，托尼才发现，原来那封信非常恶毒，他咒骂艾德里安和维罗尼卡背叛了他，诅咒时间会报复在他们的孩子身上，艾德里安的确留下了一个不太正常的孩子，虽然是和维罗尼卡的妈妈生的。

这期间到底发生了什么？这场不伦之恋给那个家庭带来怎样的伤害？家庭成员之间经历了怎样的撕裂？维罗尼卡的妈妈怎么照顾这个不正常的孩子？在她去世后，维罗尼卡又花了多少心血照顾这个弟弟？作者没写这些悲伤的故事，托尼很侥幸地避免了生活中这些伤痛和残酷的考验，但生活也不会有所恩赐，他会为年少时的恶毒感到悔恨：

我们天性中最优美的品格，好比果实上的粉霜一样，只能轻手轻脚，才得以保全。然而人与人之间就是不能如此温柔地相处。

其实我们读小说的时候都会有一种感受，好像被丝绒包裹似的认真对待了，也好像有一个人在安抚着你的心灵。这就是读小说能给人带来的最大安慰，和一个心灵、一个人温柔地相处。

《终结的感觉》是本很薄的小说，作者在回忆的同时也在质疑这种回忆。我们在前面说过，几乎每个人都会讲述自己的人生故事，申请学校会写一封申请信，找工作会写一份简历，同学聚会会回忆青春往事，到老了可能会偷偷写本回忆录，这种讲述，哪怕是内心里完成的讲述，都会给我们带来一种稳定感：我经历了这样的事，才成为了今天的我。

但在生命的暮年，所有改变的可能性都终结了，那些不知道或者不明白的事，就永远不知道或不明白了。这本小说的结尾有一句话：有累积，有责任，除此之外，还有动荡不安。浩大的动荡不安。托尼已经到了暮年，平静的生活忽然被一封律师函打破，年少朋友的自杀让他重新审视自己的生命，他看到了其他人生命中的隐痛，他感到了不安，浩大的动荡不安。但却没有什么东西可以弥补，挽救，重来。

在这里，我想通过一个故事来讲述阅读的重要性。

这个故事是从一本很严肃的文学理论著作里来的。说的是英国一个贵族人家里，有一天女佣给女主人去送早餐，结果发现女主人在偷情。女主人的情人看见女佣进来，赶紧躲在被子下面，但女主人不动声色，光着上半身在床上坐着，所以女佣看见了女主人的胸。女佣回来就跟管家说，我撞见女主人偷情了。管家说，嗨，女主人经常偷情，原来就有一个仆人也见过女主人偷情，她光着身子坐在床上。女佣听了很是激动，她说：他看见了吗？真看见了吗？像我一样看见女主人的乳房像一对鹅似的在晃悠？女仆看见了女主人的胸，她为此感到震惊，这种真正看到的感受太强了，以至于她怀疑那些转述而来的经验，别人真的看到了吗？像我一样看到了吗？像鹅一样晃动？像伤口一样？

这就是阅读原作的魅力，阅读原作，获取直接的感受，怀疑那些转述，看到真正的躯体。

3 | 作家的条件与 悸动的心灵

我们最后再来介绍一下巴恩斯这个人。

FACT:

巴恩斯认为福楼拜和
肖斯塔科维奇都是擅
长反讽的艺术家。巴恩
斯曾在采访中将反讽比
作"X光图像"，认为反
讽能让人看清楚事物
背后的东西，"反讽不
会让青草枯萎，它只会
烧掉杂草"。

他 1946 年出生在英国的莱斯特，父母都是教师，对兄弟两个的教育很成功，哥哥是哲学教授，他是小说家。巴恩斯上的是牛津大学，专修语言学，毕业之后参与过牛津词典的编辑工作。他的第一外语是法语，第二外语是俄语，这两门外语都不是白学的，他 1984 年出版的小说《福楼拜的鹦鹉》，写的是法国作家福楼拜。2014 年出版的小说《时间的噪音》(*The Noise of Time*)，写的是苏联作曲家肖斯塔科维奇。一位法国作家，一位苏联音乐家，成为他小说的主角。

朱利安·巴恩斯

当一名作家：学外语、过普通生活

巴恩斯是个英语作家，但他对法语和俄语的了解拓展了他的叙述。有一种说法叫单语文盲，是指那些只懂一种语言的人。有一种观点认为，对自然科学来说，单语文盲只是一个不利因素，查阅资料会很不方便。但在人文科学界，单语文盲是灾难性的。学习多种语言并不仅仅是因为它们能用于阅读原文材料。如果你从没费神学过一门外语，就不太可能知道你的母语是怎样工作的。学习外语本身就是一种范例，表明你正在努力地理解一篇文章、一首诗、一部音乐作品或一份宗教仪式书中的内容。它使我们能直接看到人类经验的多样化，打消我们的天真想法，认为那些不认识的名词就是对现实的划分，查一下词典就行了。如果我们打算认真学文学，就该认真学点儿外语。

福楼拜曾经说过一句话，大意是，像小市民一样过普普通通、规规矩矩的生活，这样才能在你的作品里尽显你的暴力和原始冲动。朱利安·巴恩斯过的就是知识分子那种普通的、规矩的生活，毕业之后编词典，写小说，然后在一两家杂志社工作，给《纽约客》写过稿子，娶了一位文学经纪人，他的许多小说扉页上都写着："献给帕特"。他老婆 2006 年因为癌症去世，巴恩斯后来写过一篇散文悼念亡妻，这篇散文叫《生活的层级》，2019 年出版了中文版。

巴恩斯曾经说过，作家不是一代一代传承的，更像是围坐在一张大圆桌边，互相交流，互相影响。我们可以说，巴恩斯在这张圆桌上跟福楼拜、肖斯塔科维奇有了深入的交流，才写出了《福楼拜的鹦鹉》和《时间的噪音》。他认为福楼拜也是一位反讽型的作家，而他对肖斯塔科维奇的兴趣，就在于肖斯塔科维奇是个懦弱的人，一个在强权之下的艺术家是懦弱的，但他延续了自己的艺术作品，艺术作品会摆脱作者，获得自己的生命力。巴恩斯很看重这一点，他视肖斯塔科维奇为英雄，但他自己说，他不太懂音乐。

1 2

1 《福楼拜的鹦鹉》初版封面
2 位于法国鲁昂市的福楼拜故居

FACT：

巴恩斯早年曾用笔名"丹·卡瓦纳"创作过一系列犯罪小说，卡瓦纳正是他的妻子帕特的姓氏。

当一名作家：热爱艺术

巴恩斯的母亲弹过钢琴，家里有一架落满灰尘的钢琴，是外祖父送给他妈妈的。那时候他妈妈是一位才华横溢的钢琴少女，可 20 岁出头的时候，她碰到了斯克里亚宾的一首复杂的曲子，不管怎么反复练习也掌握不了，于是她认识到自己到达了一个极限，再也无法突破了，就断然地停止了演奏。但钢琴没有丢掉，跟着她搬家，跟着她结婚、生儿育女，一直到晚年，她寡居独处，还保留着那架钢琴。钢琴上有一沓乐谱，其中就有她当年反复练习却始终无法掌握的斯克里亚宾的那首曲子。

巴恩斯对他妈妈这架钢琴的描述很有意思，出自《另眼看艺术》（*Keeping an Eye Open*，2015）这本书的序言。《另眼看艺术》是巴恩斯写的画家评论，他在序言里说，父母从没给过他什么艺术熏陶，家里虽然有一架钢琴，但从来没人弹过，家里也挂着几幅画，但都是明信片水准的画作。我们看一下他是怎么写的："到十二三岁的时候，我已经是个地道的粗人了，热衷于体育和连环漫画，正是英国盛产的那种人。我五音不全，没学过什么乐器，在学校没修过美术，我接触了文学，但在我眼里，它主要还是一门需要通过考试的科目。"

巴恩斯也看过画展，但他自己出于自觉自愿去看画，是 1964 年高中毕业后

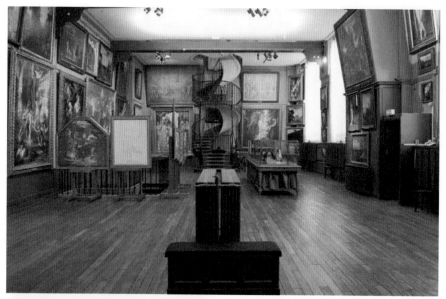

1　居斯塔夫·莫罗博物馆二层的莫罗画室
2　居斯塔夫·莫罗
3　《另眼看艺术》初版封面
4　巴恩斯的《时间的噪音》是一部以苏联
　作曲家肖斯塔科维奇为主人公的虚构传
　记体小说

1		3	4
	2		

居斯塔夫·莫罗（Gustave Moreau,
1826 年 4 月 6 日—1898 年 4 月 18 日），
法国艺术家，象征主义运动的重要人物，
19 世纪 60 年代视觉艺术中具有影响力
的象征主义先行者。他是一位多产的艺
术家，创作了超过 15000 幅绘画、水彩
画和素描。莫罗出生在巴黎，在很小的
时候就表现出了绘画天赋。他的父母于
1852 年在拉罗什福考德街 14 号买了一
栋联排别墅，将顶层改为莫罗的工作室，
他在那里生活和工作，一生单身。莫罗
死于癌症，他将拥有近 1200 幅绘画和
水彩画以及超过 10000 幅素描的住宅和
工作室遗赠给国家，后改建成博物馆。
莫罗博物馆于 1903 年向公众开放，保持
至今。

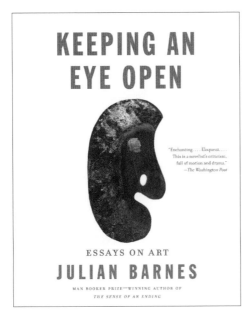

进大学之前在巴黎待过的那几个星期，他去了卢浮宫，但给他留下最深刻印象的是居斯塔夫·莫罗博物馆：

> 楼上一层是莫罗的画室，空间巨大，像座大仓库，供暖的是一个笨重的黑黝黝的火炉，墙上挂满了画，从地板一直到天花板，照明灯光很暗，那些木质的大陈列柜里是一个个浅抽屉，拉出来就可以细看里面数以百计的草图。

巴恩斯说这是他生平第一次有意识地欣赏画作，而不是被动地消极地去看。此后他对美术的兴趣持续了50年，陆续写作了一些艺术评论，结集为《另眼看艺术》。对美术感兴趣的读者可以去看看巴恩斯写的马奈、弗洛伊德，他在这本书的序言中说：艺术不仅仅能捕捉到、展现出生活有多刺激，有多令人悸动，有的时候，它做得更多，它就是那悸动本身。这句话是说，艺术有时就是那种激动、忐忑本身，那种生命的感觉就在画布上，就在音乐中。

巴恩斯 2008 年出过一本书叫《没什么好怕的》（*Nothing to be Frightened of*），这本书有一点点传记的味道，但更多的是谈论"怕死"这个话题。非常有意思的是，你可以把《没什么好怕的》和《终结的感觉》对照阅读。巴恩斯在这本书里提到毛姆，毛姆的《作家笔记》中有这样一段话：

> 人类如此平庸，在我看来，他们似乎配不上永生这样伟大的事。人类这一点微小的热情、微小的善和微小的恶，只适合世俗世界，对于这些井底之蛙来说，不朽这个概念实在太宏大了。

再讲一个小故事，故事说的是维也纳的艺术家奥斯卡·柯克西卡。

有一次他给学生上临摹课，学生都有点儿无聊，无精打采的，柯克西卡就偷偷跟模特儿说，你晕倒在地上。模特儿晕倒了，柯克西卡过去，听了听模特儿的心跳，然后宣布模特儿死了。这一下学生们都非常震惊，然后模特儿站起来，柯克西卡说，现在开始画他吧，记着，他还活着。

艺术，好的小说，好的画，好的音乐，会给我们很大的安慰，告诉我们，我们还活着，还有丰富的心灵和感受。这幅画可能是几百年前一个荷兰画家画的，这段音乐可能是一百多年前一个俄罗斯音乐家的曲子，这个故事可能是英国的朱利安·巴恩斯写的，也可能是别的哪一个你喜欢的作家写的，这些东西展现出了生活有多么刺激，多么令人悸动，有时候它就是那悸动本身。

1 《最接近生活的事物》

[英]詹姆斯·伍德 著 蒋怡 译

河南大学出版社，2017年

这是一本非常好看的文学理论书，探讨了很多很有趣的问题，例如，一个作家在严肃观察世界的时候，他会看到什么。

2 《不负责任的自我》

[英]詹姆斯·伍德 著 李小均 译

河南大学出版社，2017年

这本书讲的是小说中那些让人发笑的地方。如果想对反讽和讽刺有更多的了解，也可以看看这本书。

3 《纳博科夫传》

[新西兰]布赖恩·博伊德 著 刘佳林 译

广西师范大学出版社，2019年

这是最新版的一套《纳博科夫传》，以四卷本的形式详述了纳博科夫的生平——从俄国逃亡到美国，56岁的时候写出《洛丽塔》，最后在瑞士死去。

4 《艺术的故事》

[英]贡布里希 著 范景中、杨成凯 译

广西美术出版社，2008年

《詹森艺术史》

[美]H. W. 詹森等 著 艺术史组合翻译实验小组 译

湖南美术出版社，2017年

读小说与看画是相辅相成的事情，看画是一种特别有效的写作训练。

Life Trajectory

英国莱斯特

巴恩斯 1946 年出生于英国的莱斯特。图为莱斯特市政厅

英国牛津

1968 年，巴恩斯毕业于牛津大学现代语言专业。图为牛津大学拉德克利夫图书馆

在小说《亚瑟与乔治》中，巴恩斯虚构了《福尔摩斯探案集》的作者柯南·道尔的故事。图为位于伦敦贝克街 221b 的福尔摩斯博物馆

《英格兰，英格兰》中的主题公园建在旅游业发达的怀特岛上。图为怀特岛一角

莱斯特

牛津

伦敦

怀特岛

1968
毕业于牛津大学，参与《牛津大词典》的编纂工作

1946.1.19
出生于英国的莱斯特

Timeline

1940   1950   1960   1970

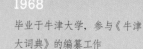

中国北京

巴恩斯曾于1981年游历中国，后受到北京天坛回音壁的启发创作小说《凝视太阳》。图为天坛主体建筑祈年殿

法国巴黎

巴黎

参观居斯塔夫·莫罗博物馆的经历激发了巴恩斯对现代艺术的兴趣。图为居斯塔夫·莫罗博物馆内的旋转楼梯

在处女作《伦敦郊区》中，巴恩斯让主人公克里斯托弗亲历了法国1968年的"五月风暴"。图为"五月风暴"主要的发生地圣米歇尔大道

980
表首部小说《伦敦郊区》

1984
发表代表作《福楼拜的鹦鹉》，并获得布克奖提名

2008
妻子帕特——也是他的文学经纪人——因癌症去世，之后写作《生命的层级》悼念亡妻

2011
凭借《终结的感觉》获得布克奖

80 1990 2000 2010 2020

dramatic

ADJECTIVE & NOUN

Meaning & use

Characteristic of, or appropriate to, the drama; often
connoting animated action or striking presentation, as in a
play; theatrical.

1726-

> **1726** The whole structure of that work [*Iliad*] is Dramatick and full of
> action.
>
> *A. Pope in translation of Homer, Odyssey vol. V. Postscr. 265*

Etymology

< late **Latin** *drāmaticus*, < **Greek** δρᾱματικός pertaining to drama, <
δρᾶμα, δράματ- **drama**_*n*.: (compare **French** *dramatique*).

Frequency

dramatic is one of the 5,000 most common words in modern written English. It is similar in
frequency to words like *confine, marketing, modification,* and *proposed.*

It typically occurs about 30 times per million words in modern written English.

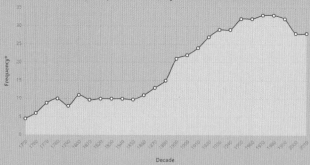

Frequency of *dramatic, adj. & n.,* 1750–2010

第三讲

伊恩·麦克尤恩

"偷窥艺术"的继承者

🎙 小白

青年作家，第七届鲁迅文学奖中篇小说奖获得者，代表作品：中篇小说《封锁》，长篇小说《局点》《租界》，个人文集《好色的哈姆雷特》。

现代小说就像一门"偷窥的艺术"，不断地展示他人的生活，展示他们内心深处的行为动机和日常生活表面下的秘密。麦克尤恩是现代小说艺术中这个重要传统的继承者。

1 | 英国的国民作家

偷窥的艺术

伊恩·麦克尤恩（Ian McEwan）是英国的"国民作家"，也是英国目前最具影响力的作家。他出生于 1948 年，如今虽已年过古稀，但创作力依旧不减。这几年，他几乎每年都会出版一部长篇作品。

麦克尤恩在创意写作硕士班期间开始创作小说，作品很快就赢得很大反响。他的作品继承了英国小说传统的精髓，既立足于现实生活经验，叙述清晰有力，同时又善于处理戏剧性场面，选题引人入胜。和小说鼎盛时期的那些大师一样，他对小说介入和处理现实生活的能力怀抱极大信心。他的作品像现代专业分工社会的百科全书，每一部小说都涉及特定行业和特定阶级的人群。在

青年麦克尤恩

写作过程中，他对涉及的专业知识也会事无巨细地做大量研究。与此同时，他又能娴熟运用各种现代小说技巧，精心选择让读者陌生的叙述视角，别开生面地切入人物和事件。这些都使他形成了一种"增强的现实主义风格"。在像19世纪的文学大师一样精确刻画人物并细密编织叙事逻辑的同时，他也在写作中一次又一次地从日常经验中推导出离奇的人性事件。这些事件往往把小说人物带入困境，甚至将其引向让人惊悚的残酷结局。正如麦克尤恩自己所说，小说天生的使命就是去研究人性状况，而这种研究总是通向阴暗的地方。

从某种意义上讲，现代小说就像一门"偷窥的艺术"。大约从17世纪起，小说叙事者身份从一个"传奇"的转述者，一变而为现实世界的观察者。从印刷装订成书本的小说中，读者不再像从前口述时代那样，渴望了解那些发生在"远方"的事情，结识那些生活在"森林中"和"山那边"的人（或者神）。读者期待小说叙事者给他们讲述现实生活中的事件，讲述那些虽然他们目前未曾听说，但用日常生活经验就可以理解的人际关系和行为动机。一个可以识别的现象是，17世纪小说中出现了很多书信或日记体小说，这些小说常常伪托故事来源，声称叙事者因为某种机缘偶然得到一批书信或者日记，向读者担保小说中故事的"真实性"。这类小说往往讲述上层社会人士生活中的秘密和八卦丑闻，满足了中下层普通市民读者的好奇心。由此，现代小说找到了它繁荣发展的最重要的路径。

从此以后，现代小说总是不断地向读者展示他人的生活，展示他们内心深处的行为动机，展示他们日常生活表面下的秘密。这些秘密通常难以被人发现，仅当一些特殊事件发生、庸常人生突然出现断裂时，秘密才得以暴露呈现。

恐怖伊恩

伊恩·麦克尤恩是现代小说艺术中这个重要传统的继承者。在最早发表的一批小说中，麦克尤恩就展现了他对人性秘密的洞察和讲述能力。

他的第一部短篇小说集《最初的爱情，最后的仪式》（*First Love，Last Rites*）一经发表就获得极大关注，读者折服于他层出不穷的技巧方法，也震惊于小说中

　　严格来说，麦克尤恩是其父母背德恋情的产物。麦克尤恩的母亲罗丝在结识其父亲戴维·麦克尤恩时，还尚未结束第一段婚姻。在与戴维发生婚外情后，罗丝曾产下一名私生子，后因害怕受到通奸的处罚而将孩子送与他人抚养。1947年，罗丝的前夫在"二战"中阵亡，罗丝遂与戴维结为夫妻，次年生下麦克尤恩。对这一惊人秘密的洞悉让麦克尤恩从小就与父母关系疏离，并"无可救药地害羞"。麦克尤恩在小说中对庸常生活背后恐怖、分裂与荒诞元素的书写，或许是其童年经验在创作领域的延伸。

那些在伦理禁区发生的激烈人性冲突。读者从来都希望从故事中获悉某些闻所未闻之事，麦克尤恩像古往今来所有故事讲述者那样，对这一点了如指掌。他也像一个天才故事讲述者一样，总是擅长向读者讲述各种离奇事件。

　　但是，麦克尤恩笔下这些离奇事件，从来都发生在现实生活中，读者仅凭日常经验就足以理解。麦克尤恩从不为他那些现代传奇设置超出日常经验的条件，从不"架空"叙事环境。小说中的角色就像读者平素熟悉的身边人物，所有场景细节也如同读者日日所见。就像我们先前说的，这正是现代小说至关重要的传统路线，麦克尤恩是一位继承了小说艺术传统的作家。我们知道，现代小说的现实主义传统在20世纪曾遭受质疑，在"现代主义"和"后现代主义"小说的挑战下，这个传统好像不再能让读者满意。不过，麦克尤恩似乎认为，问题不在于这个办法不灵了，而在于不能把传统当成俗套和陈词滥调的托词。麦克尤恩指出，他在中国之行中确实不断这样当面向读者表达：需要一种更加强有力的"现实主义"小说，而他自始至终都在寻找一种突破现代小说之"现实主义困境"的方法。他最早的一批作品——包括《仪式》和《床笫之间》（*In Between the Sheets*）两部短篇小说集，以及长篇小说《水泥花园》

（ *The Cement Garden* ）——都在试图讲述令读者耳目一新的故事。

短篇小说集《床笫之间》中，有一篇名为《一头宠猿的遐思》（ *Reflections of a Kept Ape* ）的作品，小说中的女作家对她豢养的一头猿猴产生了感情，他们的恋情也像一般都市男女那样，因日常生活的无聊而生，由热烈而渐衰，最终又复归于无聊空虚的日常生活。这部精巧的短篇小说让那只猿猴担任第一人称叙述者，他的语气如同任何一名都市男子，在陪伴女作家的家居生活中困难地寻找自身的地位。他的自怜，不时的骄傲，时常表露出的善意和嫉妒，也都像任何一位陷入迷惘的男性情人。麦克尤恩展现了他善于控制叙述进程的卓越能力，把"叙述者是猿猴"的关键信息一直延宕着不向读者交代，却在猿猴的第一人称叙述话语中，时不时加入一些充满了反身暗示的词句，仿佛在各处悄悄地告诉读者，这是猿猴才会有的想法，那是猿猴才会有的观察视线。这种方法营造了"陌生化"的叙事效果，给日常场景加入了一丝奇异的感觉。一直到故事过了三分之一，文本中才第一次出现"猿猴"这个名词，叙述者说他自己坐在躺椅中，摆出一副猿猴那种全神贯注的样子，明明透露了关键信息，却仍然像是只用了一个比喻。等到故事最后叙述者身份揭晓，读者恍然大悟他原来是一只猿猴，回过头再读一遍小说，就会发现这些反身暗示的词句又赋予了文本充满反讽的双关歧义。对于这篇小说而言，读者只有读第二遍时才能体会到麦克尤恩驾驭叙事、编织文体的卓越才华。

这些小说作品包含了大量诡异、荒诞、残酷的情景和事件，麦克尤恩把它们放置在日常场景中，以此颠覆读者的现实感。在读者似乎十分熟悉的环境中，突然出现惊心动魄的一幕，读者不由得会感到心中陡然升起一股凉意。麦克尤恩因此被人称为"恐怖伊恩"。他细致地，甚至有些温柔地讲述那些生活细节，讲述小说人物的日常烦恼，直到惊悚情景突然打断这一切。

麦克尤恩喜欢讲一些谋杀事件，短篇小说《立体几何》（ *Solid Geometry* ）中，男主角不堪忍受妻子的求欢，最后利用拓扑学折叠魔术让妻子在床上消失。《蝴蝶》（ *Butterflies* ）的叙述者把路上遇到的小女孩抛进运河淹死了。这些谋杀事件被麦克尤恩嵌入充满现实感的日常生活中，制造出一种阴沉突兀的反差效果，令读者产生强烈的不安，日常经验中那种稳定安全的感觉似乎被动摇了。

2 "无辜者" 犯下的 谋杀案

谋杀，现代都市传奇

麦克尤恩似乎一直对谋杀主题情有独钟。长篇小说《无辜者》(*The Innocent*)发表于 1990 年，此时麦克尤恩已入中年，创作出版小说也已有十多年，正步入创作上的成熟期。

小说开始时，一位年轻的英国邮局工程师伦纳德被派往德国柏林，名义上他是前来帮助英国驻军改进内部通信线路的——"二战"后那几年，柏林由英美苏法四个国家共同驻军管理——但实际上他是加入了一项情报工程，英美两国情报机构合作，对苏联外交、军事通信实施监听。

小说前几个章节讲述他受命来到柏林，逐渐揭开小说的一个神秘谜底，也就是那项监听工程。在此期间，伦纳德在这座战后城市中渐渐安顿下来，麦克尤恩似乎对那时的柏林了如指掌，事无巨细信手拈来，为小说人物迅速建构了工作和生活的场景。在麦克尤恩笔下，那些城市生活场景既有一种奇特的风貌，也充满了现实生活的质感，而小说男主人公伦纳德同样以一种日常生活的态度和方式出入其中。因此，读者仅凭日常经验就能理解小说中人物的言语、行为和人际关系。换个简单的说法，伦纳德尽管来到一座奇特的、被战争完全损毁了面目的城市，但仍然在其中过着正常的日子，尽管他的工作环境显得神秘莫测，但对他来说，那好像依然只是一种日常的职业工作。

随后小说故事出现了第一次转折，伦纳德在酒吧偶然遇见了玛丽亚，很快就对这个比他大五岁的德国妇女一见钟情。他们的感情既迅速猛烈，也包含着某种互通有无的实用主义考虑。伦纳德远离家乡，孤身一人加入海外秘密工作，而玛丽亚作为一名德国人，正忍受着战后严重的生活物资短缺，据说她还有个品行不端的前夫，名叫奥托。此人常上门来敲竹杠，不遂心意就殴打她一顿。伦纳德为

1 2
3

1 苏联军官在隧道中

2 隧道中英国制造的窃听和录音设备

3 柏林地图，Tunnel 即指隧道

　　第二次世界大战后，德国作为重要的高层情报交换基地和间谍活动中心被分成东德和西德，位于东德部分的柏林也被一分为二，划分成由英法美三国分区管辖的西柏林和由苏联管辖的东柏林。为了在西柏林获取苏联方面重要的情报和军事信息，英美两国在 20 世纪 50 年代联手发动了代号为"黄金行动"的间谍计划，其中最主要的工程就是修建一条贯穿东西柏林的秘密隧道，以监听和破译苏联方面的加密通信，这一工程后被称为"柏林隧道工程"。1956 年，苏联间谍乔治·布莱克（George Blake）发现了这一监听计划，后苏联高层借一次偶然的事件对英美的监听行为进行了揭发，包括"柏林隧道工程"在内的整个计划遂告中止。整个事件又被称为"柏林隧道事件"，它的发生最终促使苏联在 1961 年于东西德之间修建了象征对立与隔阂的柏林墙。

英美两国合作项目工作，享受着美国人充沛的军需供应。起初，玛丽亚正是从这个角度考虑才愿意跟伦纳德交往，甚至有点主动诱惑伦纳德。无论如何，这对恋人的情路历程跟世界上所有寻常男女的情感发展差不多，推动他们互相靠近的每一小步，或是摩擦，或是突然出现裂痕，其心理动机都可以用读者完全能够理解的日常经验来解释。并不因为生活在一个特殊的年代，身处一个曾被当作战场的城市，或者从事什么奇特神秘的工作，他们的一举一动就有什么不寻常的动机。

他们俩的感情发展相当顺利，尽管中间也出现了一些小问题，但最终订婚了。可是就在举办订婚酒会招待朋友的那天晚上，玛丽亚的前夫悄悄进了他们的房间，他喝得烂醉，想躲进衣柜偷窥，却睡着了。从这时起，小说中最精彩、最富有戏剧性的一幕开始了。

不久，两人发现房间中有点异常，可能是因为某种气味，或者某种声音，总让他们觉得卧室进来了什么异物。伦纳德很快就发现了衣柜中的奥托。可他沉醉不醒，两人一时间想不出用什么方法来处理这个醉鬼。伦纳德和玛丽亚就此进行了讨论。这些对话十分传神，彻底暴露出这么一种事实，两个好人，一对日常生活中的普通恋人，他们在面对世界上真正的无赖时，确实是无能为力的，甚至可以说，他们自己倒有点心虚。说着说着两个人甚至互相产生了不满，显然，在面对真正无法处理的难题时，好人们常常推诿责任、互相责怪，迁怒于对方。在不满情绪的驱使下，他们互相指责埋怨，一句两句过激的话渐渐演变成短暂的愤怒和憎恨。

所有这一切都是在普通的人际关系以及正常自然的人性弱点驱动下，一点点演变而来的。而那个真正的坏家伙，这时候甚至都没有醒来，他顶多只能算是一个催化剂，不知怎么就把伦纳德和玛丽亚，这两个单纯的好人内心的阴暗面和人性弱点勾引出来了。就在这时候，奥托醒了。他得意扬扬地拿出一份旧文件，这份文件可以证明他对玛丽亚现在住的这套房子拥有使用权。这激怒了玛丽亚，她跟奥托争吵了起来，争吵很快演变成打架，伦纳德上前帮忙，但他跟玛丽亚加在一起也没有奥托力气大。在这种情况下，打架很容易失控，惊慌过度的伦纳德抓起一根鞋匠用的铁棺砸了过去，奥托的脑袋被砸出一个洞，死了。

谋杀案以这样一种出人意料的脱轨方式，突然发生了。

正如小说名字暗示的，这是一场无辜者犯下的谋杀案。伦纳德和玛丽亚都是世俗生活中的正常人、好人，他们渴望得到幸福快乐，也丝毫不愿意在追求快乐生活的过程中伤害别人。当然，被杀的奥托虽然是一个日常意义上的坏人，但作为谋杀案的被害人，他也是一个无辜者。

谋杀事件的三个当事人谁也没有想把事情弄到这般不可收拾的地步。不断推动事情滑向深渊的，全都是一些看起来十分正常的心理动机，当然，这些动机往往揭示出人性的弱点，奥托欺凌弱小、愚蠢嫉妒，伦纳德和玛丽亚也都各有各的自私和怯懦。因缘际会，这三个人在卧室上演了一场阴暗残忍的戏剧，人性的弱点被戏剧性地纠合到一起，貌似平常的细微心理动机把他们朝不同方向越推越远，推向激烈冲突，直到相互间善意的人性面纱被彻底撕碎，以虐杀收场。

现代都市生活中，谋杀事件从来就是一种不可思议的传奇：每个人都听说过谋杀，但很少有人亲眼看到一场谋杀。把谋杀案写成一个传奇故事不难，但麦克尤恩认为，谋杀，实际上是世俗日常生活演变出来的某种小概率结果，通向谋杀的危险道路上，每一条分岔看起来都平常无害、蒙昧不清。那是一种隐秘心理的化学合成，一场人性冲突的现场戏剧，直到最后你才能看清楚一切，而等你能够看清一切，一切都已变得不可挽回。

人性的实验

FACT:

在写作以医生为主人公的小说《星期六》（*Saturday*）时，麦克尤恩每周都要与一位神经外科医生会面，并向其请教专业问题。阅读报纸也是他每天的例行活动，他自嘲患有"重度新闻依赖症"。

在这部小说中，麦克尤恩犹如做了一场化学合成实验，他把各种性质、程度不同的"无辜者"放进战后柏林那个"试管"中，加上几滴人性催化剂，观察变化和结果。完成这样一种人性实验，需要对环境条件有精确的理解和控制。换句话说，如果叙述者对那个历史时代，那座城市，那些人物的生活细节、工作职业、思维方式不能做到了如指掌，这场实验的过程和结果就不那么让人信服了。为了做到这一点，麦克尤恩研究了大量的历史资料，也做了实地观察。这也是麦克尤恩后来创作小说过程中的一道标准

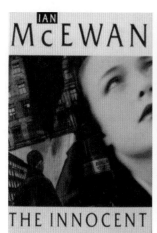
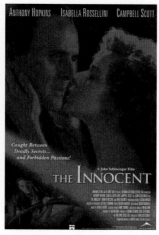

1 | 2 | 3

1 《无辜者》初版封面

2 根据小说改编的电影
《桃色控诉》（1993）

3 推倒柏林墙

程序。主人公伦纳德所参与的那个情报监听项目，书中所说的"柏林隧道工程"，也就是从边界地下挖一条隧道，通到柏林的苏军占领区地下，安装电子监听设备，窃听苏联军事、外交通信，历史上确有其事。它是美国中央情报局和英国军情六处合作实施的项目，于1955年建成使用，到1956年被苏联发现后放弃。麦克尤恩对该项目做了完整研究，小说中讲述的每一个细节，都十分准确。

奥托被杀后，小说并没有结束。严格说起来，伦纳德和玛丽亚此刻仍不能算是谋杀犯，仅从法律上来看，他们的行为顶多算是一种严重的过失伤害，甚至在某种情况下，很可能被判定为正当防卫。但因为无知和怯懦，他们俩展开了一场关于如何善后的讨论。这场讨论，麦克尤恩同样写得充满戏剧性转折。他们讨论了应该如何向警方陈述这一事件，如何以旁观者视角来看待凶杀案等问题，并试图从中寻找脱罪的可能。最后，他们决定抛尸灭迹。麦克尤恩用了相当长的篇幅来讲述整个抛尸过程，为了精确讲述如何分割尸体，他甚至专门请教了病理解剖学医生。然后，麦克尤恩叙事中常有的神奇一幕出现了，伦纳德从他工作的地方找来两只大盒子，把分割好的尸体装进盒子，然后扛着它们从电梯下楼，穿越了整个柏林街道。城市仍然像往常一样，人们按部就班地过着日常生活，而那具尸体正悄悄穿越这个世俗生活的世界。伦纳德艰难地提着那两只盒子，没有任何一个人发现异常，只有一头杂种猎犬嗅到了异味。狗绕着盒子咆哮，久久不肯离去，

牵狗的女人沉浸在日常生活的安宁表象中，她顶多只能猜想，盒子里装的是香肠。她能想到的最坏的情况，也不过是盒子的主人很可能正在私贩食品。这段情节麦克尤恩写得精细准确，精彩纷呈，对表面祥和的世俗生活充满了阴冷尖刻的嘲讽。比如说到那只狗迁延不去，被主人强拉着离开后仍不断回头，麦克尤恩充满讽刺地写道，因为"现在是它一生中唯一的一次机会，它可以吞吃一个人而不会被人类责罚，它可以替它的狼祖宗报一报受人类奴役一万年之久的仇恨了"。仅凭这一段，读者就能够知道，"恐怖伊恩"仍然是那个"恐怖伊恩"。

正是在这个过程中，伦纳德和玛丽亚这两个道德意义上的无辜者，如今不再无辜了。正是在分尸抛尸的过程中，他们从原先小有弱点的普通人，在短暂的时光中，彻底沦陷为残忍的谋杀犯。此后他们再也无法回到人性的立场，他俩的恋情也彻底宣告终结，虽然在法律上没有任何人来找过麻烦，因为尸体被抛进了那条监听隧道，它不久就被苏联人发现，而就此不再被使用。有关情况虽然传到了警察局，但没有人追究这具尸体是从哪儿来的，因为那时候冷战方兴，没有人想让铁幕这边阵营的情报部门难堪。而伦纳德和玛丽亚也各自回到安宁世俗的日常生活中去了。

3 | 谋杀是让言语成真

场景现实主义

如果说《无辜者》中的伦纳德和玛丽亚是被动卷入了谋杀事件，发表于 2016 年的《坚果壳》（*Nutshell*）中的那两位通奸杀人犯，就完全是蓄意谋杀了。这部小说翻译成中文只有九万字，短小精悍而锋利果断，如同雕刻大师迅速完成一具小雕像，每一刀都无比精准。麦克尤恩很喜欢用这样的篇幅来处理一部小说，他的《水泥花园》、《只爱陌生人》（*The Comfort of Strangers*）、《在切瑟尔海滩上》（*On Chesil Beach*）、《坚果壳》都是这样短小的篇幅。

2018 年麦克尤恩来中国，曾在接受采访时特别提到这种文体。他对这种"小长篇"或者"中篇"情有独钟，并觉得前辈大师中卡夫卡（Franz Kafka）、托马斯·曼（Thomas Mann）、亨利·詹姆斯（Henry James）、约瑟夫·康拉德（Joseph

FACT：

小说的标题来自《哈姆雷特》中的著名台词——"即便我身处果壳之中，仍自以为是无限宇宙之王"（I could be bounded in a nutshell and count myself king of infinite space）。

Conrad）等人最好的作品都是以这种篇幅完成的。他说这样的篇幅需要作者精打细算，把事件的起承转合都用十分经济的文字来完成，作者对于文体的控制力因此会受到极大的考验。这种篇幅的小说也会把作者的能力极限逼出来。同时，这种"小长篇"更像是一出三幕舞台剧，而一般意义上的长篇小说则没有这种天然的结构。结构上的一目了然，使得读者在阅读这种文体的过程中，更容易感到轻松和愉悦。

《坚果壳》是麦克尤恩最好的作品之一。正如他自己所说，因为这一受到严格约束的篇幅，这部小说结构清晰，推进坚决，叙事技巧老练而花样翻新。如果读者有志于投身文学创作，这是一篇极佳的写作课教材。

《坚果壳》中的第一人称叙述者是一个未出生的胎儿，他由母亲的子宫内向外窥视偷听，虽然没有出生，但已看到了一幕幕人性冲突的悲剧，以至于故事过半后，他甚至想过要制造意外事故，让自己胎死腹中。

他看到的是一部莎士比亚式的人性悲剧，就像《哈姆雷特》一样，这部小说中包含一对通奸者：胎儿叙述者的母亲特鲁迪，以及他的

> **BOX**
>
> 《哈姆雷特》（Hamlet）又名《王子复仇记》，是莎士比亚于1599年至1602年间创作的一部悲剧作品，是他最负盛名和被人引用最多的剧本。与《麦克白》《李尔王》和《奥赛罗》一起，并称为莎士比亚的"四大悲剧"。戏剧中叔父克劳迪谋害了丹麦国王，哈姆雷特的父亲，篡夺王位，并娶了国王的遗孀葛簇特；王子哈姆雷特因为父王之死向叔父复仇。《哈姆雷特》在莎士比亚戏剧中是最长的一出，也是英国文学中最富震撼力、影响力的戏剧之一，不停地被他人讲述、改编，影响了众多作家，包括歌德、詹姆斯·乔伊斯等人，并被称为"在《灰姑娘》之后最常被搬上荧幕的戏剧"。

1 2

1 莎士比亚
2《坚果壳》英文版书封

叔父克劳德，这两个名字正是来自于《哈姆雷特》。不同的是，小说开始时，叙述者的父亲，也就是通奸谋杀案的被害者，仍然活着。小说正是要讲述谋杀事件发生的整个过程。

短短的第一章中，有关谋杀的最初想法就在特鲁迪和克劳德的头脑中产生了。严格说来，是在他们的对话、言语当中产生的。"言语"，是这部小说的第一个关键词。到了第六章，叙述者有一句点题的说法，当特鲁迪和克劳德正在更加具体地讨论如何去实施谋杀时，那位胎儿叙述者说："我开始意识到言语能让事情成真。"

言语，既是特鲁迪和克劳德关于谋杀的讨论对话，也是叙述者对谋杀事件从预谋到实施的整个过程的讲述。叙述者那句关键的点题话语包含了两层含义。

第一层是说，特鲁迪和克劳德正是从言语开始坠入谋杀深渊。他们俩就这么不断讨论着谋杀，最终让谋杀事件成真。

第二层含义稍微有点深奥，它可以说是一句元叙事的陈述，也就是说，它揭示了麦克尤恩想通过这部小说、通过讲述这个通奸杀人故事完成的真正叙事任务。麦克尤恩想凭借"言语"、凭借他的叙述来实现一场真正的"谋杀"事件。就像我们先前说过的，在人的日常经验中，谋杀是一件"不可能发生的事"。在《坚果壳》中，叙述者有一段长篇大论，认为在现代城市生活中，一个人无法通过谋杀的方式来为父报仇。对于城市人来说，谋杀永远像一个都市传奇。谋杀的确时常在日常生活的边缘不断发生，就像那位热衷于看新闻、听网络音频节目的胎儿叙述者，他确实常常听说在城市的哪个角落又发生了一起谋杀事件。然而事实上，很少有人目击真正的谋杀，也很少有人真正了解谋杀事件的全过程。谋杀犯自己的陈述是真的么？司法机关做出判决的叙述是否就是真相本身？媒体报道是否离真相很近？周围人的传闻是否可信？如果这些都不是完全可靠的，那么对于麦克尤恩这样的小说家来说，应该如何来讲述一起谋杀事件呢？

19世纪发明了小说叙事的现实主义方法，它相信只要全面呈现复杂的人际关系，深入到当事人的生活环境、生活历史甚至前史中，故事的叙述者最终总可以找到因果链上最初的那一环。从那时起，小说中的谋杀犯被各种动机推动着，最终成为谋杀事件的主角。19世纪的小说因此而越来越漫长，直到出现所谓的长河小说，用皇皇数卷去揭示生活的变化和事件的发生。20世纪的作者和读者不相信世界可以被如此合理地解释。现代主义小说声称，在清晰有序的世界对面，有一个不可分析的心理世界，它混沌阴暗且罪孽深重。

而麦克尤恩认为，无论 19 世纪的现实主义文学，还是 20 世纪的现代主义文学，都不足以在一部小说中让谋杀真正发生。把身处于日常现实中的人物推向谋杀的深渊，仅有现实主义的社会关系分析或现代主义的犯罪心理研究是不够的。谋杀需要一种特殊的戏剧性装置，谋杀是让言语成真。而让言语成真，实际上是一种剧场经验。在剧场中，言语是言语本身的动力，言语在言语的推动下，在舞台上、在观众面前让事件得以发生。

麦克尤恩喜欢讲现实主义，但他的现实主义，不如说是一种场景现实主义，那是一种被很多读者敏锐感知到的"麦克尤恩瞬间"：在他小说中的那个戏剧性时刻，人物被日常生活的逻辑驱赶到事件现场，并由此一步跨入不可能的彼岸。他试图用他那些有关谋杀的小说告诉读者，一个人去谋杀，不是（主要不是）因为他有某种强烈的动机，或者他有无法控制的激情，或者他有某种反人类的天性，所有这些 19 世纪小说的结论都无法解释一个日常生活中的人何以突然成为一名谋杀犯。动机、激情、天性，所有这些可以被表述的状况，都只是把人从日常生活导向那个决定性场景的言语。而人一旦抵达那个现场，言语就成真了。

日常生活的谋杀者

《坚果壳》一开始，特鲁迪和克劳德就在对话中隐约提到了谋杀。小说告诉读者"他们在密谋一件可怕的事情"，尽管他们的对话吞吞吐吐，让人难以捉摸，包含各种省略和委婉的表达，一句话没说完就开始清嗓子，然后快速转换话题，以至于连那位躲在胎盘中偷听的叙述者也弄不懂他们到底在说什么，更不用说读者了。

小说第二章，胎儿叙述者的父亲登场。约翰·凯恩克罗斯，他是通奸的受害者，妻子跟他自己的弟弟私通。他是一个失败的出版商，出版了一些卖不掉的诗集，自己也写点看起来不怎么样的诗歌。这个人可以说什么都没有了，只剩下一套继承祖产的老宅，价值 700 万英镑。可他这会儿也不能住在自己的房子里面，他被妻子特鲁迪赶出门了。故事有条不紊地进行着，读者渐渐获悉，特鲁迪通奸的对象克劳德是一个无趣庸俗、头脑狭隘的人，小说中对他用了一个比喻，说他就像一只壳中没有肉的蛤蜊。他身上唯一能让特鲁迪着迷的，或许就只有性能力了。可是正因为头脑愚蠢狭隘，他倒有了一项过人之处。他从不会让脑筋转弯，一旦心中有了一个想法，想法变成了言语，他就会不断重复这个话题。于是他跟特鲁迪在私通淫乱之余，就不断提起他们的密谋——虽然此刻连密谋都算不上，因为在他那个愚蠢的脑袋中，根本不可能真正策划一件什么事情。与其说他这些重复的唠叨算是一种密谋，倒不如说那只是他在幻想，幻想他能够杀了哥哥，独占特鲁迪和那幢价值 700 万英镑的老宅。

但在第三章结尾的时候，他突然想到了一个主意，他对特鲁迪说：如果我借钱给他，会是个很好的掩饰。密谋的内容瞬间清晰起来，虽然直到此刻，叙述者仍然没有告诉读者他们在密谋什么，但读者跟叙述者一样，都意识到了谋杀的存在。读者猜想到，克劳德那个愚蠢头脑可能认为，警察一定会觉得债主不可能杀掉欠债的人。于是克劳德真的跑到他哥哥的办公室，提出借一笔钱给哥哥，可能他自己也没想到，哥哥竟然收下了那笔钱。这下原先只是说不上有什么意义的对话变成了实实在在的行动。但是借钱这个行为本身跟谋杀相差十万八千里，对克劳德来说，迈出这一步根本不需要用什么来壮胆。他还带回来一个消息，他哥哥打算搬回自己家住。到这时，那个阴谋才真正进入了特鲁迪的内心。

特鲁迪不像克劳德，克劳德头脑简单，只会不断重复没有什么实际意义的话语。但特鲁迪不一样，她是那个真正有胆量直面真相的人，她真正懂得密谋杀人这件事情的意义。当她加入克劳德关于杀人的无意义对话后，这些言语变得真正有意义了。用小说中形容特鲁迪的话来说，她是一个莎士比亚式的阴谋家，她与谋杀的关系不断变化。起初，她压根儿就不觉得谋杀会发生，那不过是克劳德在毫无意义地咕咕哝哝，是克劳德的幻想，顶多算是一种语言游戏，因为两个人私下说说把约翰杀掉这件事，会让他们很兴奋。后来在真正杀掉约翰后，她在跟克劳德吵架中说过："是你让这一场场愚蠢的游戏变了性质。"她说的就是那些语言游戏，那些有关谋杀约翰的闲聊。

后来，她渐渐被克劳德的不断重复引诱进了那个阴谋。她犹豫不决，但犹豫不决远比无脑言语更接近行动本身。她甚至几度良心发现，因为她毕竟是一个世俗生活中的普通人。但偶尔产生道德感也远比不加思考更接近真正的犯罪。因为她对约翰和生活的极度厌烦，她妊娠期的疲惫和阴郁幻想，她沉溺和自毁的性欲，这些加在一起，让她只能不断来回摇摆，而每一次在良心发现和重新回到阴谋之间徘徊，她都是在凝视谋杀那个深渊。正如那句格言所说，你凝视深渊，深渊也在凝视你。

犯罪同盟缔结了，杀人方法也想到了，特鲁迪提到了下毒。下毒这两个字确实是特鲁迪提出的，就像我们刚刚说的，她远比克劳德胆大，她是敢于直视谋杀的。克劳德永远只能欲言又止，就算说出口也省略了关键词。但想到下毒也算不上真正在实施谋杀，他们继续反复商议，对话愚蠢可笑、麻木不仁。用小说中的话来说：冷漠地甚至有了一点诗意。

特鲁迪和克劳德确实毫无道德，但顶多也只是世俗小人，尽管他们反复地商量着如何杀掉约翰，但日常的不道德和杀人之间仍有一道难以逾越的鸿沟。这时麦克尤恩的戏剧装置又一次把他们俩狠狠向前推了一大步。

那幢老宅中又上演了一幕戏剧，这座腐朽不洁、摇摇欲坠的老房子确实像一座舞台。这幕戏中，所有人物全部到场，密谋者和受害者面对面飙戏，这些角色各具秉性，也各怀动机，他们互相碰撞牵引，最终冲向无法挽回的结局。

丈夫约翰突然上门，宣布他了解通奸者的秘密生活，但他不在意，他是来跟特鲁迪和解的。因为他自己也找到了一个新情人。他甚至把那位新情人带到了现场。读者到后来会发现，这位新情人只是在扮演情人，约翰这段恋情纯属虚构，因为他觉得这会刺激特鲁迪，让她重新回想起他的好来。

约翰提出可以重新安排他们四个人的生活。他愿意把妻子让给克劳德，但他们必须搬出老宅，这样约翰就可以跟他的新情人在老房子里生活了。他确实让特鲁迪嫉妒了，但这嫉妒不但没有让特鲁迪重新想起他的好来，甚至让特鲁迪扔掉了对他最后的一点善意，现在特鲁迪再也不会良心发现了。更重要的一点是，让特鲁迪搬出老宅的约翰一点儿也不知道，这幢价值700万英镑的房子，正是那个杀人阴谋的主要动机之一。

特鲁迪和克劳德终于动手了。特鲁迪建议约翰喝一杯他喜欢的奶昔，克劳德把奶昔从冰箱中取出来递给约翰。奶昔中下了毒。

　　《无辜者》中的那对情人，在无意中被动卷入了谋杀，而《坚果壳》中的情人，则主动策划了谋杀。即便如此，特鲁迪和克劳德也只是日常生活中的普通人。麦克尤恩用他的小说证明了世俗生活中的普通人如何在一种戏剧性冲突的作用下，滑入他们原本不可能坠入的深渊；在那种生活戏剧的作用下，人性的弱点何以会变成深重的罪孽。

　　麦克尤恩谋杀小说中的这些人物，伦纳德和玛丽亚，特鲁迪和克劳德，都是日常生活的谋杀者。从某种比喻意义上来讲，麦克尤恩本人也是一个日常生活的谋杀者，在他的笔下，读者生活于其中的世界令人震惊地被摧毁了，读者对日常生活惯性抱有的安全感被打破了。麦克尤恩每一本小说中的每一个人，不论阶级、性别、职业和性格，都被一些细微的人性弱点和琐碎的生活烦恼推动着前行，直到他们的生活世界被彻底撕碎。麦克尤恩用他准确惊人的人性推理术，讲述着那些生活中突如其来的事件，读者在惊恐之余，也不由得对平凡而充满各种缺陷的人性产生一定的警醒。

麦克尤恩与哈佛大学教授史蒂芬·平克（Steven Pinker）讨论新书《坚果壳》

推荐书单

1 《小说机杼》

[英] 詹姆斯·伍德 著 黄远帆 译

河南大学出版社，2015年

小说，从某种意义上来看，是在作者和读者之间的一种关于猜测意图的游戏。詹姆斯·伍德的这本书以一种简练准确的方式，帮助读者了解小说的作者在想些什么。

2 《小鼓女》

[英] 约翰·勒卡雷 著 邹亚译

上海译文出版社，2014年

麦克尤恩本人十分喜欢英国小说家约翰·勒卡雷的这部作品，虽然它有一个间谍类型小说的外壳，但是无论在技巧，还是挖掘人性的深度上，它都是小说史上的典范。

3 《脑与意识：破解人类思维之谜》

[法] 斯坦尼斯拉斯·迪昂 著 章熠译

浙江教育出版社，2018年

人类正站立于破解大脑奥秘的临界点上。这本书十分前沿地介绍了当代脑科学的最新发展。

4 《德国极简史》

[英] 詹姆斯·霍斯 著 舒云亮译

湖南文艺出版社，2019年

只要花半天时间就让人感觉到好像全面了解了德意志漫长的历史。它的优点不在于简练，而在于作者似乎真的能够找到理解历史的那几个关键所在。

5 《不平等社会：从石器时代到21世纪，人类如何应对不平等》

[美] 沃尔特·沙伊德尔 著 颜鹏飞译

中信出版集团，2019年

这本书多少能帮助读者理解当今世界何以会出现那些重大的变化。

Life Trajectory

小说《无辜者》中提到的"柏林隧道工程"遗址，现已向公众开放

布莱顿

1967年，麦克尤恩进入萨塞克斯大学学习英语和法语。图为萨塞克斯大学的Famler大楼

《在切瑟尔海滩上》中的切瑟尔海滩，位于英格兰多塞特郡

多塞特

1948.6.21

出生于英国伦敦西南的小城奥尔德肖特；在东亚地区、德国和北非度过了童年时代，12岁的时候，全家返回英国

1975

第一次发表作品《最初的爱情，最后的仪式》次年即荣获毛姆文学奖

Timeline

1940　　　　1950　　　　1960　　　　1970

伦敦汉普郡

伦敦布鲁姆斯伯里

麦克尤恩 1948 年出生于英国伦敦汉普郡。图为汉普郡的奥尔德肖特

1974 年，麦克尤恩在伦敦布鲁姆斯伯里定居，与马丁·艾米斯、朱利安·巴恩斯成为好友。图为布鲁姆斯伯里区的戈登广场

诺里奇

1970 年，麦克尤恩在东英吉利大学修读创意写作硕士学位。图为东英吉利大学校园内的诺里奇教堂

在小说《赎罪》中，麦克尤恩写到了敦刻尔克大撤退这一历史事件。图为敦刻尔克海滩

诺里奇

伦敦

敦刻尔克

布莱顿

0

1990

2000

2010

2020

1998
凭借小说《阿姆斯特丹》获得布克奖

2000
被授予大英帝国勋章

2007
长篇小说《赎罪》（2001）被改编成同名电影，并获得第 64 届威尼斯电影节金狮奖提名

Immigration

NOUN

Meaning & use

The action of coming to settle permanently in another
country or region; entrance into a country for the purpose of
settling there. Also: an instance of this.

1625-

Also in extended use, of the soul's passage into being: cf. emigration_n.1.

> **1625** Odinus..(others call him Othinus) Standerd-bearer of the Asian
> Immigration [Latin *Asiaticae immigrationis*], made in the foure
> and twentieth yeere before Christ was born.
> *S. Purchas, translation of A. Jonas in Pilgrimes vol. III. xxiii. 660*

Etymology

< post-classical Latin *immigration-, immigratio* action of immigrating
(15th cent.) **< classical Latin** *immigrāt-*, past participial stem of *immigrāre*
immigrate_v. + -iō -ion_suffix1.

Frequency

immigration is one of the 5,000 most common words in modern written English. It is similar in
frequency to words like *deer, neural, sensible,* and *therapeutic.*

It typically occurs about ten times per million words in modern written English.

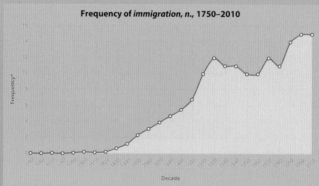

Frequency of *immigration, n.,* 1750–2010

第四讲

V. S. 奈保尔

最傲慢的家伙与他最破败的房子

🎙 **鲁敏**

当代作家，江苏省作家协会副主席。短篇《伴宴》
获第五届鲁迅文学奖，代表作有《金色河流》《六
人晚餐》《梦境收割者》《荷尔蒙夜谈》等。

奈保尔通过"房子"所要隐喻的，正是全球语境
下迁徙挪移的族群和他们苦苦寻求的空间。这种
由一代代移民艰辛建构的空间，是文明破碎与侵
入中的强行黏合，因此在根本上缺乏长久存在的
根基，注定要在不断崩塌中被反复重建，直到再
次面临新一轮的崩塌。

1 | 大师的青年时代

    讲述奈保尔其实是有风险的，因为有很多人不太喜欢他，有的是不喜欢他这个人，有的是不喜欢他的作品，也有的两者都不喜欢。V. S. 奈保尔是一名印度裔英国作家，也是 2001 年诺贝尔文学奖的获得者。他 22 岁开始文学创作，一生精力充沛，创作丰盛，78 岁那年还出版了最后一本随笔集《非洲的假面剧》（*The Masque of Africa*）。

    纵观奈保尔一生的创作，我们会发现他在虚构写作与非虚构写作两个领域均取得了重要的成就，这也导致喜欢他作品的读者往往自觉或不自觉地形成了分立的"两大阵营"。我的一些偏好理性阅读的同行就不大欣赏奈保尔的小说，他们更推崇他的《幽暗国度》（*An Area of Darkness*）、《印度：受伤的文明》（*India: A Wounded Civilization*）和《印度：百万叛变的今天》（*India: A Million Mutinies Now*），也就是声名卓著的"印度三部曲"。而我自己则站在虚构也就是小说的这一队。如果虚构作品的这一队也可以再次分组的话，那么相对于声名响亮的《大河湾》（*A Bend in the River*）和《抵达之谜》（*The Enigma of Arrival*）等奈保尔中后期的作品，我个人更偏爱奈保尔青年时代的写作。因此，我将着重分析奈保尔早期的小说创作。

初入世的才华熠熠

    文学大师青年时代的创作，如同美人初长成，气韵丰沛、诚恳真挚，对自己将要产生的多维度的复杂影响力，尚无乔张做致的顾盼感。这种"天然去雕饰"的感觉，让我们能够以更直观的方式触碰到大师的内在自我，所以我特别喜欢观察伟大作家在青年时代的写作。

V. S. 奈保尔在文学界以傲慢和毒舌著称。他的傲慢既体现为成名之后的我行我素，也反映在私人生活，尤其是情感生活中。奈保尔曾被指控"暴力虐待""不尊重女性"，他和妻子以及诸多女性的关系，一度引发争议。这些虽然都是文学之外的话题，但我们也可以由此窥见奈保尔盛名之下的某种防卫过当或把握失度。然而，当我们把目光投向奈保尔尚未出名的时期，会发现青年时代的他及其种种言说可以说完全是"傲慢"的反面。因此，了解青年时代的奈保尔，可能会有助于我们更全面地把握这位作家的真实面貌。

奈保尔早期最有名的小说集毫无疑问是他 22 岁时所写但直到 27 岁才出版的《米格尔街》(*Miguel Street*)，这是由 17 篇自成一体又彼此相关的短篇组成的单行本，17 个故事均以 20 世纪 30 年代至 40 年代特立尼达群岛的米格尔大街为背景。特立尼达群岛就是现在的特立尼达和多巴哥共和国，是一个很小的国家，在当时是英国的殖民地。

小说以一个生活在米格尔大街的孩子——可以认为这就是少年奈保尔——作为故事的叙述者和旁观者，尽管采用了少年的视角，但奈保尔的书写却冷峻讽刺、忧郁伤感。借由少年天真的眼光，奈保尔怀着爱恨交加的复杂情感勾画了殖民地人民所特有的得过且过、无所事事的生存状态，并且揭示了蕴藏在这种生存状态

奈保尔

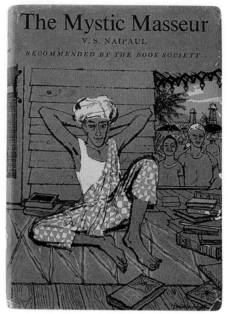

中的卑微怪异的文学审美性——这么说好像有点残酷，但的确如此，伤感中的卑微和妥协中的幽默，现实世相中的种种不如意，恰恰会在文学意味上构成一种有力量的审美。《米格尔街》可以说是奈保尔被最广泛阅读，也是被后来者最多模仿与追随的作品，已经收获了太多的掌声与鲜花。

相较而言，奈保尔写作于 25 岁时的长篇处女作《灵异推拿师》（*The Mystic Masseur*）倒是较少得到关注和赞赏。像任何一个刚刚踏入社会的年轻人一样，写作此书时，奈保尔还没有找到他将要终生行走的那条路径。那时他刚从牛津大学毕业，连续应征 26 份工作都被拒绝，只能寄居在伦敦某个穷亲戚的地下室中。但令人惊讶的是，在这种听起来有点辛酸悲惨的境遇之下，奈保尔却在处女作《灵异推拿师》中展现了年轻人的自信。小说行文宽裕，语言诙谐、机警，节奏明快，各章节次递推进，有如多幕轻型喜剧，在滚滚烟尘中自有一股生猛之力。

这本小说大致确立了他标志性的轻型荒诞风格。小说主人公是一个名叫甘涅沙的印度裔青年，他满脑子都是离奇的宗教思想，认定上天在冥冥之中对他的人

1 《米格尔街》
　初版封面
2 《灵异推拿师》
　初版封面

加勒比海的岛屿分为两大部分。西印度群岛的大部分人口来自大安的列斯群岛，其中包括古巴、牙买加和波多黎各。在这个群岛的东南部，一连串较小的国家和非主权国家通向小安的列斯群岛最大的岛屿特立尼达。哥伦布于 1498 年夏天在第三次寻找亚洲的航行中首次接近该岛。他注意到三座覆盖着茂密植被的山脉，将该岛命名为特立尼达岛（英语：Trinidad Island；西班牙语：Isla Trinidad），意为"三位一体"。该岛长期被西班牙占有，直到 1797 年转入英国手中，1888 年与多巴哥岛组成联合殖民地，1962 年获得独立。

生道路自有安排。尽管在生活中四处碰壁、屡战屡败，但凭借着强大且莫须有的信念支撑和一小点科学知识与运气，他仍旧顽强而自信地四处奔走为人驱魔，并在机缘巧合之下从一个看似不可能有任何作为的混混变成"神人合一"的通灵大师，最终加入政坛，获得大英帝国勋章，直至被派驻联合国。整本书不算厚，或许也稍微有点轻飘，但那是一种年轻人所特有的轻飘，是一种值得原谅，甚至值得羡慕的轻飘。他到底才 25 岁，指缝里处处透出熠熠光华。

从 22 岁的《米格尔街》和 25 岁的长篇处女作《灵异推拿师》开始，奈保尔大致划定了他的文学自留地：殖民文化与原住民，印度移民与新世界。他借由书写把殖民地原住民的生存状态提升到了一个文学审美性的独特高度，后来的长篇作品《大河湾》和《抵达之谜》也都归属于这样一个大的母题，以至于获得诺贝尔文学奖后，媒体和评论界就像为水果贴标签一样，很直接地将他的创作归类为"移民写作"。

移民写作

我估计奈保尔本人并不喜欢"移民写作"这个标签。英国有三位很厉害的移民作家，除了奈保尔，一位是 2017 年获得诺贝尔文学奖的石黑一雄，他的作品体现出一种日式的慎终追远，既有东方文学的清冷，又涵盖西方现代派的主题与风格；还有一位是萨尔曼·拉什迪（Salman Rushdie），他出生于印度的一个穆斯林家庭，代表作有《午夜之子》（*Midnight's Children*）《羞耻》（*Shame*）等，曾因为小说《撒旦诗篇》（*The Satanic Verses: A Novel*）中对宗教的处理而引起宗教社团领袖的愤怒，并被伊朗当局悬赏 600 万美元全球追杀，这一事件也一度引起国际社会和宗教界的热议。*

FACT:

在被伊朗最高宗教领袖霍梅尼以重金悬赏全球追杀之后，拉什迪不得不在英国政府的庇护之下过着流亡和半隐居的生活，迫于政治压力，他也曾就《撒旦诗篇》中涉及"渎神"的部分公开进行道歉，并承诺不再出版此书。

尽管这两位作家和奈保尔一起并称为"英国移民作家三杰"，但他们的写作主题和写作风格都与奈保尔十分不同。对于强加在自己身上的标签，大多数作家都会显露出几分无奈乃至愤怒。比如我们当下也常常喜欢说的女权写作、青春写作、自传式写作、跨界写作等，其实可能对每一位具体的作家而言，这样的分类都会显得太过简漫和固化了。

拉什迪本人就曾公开发表过对"移民写作"之指认的看法："我们是一种不完的存在，我们就是偏见本身。"另一方面，对于移民写作而言，我们又不得不承认，地缘交叉的写作背景确实会在作家身上浇铸出一种动荡而开阔、如混浊河水般的基因，从而使得他们的文学血液总有独秀于林的异样之处。

早一些的移民作家有"心理小说之父"亨利·詹姆斯（Henry James），他是美国人，家族富有，父亲是有名的哲学家和神学家，哥哥威廉·詹姆斯（William James）是美国第一位心理学家，现在我们经常提到的意识流理论就是威廉·詹姆斯的首创。几乎每个詹姆斯家族的成员都是高级知识分子，他们推崇国际文化，认为欧洲文化是子女教育的重要部分，因而亨利·詹姆斯 12 岁就被送到欧洲读书，此后长年客居欧洲，去世前一年索性加入英籍。因此他一辈子所写的，都是老欧罗巴与北美新大陆在文化与精神上

---

* 2022 年 8 月 12 日，拉什迪在纽约准备演讲时遭遇袭击，行凶者为黎巴嫩裔美国人哈迪·玛塔尔，最终拉什迪虽脱离生命危险，但失去了一只眼睛和一只手。

的深层次纠葛，那是一种东风压倒西风式的永恒战斗。詹姆斯的心理描写特别纠缠繁密，可谓九曲十八弯，对后来兴起的现代派及后现代派文学有很大影响。

同样作为移民作家的纳博科夫（Vladimir Vladimirovich Nabokov），因为他的那部禁书《洛丽塔》（*Lolita*）而获得最初的盛名。"萝莉"，最早就是出自《洛丽塔》的台湾版译名。除《洛丽塔》外，纳博科夫的《王，后，杰克》（*King, Queen, Knave*）、《黑暗中的笑声》（*Laughter in the Dark*）和《微暗的火》（*Pale Fire*）等小说也都特别好。纳博科夫本人是俄国人，后来在西欧和美国都有较长时间的居住经历，所以很难说他的文学气韵，他纯正的邪念与哀伤的幽默感，到底是俄罗斯式的、法兰西式的还是美国式的。也许每在一个国家或地区居住，纳博科夫的文本都会像被涂上油彩的画作一样，变得愈发层叠、缤纷、浓厚。

移民作家里还有一位值得一提，就是前几年大红的"恶童三部曲"的作者雅歌塔（Kristóf Ágota）。她出生于匈牙利，后来因为战乱逃亡到瑞士，当时才 21 岁，怀抱着刚刚出生的婴儿。她的法语完全是零起步，后来跟着儿子的小学课本慢慢学，学到一定程度才开始尝试用非母语（法语）写作，直到 51 岁才出版第一部作品，也就是著名的《恶童日记》（*Le Grand Cahier*）。

《恶童日记》一经出版就广受欢迎，其中一个重要的原因是雅歌塔的语言。因为运用的是自己不太熟练的法语，雅歌塔形成了一种如儿童般幼稚笨拙的文风：多用短句，很少用形容词，除动词、名词和必要的助词外，几乎没有心理描写、场景描写和细节描写。这样的语体文风引起了读者的惊叹，并得到法国文学界的极力推崇，很快就被翻译成了 35 种语言。

为什么会有这种效果？我认为，在一种过分精致、几乎被抛光打磨的母语书面语写作格局下，雅歌塔这种粗简、笨拙、冷酷的写作，确实会给阅读者和文学界带来一定程度的震撼。毕加索有句著名的话：我终身的努力，就是想像孩童的线条那样笨拙。而雅歌塔就是天然地形成了这种风格。当然，雅歌塔的重要贡献除文风外，还有她对移民流亡主题的挖掘。

移民主题到底是什么？我们可以大概分析一下，比如十几年来一直占据畅销书榜单的《追风筝的人》（*The Kite Runner*），它的作者胡赛尼（Khaled Hosseini）就是一位移民作家（美籍阿富汗裔作家）。还有2009年诺贝尔文学奖得主、罗马尼亚裔德国作家赫塔·米勒（Herta Miller），她的作品比较难读，情绪阴沉，文风晦涩，读来有如隔了几座大山。还有来自匈牙利的贵族流亡作家马洛伊·山多尔（Márai Sándor），他的《烛烬》（*Embers*）、《伪装成独白的爱情》（*Love Disguised as Monologue*）和《一个市民的自白》（*A Citizen's Confession*）等都值得推荐。在更年轻的一代里，孟加拉裔的裘帕·拉希莉（Jhumpa Lahiri）前几年在美国当代文坛也颇受瞩目，她的代表作有《疾病解说者》（*Interpreter of Maladies*）、《不适之地》（*Unaccustomed Earth*）等。

这几位移民作家的"文学暗扣"都在于文化暴力、等级压迫、殖民歧视、战乱或革命、种族式迁徙等。这样的移民作家能拉出很长一串名单来，他们在读者、评论、媒体、影视、翻译、评奖等领域都特别受关注，因为移民话题不仅是当下的、现实的，而且是全球的、国际的，它不仅在文学上逐渐成为主流，而且也符合当下人们对"政治正确"的要求。

但在这么多的移民写作中，以我个人的阅读观感而言，把移民者的日常寄居心态写得淋漓纷披、令人戚戚的，当属奈保尔的早期代表作《毕司沃斯先生的房子》（*A House for Mr. Biswas*）。此书出版于1961年，十年后，奈保尔获得布克奖，四十年后，他获得了诺贝尔文学奖。

2 | 以父之名

奈保尔与父亲的关系

相对于处女作《灵异推拿师》的轻浮感，《毕司沃斯先生的房子》则足够沉稳老练，甚至显得有些沉重。这本书我读过三遍，是奈保尔所有小说中我最喜欢的一本。

简单来说，这是一个男人与房子的故事。故事本身并不太复杂：幼时的毕司沃斯先生因父亲突然亡故，家中房屋被出售，只能在不同亲戚家辗转寄居。成年后，毕司沃斯先生入赘到妻子的大家庭中，长辈和孩子们的种种要求，以及日常生活的各种琐事搅得他不得安宁、疲惫不堪。他不自量力地试图另立门户，自己攒钱造房子，却处处上当乃至最终遭遇房屋失火，梦想终于化为灰烬。经过一次精神崩溃后的离家出走，他似乎走出了阴沉的运气，奇迹般的谋得一份小差事，并终于替晚年的自己买得一幢房子，算是拥有了可以遮风避雨的一小片屋顶。然而，事情并未就此完结，"刻薄"的奈保尔可绝不会轻易饶过这位倒霉的主人公。他分派给毕司沃斯先生的，是一幢破绽百出、充满种种缺陷和隐患的旧房子、坏房子。因此，伴随着刺耳的噪声和能将人折磨致死的各种麻烦，新一轮的、更为深重的噩梦就此拉开了序幕。由于长期的积劳，毕司沃斯先生最终含恨而死，只给从英国留学归来的儿子留下三千元的债务。

FACT:

奈保尔的父亲是特立尼达第一位成为成功作家的东印度人。他基本上自学了如何用英语阅读和写作，并从 1929 年到 1953 年为当时岛上的主要报纸《特立尼达卫报》工作，1943 年出版了短篇小说集《古鲁德瓦和其他印第安故事》。

评论界的索引派认为此书是奈保尔以其父亲为原型创作的。索引式的研究和阅读也是很有趣的，就像我们读《红楼梦》会字字找出处地对照曹雪芹的身世，读《红与黑》会推测司汤达的写

奈保尔的父亲西帕萨德·奈保尔和他的福特车

作灵感源自他读到的一则法律界新闻,同样的索引手法在《毕司沃斯先生的房子》里,确实也能找到一些证据。和小说主人公毕司沃斯先生一样,奈保尔的父亲也是一位来自特立尼达群岛的印度移民,他也做过小报记者,没事儿也会动笔写点东西,带点小文人的浪漫与伤感。更重要的是,奈保尔和父亲的关系与小说中的亲子关系简直如出一辙——毕司沃斯先生有一个瞧不起他也瞧不起整个家庭的儿子,而在现实生活中,作为儿子的奈保尔也一度对从父辈那里继承过来的移民身份感到迷茫和困惑,这种巧合使得现实与虚构形成了一组相当对称的镜像关系。

　　奈保尔的父亲,以及他们的父子关系,确实对奈保尔影响深远。奈保尔 18 岁离开特立尼达群岛到牛津大学求学,后来留在伦敦孤独求职并开始尝试写作,在这期间,他与父亲一直保持着密切的、高质量的通信。1999 年,他与父亲的通信被结集,以《奈保尔家书》(*Between Father and Son: Family Letters*)为题出版。全书充溢着一种励志与重托般的"家传之风",我们可以在其中读到一个为养家

FACT:

1953 年 6 月,奈保尔以第二名的成绩毕业,他评价 "a damn, bloody, ... second"。然而,托尔金,奈保尔在牛津的专业课教授认为他的论文是该大学最好的。

所累而心力交瘁的老父亲形象——他终生热爱文学却壮志未了，只能把写作梦想寄托在儿子身上，总是在信里对儿子反复强调："千万不要害怕当艺术家。"可惜，这位老父亲在奈保尔 31 岁时即离开人世，没有等到奈保尔获得女王封爵和领取诺贝尔奖章的大日子。

同样，在这本家书里，我们还可以读到作为儿子的奈保尔求学之路上遇到的种种波折——他被神经官能症困扰，为贫困和经常发作的哮喘所累。对写作前途的不确定、不自信以及由此带来的焦虑，还使得奈保尔一度开煤气自杀，管道的中途断气则让他与死神擦肩而过……所有的写作者都可以从这本家书中找到共鸣。但是后来，这样真切和低伏的奈保尔却渐渐消失不见了。

成名之后

奈保尔成名之后，他的社会地位也很快得到了提升。39 岁获得布克奖，58 岁获得女王勋章，69 岁获得诺贝尔文学奖，世俗的赞美和物质的奖励让奈保尔在公开场合及出版的文字中变得越来越傲慢。他穿睡袍接受《印度图片周刊》的采访，在诺贝尔文学奖的获奖感言中公然说出"感谢妓女"，令瑞典学院颜面尽失。他还在很多的场合以极其任性、"毒舌"的方式谈论性、女人、种族、殖民地、西方世界、女作家和读者。2014 年 8 月，奈保尔到访中国，并在上海国际文学周度过了他的 82 岁生日，这是他第一次也是最后一次来到中国。当媒体问及他对中国的期待时，他的回答还算客气："我并没有什么期待，因为一旦有了期待就看不见你要看的东西，我只是过来，然后观察就可以了。"

在这一阶段，奈保尔还专门出版过一本随笔集《作家看人》（*A Writer's People*），以一种娴熟的英式幽默臧否天下，刻薄地掐捏揶揄若干名人与同行。在书中，他曾说："康拉德有些东西还凑合，福楼拜只有一本书让人眼前一亮。"他经常宣称自己是最伟大的英语作家，因而在文坛大量树敌，他还经常攻击作为个体和整体的女性作家，认为她们"多愁善感，眼界狭隘，所以她们写出来的东西也是一样的"。

这些攻击对象里还包括他年轻时曾仰慕不已、对他亦有提携之恩的作家鲍威尔（Anthony Powell），他认为鲍威尔只是"勉强能算混得成功"。甚至对他所碰到的第一位知音、鼓励他开始写作长篇的编辑多伊奇，奈保尔也毫不手软，他在成名之后评价多伊奇："他是个愚蠢的人，真的没有文化，他给我造成很多痛苦。"

富有意味的是，奈保尔本人的生活并不比他攻击的对象更体面。他终其一生都在处理与妻子和情人的复杂情感纠葛，这些关系中充斥着不忠与暴力。他在婚后不久即频繁出入妓院，并承认可能因为暴力而促成了首任妻子的悲惨离去。在婚姻之外，他与一名英裔阿根廷女子玛格丽特·穆雷玛格保持了长达 24 年的情人关系，玛格丽特因为他离开了丈夫和三个孩子，一直期望能与奈保尔结婚，但在前妻去世两个月后，奈保尔立即抛下了这位痴心的情妇，迎娶了另一位女性——年轻的巴基斯坦新闻记者纳迪拉·阿尔维（Nadira Khannum Alvi）。所有这些，都是晚年的奈保尔在自己选定的作家帕特里克·弗伦奇（Patrick French）为他作官方传记时，一一和盘托出的。这本名为《世事如斯》（*The World is What It is*）的传记在 2008 年出版，一经发表即震惊世界。"他认为一本不那么坦率的传记没有意义"，弗伦奇在解释这本传记时说道，"他愿意让一本坦率的传记在他有生之年出版，这既是一个自恋之举，也是一个谦逊之举。"传记出版十年后，86 岁的奈保尔溘然长逝。

说回奈保尔与他的父亲。在《作家看人》那本书里，奈保尔也花了相当的篇幅评价父亲的写作，将父亲定义为"加勒比海地区一个不被世人所认知的失意作家"，言辞间投射出一种复杂的孤岛式亲情，以及家族式接力长跑者对父辈精神的血肉体恤。在父亲去世 22 年后，已富有国际影响力的奈保尔再版了父亲的短篇小说集并为他作序，该书曾热销一时，也算是圆了父亲的作家梦。

至于毕司沃斯先生的原型到底是不是奈保尔的父亲，这一点或许也没那么重要。从单纯阅读的角度而言，人物原型、灵感出处、写作动机、作家当时所处的时空背景与心理情境等，都可算作与文本无关的身外之物，不必纳入作家与读者订立的"阅读契约"之中。有的时候，装瞎作聋、一无所知的阅读反而是最客观、最鲜美的。

3 | 底层情调

小说的气质

什么样的小说才会吸引人一再重读？我个人觉得，这与小说本身是否文辞华美、是否智性深刻或写作者是否技术高超，都不构成正向的逻辑关系。那么小说的魅力到底与什么有关？这很难一言以蔽之，因为每个读者的感受千差万别。就我个人而言，如果打个通俗的比方，这就像与人相处一样，一本小说的魅力在于它就像一个有个性的人，具有独特的、能将其与同类区分开来的"性格"与"气质"。

奈保尔这本以房子命名的书，真正吸引我的地方在于它充满了一种满目疮痍、处处遭殃的倒霉蛋气息——顺便说明一下，我的口味向来不大上台面，我对卑贱、困厄、辛酸的东西总有种天然的亲近感。在这本书里，毕司沃斯先生从出生到死亡，在每一个时间和空间的片断里，他的每一粒细胞、每一个毛孔都散发出无可弥合的悲剧感与失败感。他那么努力、谨慎，动用一切心机，却处处跌跤、满嘴泥巴，就算偶尔看上去小有胜算，由于这命运悲剧的强大惯性，读者也会毫无同情心地等待着：看着吧，快了，前面准有个绊子，准有个大坑，他下一步就要摔得四仰八叉了。

比如，当毕司沃斯先生经过艰难的、备受屈辱的求婚之后，终于入赘女家，他住进了对方的大屋，奈保尔却继续描写他寄人篱下的辛酸：

> 每个下午，毕司沃斯先生都不得不鼓起勇气返回哈奴曼大宅。他需要穿过庭院，再穿过大厅，上楼，走过阳台，再穿过书房——这都是家里其他人的地盘——然后才是他和别人合住的长形屋子，由一个旧阳台改造而成。他在那里才能脱下长裤和背心。他的长裤是用面口袋做的，无论经过多少次清洗，裤子上的商标字母依然很显目；裤子从他的膝盖上垂下来，使他看上去

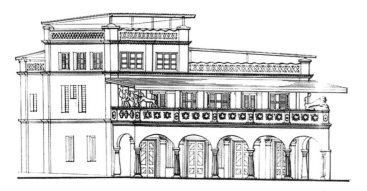

SOUTH ELEVATION NORMAL TO MAIN ROAD

1 2 3 狮屋（Lion House），
《毕司沃斯先生的房
子》中的哈努曼之
家的原型。该建筑
由 1894 年抵达特
立尼达的契约劳工
Pundit Capildeo 于
1926 年建造

更加瘦小。有关他裤子的事很快在孩子们中间流传，但毕司沃斯先生对于大厅里的耻笑和评论听之任之，不顾新婚妻子莎玛的小声恳求，他始终穿着面口袋裤子招摇过市。

就是这样，奈保尔以一种特别的耐心，像连环套一样反复勾勒毕司沃斯先生的寒酸与拮据。他的笔触如同锋利的刀刃，残忍地一刀又一刀，把毕司沃斯先生割得遍体是伤，却又滴血不出。起码毕司沃斯先生还维持着表面上的乐观，总是带着尴尬、轻蔑甚至有几分飘逸的笑。书里有好几次写到，在遭受亲戚、妻子乃至儿子的欺负、讥讽或嘲弄时，他就算想骂人，也只会借着吃东西或刷牙的时机，塞着满嘴食物或含着漱口水哼哼唧唧地骂，因为只有那样做，包括他自己在内的所有人才无法听清他在说什么。

中外的小说里，一直都不乏各种各样的畸零者、不识时务者、被损害与被污辱者，我们有时能看出作家本人是爱这些人物的，他对他们有着怜惜和维护之心。但奈保尔却未必这样，或者说，他就算爱他笔下的人物，这种爱的态度也是严厉的，其中包含着对人物所作所为的不赞同和对人物缺陷的不宽恕。在这本《毕司沃斯先生的房子》里，这毫无原宥的严厉情感，是男人对男人的，是移民者对移民者的，也是替代式的儿子对替代式的父亲的。这是一种审看的目光，它淋漓纷披，将毕司沃斯先生身上一直没有暴露出的伤口，一直没有流出的失败者的血，统统都反转到奈保尔本人身上，随之而来的，则是创作者泣血无情的加倍疼痛。

通过写作此书，奈保尔差不多算是与他的整个青年时代，与他失败的父亲进行了一场义无反顾又断筋剐骨的道别。这道别的力量连绵不绝，是对读者的无声击打，是对自己的无情践踏，也是对人间的反复质问。

底层情调

除了小说的主人公、这个怯懦到几乎不敢与他人目光对视的落魄男人，《毕司沃斯先生的房子》最成功之处，还在于对所谓"典型环境"的建构。典型人物与他所处的典型环境，这永远是小说叙事的两大硬核。

奈保尔看起来不仅擅长建构"典型环境"，更可谓醉心于此。他用一种病态的、近乎自虐式的精细笔调，描写了毕司沃斯先生在人生各个阶段所处的环境，这些"环境"一处比一处更不堪，甚至不堪到令人愤怒。出产欠丰的土地，布满烂泥的道路，充满威胁性裂痕的房屋，他亲手豢养的家畜与软弱不忠的狗，儿子价格昂贵的定制校服，虚荣的妻子整天念念叨叨特别重视但总是空空如也的家庭装饰柜，因为焦虑而患上的各种慢性病，因为没有疗效而不断更换的药片，总是捣乱的滑头滑脑的下等雇工……毕司沃斯先生的生活真是爬满了跳蚤，它们一波又一波地涌上来，充溢着他的每一个白天和夜晚，最终形成黏糊糊的、让人无法回避的生之压迫。我们不妨感受一下书中的一些描写——

FACT：

《时代》杂志将《毕司沃斯先生的房子》列入1923年至2005年100部最佳英语小说名单。2022年，它被列入英联邦作家70本书的"大禧年阅读"名单，这些书被选中以庆祝伊丽莎白二世登基70周年的白金禧年。

妻子莎玛极少给自己花钱。她和她所有的姐妹一样，买不起最好的衣饰，又看不起二流的首饰和衣服，于是干脆什么也不买。她的紧身胸衣的腋下开始有补丁。毕司沃斯先生越抱怨，她就补得越多，展示起那些补丁来，几乎像是一种变相的骄傲。

有时当他穿衣服的时候，毕先生会仔细计算他身上所有衣服的价钱，然后想到自己现在值一百五十美元。而一旦骑上自行车出去，他就价值一百八十美元。可是当他离开采访对象时，别人会问："哪一辆是你的车？"真见鬼，难道记者会那么富得流油吗？

而就是这么一辆自行车，由于报社分配毕先生去替政府做贫困救济调查，因此那些比他更穷的穷人就把怒火统统撒到他身上，经常粗暴地把他赶到大街上，并且他随后会发现：他的自行车遭了殃。起先是气门芯被偷了；接着是橡胶把手；然后是车铃；有一次连车座也丢了。于是那个下午，他骑着没有车座的自行车横贯整个城市，一路上上蹿下跳的颠簸着，招来人们异样的眼光。

其实我们能看出来，这些辛酸的描写是奈保尔有意为之的。他写得夸张，却也写得畅快。他清楚地知道，这样的描写会使小说形成独特的质地，自会吸引到白白胖胖的优裕阶层，让他们从闲置的脂肪里挤压出几滴苦涩但令人愉悦的文学汁水。这种"衰败的底层情调"，或许也是移民小说的一个技术审美性标配。

底层与情调，这两个词似乎搭配不宜。但从当下早已中产化了的审美来看，"底层情调"确乎又蔚然成风。与此类似的，还有绝症情调、失败者情调、自杀弃世情调、亚文化情调等等，这些都是我不知该如何命名和归类的趋向。有时候我觉得，艺术家本身的孤独及其所遭逢的境遇，是时代与命运的配额，近乎是一种无可迂回的历史必然性。但当这种孤独被后来者以一唱三叹的方式反复传诵时，艺术家出于自身境遇所进行的历史书写，就很容易沦落为供读者抚摩把玩、标榜情怀的工具。这实在是一种误会与误读。

回到那幢旧房子的"典型环境"。20世纪五六十年代的特立尼达群岛是否真像奈保尔描写的那样破破烂烂、污水横流，人们跌跌冲冲地从一个陷阱跳往另一个陷阱，这我说不好，但对一个寄人篱下、财富拥有量极低的异乡流民来说，必然如此，也必须如此。

在移民所受的诸种压迫中，生存压迫是最初级的，但恰恰也是最根本的。在殖民地，任何一个水滴大小的纠葛都可以折射和放大巨象般的异化感，何况 V. S. 奈保尔自有匠心所在。《毕司沃斯先生的房子》的核心，其实既不是扶不上墙、也倒不下地的毕司沃斯先生，亦非这一无是处、等而下之的污糟环境。在这两者的正面炮火强攻下，奈保尔的最终聚焦点其实只有一个——房子。

4 | 房子的隐喻

作为小说意义核心的"房子"

像钩住一条羸弱的不断挣扎的鱼，奈保尔花费了 580 页，从毕司沃斯先生的出生一直追踪到他的死亡。书中所有的漫长时月、千绕万转、絮絮叨叨和水尽石枯，都围绕着"房子"这一点反复着力——毕司沃斯先生始终想要一栋属于自己的房子。

在经过了九九八十一道曲折之后，临近晚年的毕司沃斯先生终于得到一块无人肯要的坡地（他这时还不知道，此处根本不宜造屋），他兴冲冲地去找一个木匠，后者手艺极差、要价很高，并且善于扼住要害。这位简直就是精通心理攻势的木匠在纸上画了两个端正的正方形，说："你想要两间卧室。"毕先生点点头，因为终于开始踏上美梦之路而显得分外虚弱，他小声补充："还要一间客厅。"木匠于是又添上一个正方形。"我还要一条走廊。"毕先生用梦幻般的声音说。木匠于是又画了半个正方形，并主动接下去描绘："走廊和前卧室之间，一扇木头门。""客厅门是彩色窗格玻璃。""走廊上你想要漂亮的围栏。窗户漆成白色。带台阶的花园。坡地上得有柱子和凉亭。"是的，是的。完全正确。听起来不错。毕先生一直在点头，木匠说一句，他即快速地点一次头或点两次头。

他们在谈这笔交易的过程中，不断被各种家畜的叫声和老婆的骂声打断。但毕先生镇定得如临大事有静气，反过来安慰满怀憧憬（主要是憧憬工钱）的木匠："罗马非一日造成。我们一步步来。"他非常大方地付出定金……自然，这只是毕先生多次上当，然后落得众人嘲笑的又一个小环节。但我绝对相信，就在木匠画在纸上的那几个虚拟为卧室、客厅、围栏与花园的正方形里，毕司沃斯先生获得了高潮般的短暂幸福，并且还要凭这短暂的幸福来抵御他自己也早有预感的长久的更大的衰败。

真是既痛恨又欣赏毕司沃斯先生这愚蒙的固执啊。这固执，正是作家奈保

奈保尔父亲的房子，位于西班牙港圣詹姆斯区，被称作"奈保尔之家"，也是小说中毕司沃斯先生临终前所买房子的原型

尔塑造出的"文学性固执"，它充满了巨大的寓言意味——在破败欲坠的梁柱下，一代代移民者像老鼠一样在其间繁衍生息。"房子"就像墙上一个小小的黑点，一无所有的移民者只要抓住这一点，就会搏上整个性命去深挖，直到把它变成巨大的可以栖身的黑洞。奈保尔通过"房子"所要隐喻的，正是全球语境下迁徙挪移的族群和他们苦苦寻求的空间。这种由一代代移民艰辛建构的空间，是文明破碎与侵入中的强行黏合，因此在根本上缺乏长久存在的根基，注定要在不断崩塌中被反复重建，直到再次面临新一轮的崩塌。

作为"路标"的隐喻

不知奈保尔本人最终是否满意这份隐喻的完成程度，毕竟这"隐喻"已经明显到了"明喻"的地步。有的时候，小说叙事中的投射与象征，也是一头很难驾驭的怪兽。倘若过了头，或干脆以隐喻作为全部的生发点，这些投射就会变成"拉了太多重物的马匹"，别再指望它能够奔跑出优美自若的姿态。这匹强壮的马的每一个动作与每一种走向，都带着预设的目的性和力学上的撕扯，这会导致我们在阅读中所碰到的每一个拐角都充满了暗示，这些"暗示"就像一个个路标，指引我们到达与作家约定好的终点。只有在这时，作家才会搁下笔，向我们投来迷雾中的深邃一瞥：我的故事讲完了，你，是否读懂了我的言外之意？

在文学史的版图中，有相当一部分以隐喻特质闻名的高标之作。比如葡萄牙作家萨拉马戈（José Saramago）的《失明症漫记》（*Blindness*）与《双生》（*The Double*）。

比如被奉为至典的卡夫卡的《城堡》。包括我一直很喜欢的三岛由纪夫，他在《假面自白》中对"死亡、性、血"的反复寓指，也像是缀挂了太多蕾丝边的设计，大大伤害了小说的匀称感。

再比如20世纪以来最被人们称道的政治寓言小说，乔治·奥威尔（George Orwell）的《1984》。它独创了许多被沿用至今的术语和专有名词，但个人以为，在文学之力与文学之美这两个维度上，《1984》中的诸多隐喻多少会影响到文学美的那一部分。讲这话可能要挨骂，毕竟，谁又甘心仅仅是讲一个"睡前故事"呢？就连说书人都要时不时猛拍醒木，以指点一番世道人心，更何况以文学为志业的作家？"言外之意"是作家永远的祸心所在，他固然是要讲一个故事哄你睡觉，可他必定会苦心孤诣同时又遮遮掩掩地在故事里包裹点沉甸甸的、深刻的玩意儿，希望能向你当晚的睡梦伸去章鱼般的触角，并希望你在次日醒来时，可以恍然大悟地咂摸回味出那触角背后的真切与苦涩。

我想，奈保尔先生显然做到了这一点。这么多年来，他笔下那位素未谋面却形容俱全的毕司沃斯先生，一直在我前面不远处挺讨厌地踽踽独行，害得我总是

1845 年到 1917 年，印度人首先作为契约劳工从印度抵达特立尼达和多巴哥，后来，一些印度人和其他南亚人及其家人作为企业家、商人、宗教领袖、医生、工程师来到此处。几百年的移民历史最终造成了目前特立尼达社会的两大族群，即：非裔黑人族群（由早期占人口的 57% 到今天的 39.6%）和亚裔印度人族群（由早期占人口的 40% 到今天的 40.3%）。

在特立尼达，不仅诸族群文化是所谓互为异质的，就印度移民文化来说，内部也是高度分裂的——它常常以语言、地域、信仰、身份等各种形式组合成一个个内部紧密的社会集团，如种姓集团、宗教集团、派别集团、语言集团等，表现出印度文化的"凝聚与分裂"的普遍性质。有着这样一种性质的印度移民社会，不仅内部各移民集团之间缺乏认同，在与当地社会的交往、归化方面更存在很大障碍。结果不可避免地出现了奈保尔在《印度：百万叛乱的今天》一书里回忆的情况：致力于建立一个"微型印度"——一个海外的印度文化飞地。《毕司沃斯先生的房子》里所描写的哈努曼大宅正是这样的一个文化怪胎。他们说印地语，信印度教，行印度礼，唱印度歌，读印度传统宗教典籍，在海外依然坚守着自己的种姓身份，生活在浓厚的印度文化氛围里。这些"日常生活的实在"，不断出现在青年奈保尔和晚年作家的笔下。

1 萨拉马戈

2 乔治·奥威尔

1 2

躲不开他，总是挺痛惜地牵挂着他。喜欢这本书，或许还有一个很私人的原因，那就是我也总会看到房子，也总会面对人与房子的各种关系。

在所有的地方，我们总能看到人们所栖身的各种房子。

深夜的窄巷里，小格子窗口里投射出通宵不灭的黄色光线，不知道里面醒着的是怎样的一位异乡人。面目酷似的公寓笼子，在相同的位置上安置着相同的马桶与床铺。拉开抽屉，甚至可以看到同样牌子的内衣与安眠药。那是一种雷同屋顶下的雷同生活。春天去往郊区，那里有被暗红色外墙围裹的别墅，华丽的窗帘垂挂不动，像是刚刚举行过葬礼。小镇的火车铁道边，仅允许停留三分钟的站台，闪过粗鄙但还算实用的工房，外面晾晒着粉红的娃娃衫与发黄的床单。

所有的这些房子，都会让我挺不痛快地想到半个世纪以前特立尼达群岛上的毕司沃斯先生的旧房子。随之，一股凉丝丝的满足感，如高山之巅的稀薄氧气，被补充到我慢速跳动的心脏深处。

推荐书单

1 《船讯》

[美] 安妮·普鲁 著 马爱农 译
人民文学出版社，2015 年

作者的中篇小说《断背山》（*Brokeback Mountain*）因为被李安改编成电影而红遍全球，其实她的长篇更好。她的长篇小说《船讯》，其个性就好比是一个笨拙的天真汉。

2 《拉格泰姆时代》

[美] E.L. 多克托罗 著 刘奡、常涛 译
上海文艺出版社，2015 年

美国后现代主义作家 E. L. 多克托罗于 2015 年去世，活着时也是诺贝尔文学奖的热门人选，美国前总统奥巴马也是他的读者，曾在推特上向他致敬。这本书文风跳跃活泼，却又处处挂碍对照现实，像一个行动不羁但内心柔软的街头浪荡子。

3 《五号屠场》

[美] 冯内古特 著 虞建华 译
译林出版社，2018 年

冯内古特亲历了 1944 年的德累斯顿大轰炸，"二战"结束之后一直在苦苦寻找书写这个主题的方式与结构。他整整找了 24 年，最终写出了《五号屠场》，里面加入了科幻、时间穿越等特别奇特，但是又特别和谐的主题。如果还是用人打比方，这本书是一个热爱狂想但又看透人间真相、一直神经质般咧嘴大笑的小丑。

4 《我们的小镇》

[美] 桑顿·怀尔德 著 但汉松 译
译林出版社，2013 年

伟大的戏剧家桑顿·怀尔德（Thornton Wilder）的名作《我们的小镇》（*Our Town*），像是"用残损的手掌抚过大地"的垂眉菩萨。

5 《谁带回了杜伦迪娜》

[阿尔巴尼亚] 伊斯梅尔·卡达莱 著 邹琰 译
花城出版社，2013 年

这本书气氛特别诡异迷人，像是一个深夜里在你耳畔低沉絮语的人间灵媒……

Life Trajectory

伦敦 ○

印度

刚果

1966 年，奈保尔游历东非，写下了《自由国度》和《大河湾》两部作品，图为《大河湾》中提到的刚果河流域，刚果河又叫扎伊尔河，"扎伊尔"在葡萄牙语中即有"河湾"之意

20 世纪 60 年代至 80 年代，奈保尔曾多次踏上游历母国印度的"寻根之旅"，在此期间，他创作了其最重要的非虚构作品"印度三部曲"。图为印度最大的港口孟买

在 20 世纪 80 年代写作的《信仰国度》和《不止信仰》中，奈保尔记录了自己在伊斯兰国家伊朗、巴基斯坦、马来西亚和印度尼西亚的所闻所感。图为伊朗第二大城市什哈德城内的清真寺

1950
获特立尼达政府奖学金赴牛津大学攻读英国文学

1961
出版突破性小说《毕司沃斯先生的房子》

1932.8.17
出生于中美洲的特立尼达岛

Timeline

1930   1940   1950   1960   19

特立尼达岛

特立尼达岛
上的沥青湖

特立尼达岛

奈保尔祖宅
"狮屋"的所
在地，查瓜
纳斯镇梅恩
大街

西班牙港

奈保尔7岁时随家人迁居到
特立尼达和多巴哥首都西班
牙港。图为西班牙港的印度
教寺庙

在拿到奖学金去牛津大学深
造之前，奈保尔就读于西班
牙港市中心的女王皇家学院

1990
被英国女王授封为爵士，并完成
"印度三部曲"的写作

2001
获得诺贝尔文学奖

2018.10.11
去世，享年85岁

1980　　　　　1990　　　　　2000　　　　　2010　　　　　2020

Feminism

NOUN

Meaning & use

Feminine quality or character; femininity. Now *rare*.   **1841–**
Advocacy of equality of the sexes and the establishment   **1895–**
of the political, social, and economic rights of the female sex; the
movement associated with this. Cf. womanism_*n*., women's
liberation_n.

> **1841** *Feminism*, the qualities of females.
> *Webster's American Dictionary English Language (revised edition) App. 963/1*
>
> **1895** Her intellectual evolution and her coquettings with the
> doctrines of 'feminism' are traced with real humour.
> *Athenæum 27 April 533/2*

Etymology

< **classical Latin** *fēmina* woman (see **female_***n*.) + **-ism_***suffix*. In sense
2 after French *féminisme* (in medicine) feminization (1871 or earlier). In
sense 3 after **feminist_***adj*.

Frequency

feminism typically occurs about six times per million words in modern written English.

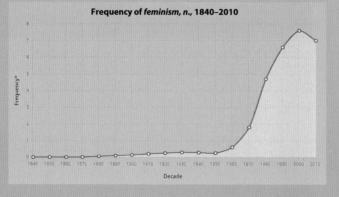

Frequency of *feminism, n.,* 1840–2010

第五讲

玛格丽特·阿特伍德

加拿大文学女王

🎙 邱华栋

当代作家,生于新疆昌吉市,祖籍河南西峡县。16岁开始发表作品,18岁出版第一部小说集,1988年被破格录取到武汉大学中文系,1992年毕业。在《中华工商时报》工作多年,曾任《青年文学》杂志执行主编,《人民文学》杂志副主编,鲁迅文学院常务副院长。

阿特伍德所探讨的当代社会问题都非常深刻、尖锐,既延续了经典反乌托邦文学的传统,同时又对女性主义的发展以及女性在未来社会中的地位进行了严肃的思考和警示性的想象,兼具科幻小说的想象力和反乌托邦小说的政治批判性。

1 | 气象万千的全能型作家

痴迷于《格林童话》

玛格丽特·阿特伍德（Margaret Atwood）一直是诺贝尔文学奖非常有力的竞争者，很多读者都认为她有夺奖的实力，而且这些年她在英国的赌博网站上赔率（榜单排名）一直非常靠前。2019 年 10 月 10 日下午，瑞典文学院公布了 2018 年和 2019 年诺贝尔文学奖获得者，一位是奥地利作家彼得·汉德克（Peter Handke），另一位是波兰作家托卡尔丘克（Olga Tokarczuk）。

就我个人而言，与托卡尔丘克相比，玛格丽特·阿特伍德在作品的数量、质量和文体的种类上都要更胜一筹。但文学就是这样，永远没有一个世界冠军，不像自然科学那样客观精确，它是一件关乎审美的事情。我们只能说自己喜欢还是不喜欢某位作家、某部作品，却永远无法在作品之间划分出固定的等级。在这个意义上，阿特伍德或许今后还有机会博得诺奖的青睐。

阿特伍德 1939 年出生于加拿大的渥太华。加拿大在经济上高度依赖美国，其文学也长期处于世界文学的边缘地带。到 20 世纪 50 年代，加拿大文学在世界范围内都还很不起眼。但是在 1950 年之后，加拿大文坛却出现了两位非常重要的作家，他们在全世界引起了很大的反响。一位是我们比较熟悉的诺贝尔文学奖获得者爱丽丝·芒罗（Alice Munro，又译为门罗），她的年龄比阿特伍德还要大十岁左右，另一位就是玛格丽特·阿特伍德。这两位女性小说家可以比肩其他任何同时代的英语作家。

这两位作家各有特点。爱丽丝·芒罗是一位短篇小说大师，目前为止发表了将近 170 部短篇小说。芒罗的短篇小说，在中国读者看来应该算作中篇小说。她的每一部短篇翻译成中文都有两万至三万字，篇幅超过一般意义上的短篇小说。在这个意义上，芒罗创造了一种新的文体，她的短篇小说比一般的短篇要长，又

年轻的玛格丽特·阿特伍德

比一般的中篇要短，兼具了对日常生活的关注和开阔的文学视野。芒罗能够取得今天的成就，自然离不开她在短篇写作领域取得的技术性突破。

与专攻短篇的芒罗相比，阿特伍德显然是一个多面手。她被翻译成中文的作品就有三十多部，其中有17部长篇小说，八部以上的随笔集和文学评论集，还有多部短篇小说集和诗集。阿特伍德对长篇小说、中短篇小说、文学评论和诗歌等多种文体都驾轻就熟，这也让她获得了"加拿大文学女王"的称号。

将阿特伍德称作"加拿大文学女王"，并不是一种夸张或恭维，可以说是当之无愧。从作品数量上讲，阿特伍德的确是一位笔耕不辍的创作者。2019年，已经80岁的阿特伍德又在英语文学界推出了她的长篇小说新作《证言》(The Testaments)。这部小说在英国引起了很大的轰动，很多读者排队购买，现场的盛况堪与"哈利·波特"系列的签售会相媲美。这也从一个侧面反映出阿特伍德旺盛的创作生命力和在国际上的影响力。

阿特伍德出生并成长于一个典型的中产阶级知识分子家庭，她的父亲是一位

1	2
	3

1 《证言》封面

2 3 阿特伍德在伦敦参加《证言》新书
活动，读者排队购买

FACT:

由于父亲昆虫学家的身份，阿特伍德童年很长一段时间都是在森林中度过的，森林里没有其他的娱乐方式，读书成了她唯一的娱乐和消遣。

生物学家，平时主要研究昆虫，母亲则是一位营养学家。尽管父母都从事与科学相关的工作，阿特伍德却并没有成为一名书写大自然和昆虫的自然作家，相反，她变成了一个主要创作虚构作品的小说家。这与她个人的成长经历有关。

阿特伍德从小就热爱阅读，五岁时就读了格林兄弟的童话集。她的作品多少借鉴了《格林童话》的一些元素，这些元素也构成了她主要作品的风格。她自己也承认了这一点："我一生最经常读的书，就是《格林童话》。我这 37 年来一直在读这本书，从头读到尾，跳着读，断断续续地读，总之我就是喜欢读《格林童话》。"

我们现在再去翻一翻《格林童话》，就会发现它虽然叫"童话"，却涉及很多人性中黑暗的元素，这些元素对成年人来说也足够触目惊心。或许是过早识破了"童话"背后现实世界的荒诞与残酷，阿特伍德才会对《格林童话》如此痴迷。这本童年时期的读物不仅激发了阿特伍德对虚构世界的向往，也为她之后的文学创作提供了源源不断的灵感、素材和母题。

据阿特伍德回忆，她的写作生涯开始得非常早。七岁的时候，她就以一只蚂蚁为主角写了一些诗歌和一篇小说，这可以说是她文学创作的开端。1957 年，18 岁的阿特伍德进入多伦多大学学习英语文学和哲学。在她的老师中有一位非常著名的学者，他就是"神话—原型"理论的倡导者诺思洛普·弗莱（Northrop Frye）。

弗莱的"神话—原型"理论非常著名，这一理论认为很多当代小说所讲的故事和其中的人物都与人类社会的各种神话有关，它们是原始神话在现代的一种变形。所谓"原型"，指的是"最初的形式"，弗莱认为最初的文学样式是"神话"，古代希腊罗马神话和《圣经》神话包含了后代文学发展的一切形式与主题。师从弗莱的阿特伍德，自然也从老师那里获得了不少理论和创作上的启发，这些在她之后的作品里也有所呈现。例如，她 2005 年的小说《珀涅罗珀记》（The Penelopiad），就以女性主义的视角对《荷马史诗》中奥德修斯的故事进行了重构。

1967 年，阿特伍德获得哈佛大学文学博士学位，毕业之后一直在加拿大和美国的一些高校担任教师和驻校作家。1969 年，她凭借长篇小说《可以吃的女人》（*The Edible Woman*）获得文学界关注，由此开启了职业小说家的生涯。

全能型作家

很多小说家的创作都从诗歌写作开始，阿特伍德也不例外。她出版的第一本作品就是诗集，名叫《双面的浦西分析》（*Double Persephone*，又译《双面佩瑟芬》）。这本诗集在今天看来带有一种超现实主义的风格，同时还有一些女性主义的特色。1966 年，阿特伍德出版了第二本诗集《圆圈游戏》（*The Circle Game*）。这本诗集在 1967 年获得了加拿大的最高文学奖"总督文学奖"，这对时年 28 岁的阿特伍德来说是一个巨大的鼓励。1968 年，她又出版了诗集《国家的动物》（*The Animals in That Country*），在这本诗集里，阿特伍德将加拿大寒冷、偏僻、美丽、粗犷的大自然写进了诗篇中，非常有地域特色。

除了《圆圈游戏》和《国家的动物》，阿特伍德较有影响力的作品还有《吃火》（*Eating Fire*）。这部诗集收录了阿特伍德 1965 年至 1995 年比较有代表性的诗歌作品，南京大学出版社和河南大学出版社分别于 2013 年和 2015 年出版了它的中译本。尽管以长篇小说见长，阿特伍德在诗歌创作领域也取得了不斐的成绩，《格拉斯哥先驱报》就曾称赞阿特伍德的诗歌是"强大、新颖的想象力之作"，它表明阿特伍德"创造了她自己的神话"。

阿特伍德还写了很多文学评论集。她的文学评论往往从一个看似大众化的主题出发，聚合起不同国家、不同地域和不同时代的文学作品，并最终延伸到对文学本质和前沿议题的严肃思考。

例如，她的文学评论集《在其他的世界：科幻小说与人类想象》（*In Other Worlds: Science Fiction and Human Imagination*）就专门对科幻小说做了非常详尽的分析。在书中她坦言，"我的作品无不流露着对各类科幻小说的小小敬意"。而借由对厄休拉·勒古恩（Ursula K. Le Guin）、赫胥黎（Aldous Huxley）和威尔斯（Herbert Welles）等科幻作家作品的分析，阿特伍德也阐释了自己对"乌托邦"和"反乌托邦"等概念的看法。她还写过一本专门研究加拿大文学的评论集，名为《生存：加拿大文学主题指南》（*Survival: A Theme Guide to Canadian Literature*）。在这本书中，阿特伍德以"生存"为关键词，对加拿大现代文学的生成做了详细的挖掘与描述，让我们看到了非常年轻的加拿大文学自20世纪以来的一些发展变化。

除了主题性的评论，阿特伍德还写过一本关于"如何写作"的书，这本书的名字很有趣，叫《与死者协商：一位作家论写作》（*Negotiating with the Dead: A Writer on Writing*）。主书名"与死者协商"体现了阿特伍德对文学创作的独特思考，她认为每一位作家都有二重性，既是会生病、会死亡的普通人，也是在书写中寻求不朽的创作者，而"写作"就是肉体凡胎的作家与不朽的书中人物的交流与对话。通过这种新颖的方式，阿特伍德对"为何写作""如何写作"以及"怎样阅读经典作品"等问题给出了绝妙的回答。

1975年6月，阿特伍德拍摄的一系列照片

阿特伍德十分关注美国文化对加拿大文化的强大影响，并对加拿大文学的日益美国化感到忧虑。为此，她于1996年与朋友一起创办了阿南西出版社，以推进独立的加拿大民族文学在国际上的影响力，同时也帮助成立了加拿大作家协会，并于1981—1982年担任该协会的主席。

加拿大邮政发行了一款阿特伍德头像的邮票，邮票背景是阿特伍德的诗歌中的一句话：每一个字词都是力量!

2005年，阿特伍德的评论集《好奇的追寻》（*Curious Pursuits*）在英国出版，这本书第一次收录了她在报刊上发表的文章以及为朋友写的讣告，这些文章虽然篇幅不长，但类型各异、内容丰富，也让我们看到了阿特伍德宽阔的视野和丰厚的阅读兴趣。

除了评论集和诗集，阿特伍德还发表了很多颇有意思的短篇小说集。《道德困境》（*Moral Disorder*）以十一个短篇串联起一个女孩成长过程的不同阶段，《蓝胡子的蛋》（*BlueBeard's Egg*）是对《格林童话》的现代重构，《石床垫：传奇故事九则》（*Stone Mattress: Nine Tales*）则以九个暗黑故事表达了对社会和复杂人性的思考。

她还出版了一些难以归类的"小小说"，这些作品介于小说和随笔之间，风格非常独特。例如，《好骨头》（*Good Bones*）涉及对经典文学典故的后现代改写，《黑暗中谋杀》（*Murder in the Dark*）通过"猜猜谁是凶手"的儿童游戏探讨了虚构的本质及其价值，名为《帐篷》（*The Tent*）的小册子则囊括了小说、诗歌、传记、寓言故事等多种文体，这些作品都体现了阿特伍德广博的学识和驾驭不同文体的创作才华。

从30岁以前进行诗歌创作，到1969年出版第一部长篇小说，阿特伍德度过了其文学创作的第一个阶段，由此也为自己日后成为一名"全能型作家"奠定了基础。

2 | 鲜明的后现代主义风格

经过了前期的尝试与铺垫，阿特伍德于 1969 年发表了长篇小说处女作《可以吃的女人》，该书一经出版就获得了非常好的评价。小说的题目很吸引人，既是一种对当代女性生存处境的隐喻，也是一种对婚姻生活的反讽。小说的主角玛丽安是一位受过良好教育的年轻女性，她的生活从表面上看似乎波澜不惊、顺风顺水，但她内心却很焦虑——她对自己的婚事不满意，乃至感到恐惧，这种恐惧是如此强烈，以至于后来她连吃饭都变得格外困难。在婚期即将来临时，玛丽安给自己烤了一个形状很像女人的大蛋糕，并把它献给了未婚夫，表示要和自己的过去决裂。她的未婚夫有点疑惑地吃掉了与她身形一模一样的巨大的蛋糕，而玛丽安也借此摆脱了婚姻生活的束缚，恢复食欲并重新获得了渴望已久的自由。

"吃"是这部小说的一个核心意象，也是玛丽安逐渐觉醒的重要线索。玛丽安的未婚夫当着她的面射杀并解剖了一只野兔，这让她意识到自己在这段亲密关系中的被动地位——她就像那只野兔一样，注定要被丈夫射杀并吃掉。玛丽安的厌食症既象征着她在亲密关系中巨大的不安和焦虑，同时也隐喻着她对两性关系中"吃与被吃"规则的反抗。制作一个与自己一模一样的巨大蛋糕，则是玛丽安女性意识觉醒的高潮。通过让未婚夫吃掉蛋糕，玛丽安在潜意识中体验了"被吃掉"的命运，从而能够直面自身的恐惧和焦虑，与自己的过去彻底决裂。小说带有非常浓重的女性主义色彩，这当然与阿特伍德进行创作的时代背景密不可分。20 世纪 60 年代，女性主义在北美是一股引人注目的文化思潮，对社会政治议题格

《可以吃的女人》
初版封面

外敏感的阿特伍德，自然也不会忽视对女性现实处境和政治诉求的思考，她的第一部小说就集中呈现了美洲女性独特的感受世界的方式，以及她们对婚姻的看法。●━━━━

当然，阿特伍德最被人熟知的还是她的长篇小说。阿特伍德的长篇小说题材丰富、形式多变，大致可分为四种类型。

长篇小说的四种类型

第一类是根据经典小说改编的作品。这类作品一共有两部。第一部是上文提到的《珀涅罗珀记》，改编自《荷马史诗》中的《奥德赛》。阿特伍德选择了一个非常有意思的视角，即以奥德修斯的妻子珀涅罗珀为主人公，讲述她在家中等待奥德修斯归来时经历的种种磨难和考验，同时也记录了她以各种方式阻挡追求者进攻的过程。作为英国坎农格特出版公司"重述神话"出版计划的一环，阿特伍德对古希腊文学经典的重述，多少也透露出弗莱"神话—原型"理论对其创作的深刻影响。

另外一部改编自文学经典的作品是《女巫的子孙》（Hag-Seed），这部小说以莎士比亚晚年最著名的传奇剧《暴风雨》（The Tempest）为原型，讲述了一个现代社会里的复仇故事。通过将莎士比亚戏剧中的"荒岛"改编成现代社会中的"监狱"，阿特伍德以女性主义的视角颠覆了西方社会的主流话语，表达了对包括女性和囚犯在内的社会边缘群体的关注、理解与包容。

第二种类型是带有科幻色彩的"幻想小说"。其中最受瞩目的是"末世三部曲"（又称"反乌托邦三部曲"）和《使女的故事》（The Handmaid's Tale）。"末世三部曲"由《羚羊与秧鸡》（Oryx and Crake）、《洪水之年》（The Year of the Flood）和《疯癫亚当》（MaddAddam）三本小说组成。三部曲构成了阿特伍德对人类当下和未来处境的深刻反思和严肃思考，承续了由奥威尔和赫胥黎等人开创的"反乌托邦"文学传统，同时也具有阿特伍德个人的女性主义特色，在同类型的作品中非常值得关注。

与"末世三部曲"对人类整体处境的反思相比，《使女的故事》更聚焦于极权主义对女性群体的压迫与剥削。在书中，阿特伍德对女性在未来社会中的可能处境进行了想象——在神权与父权高度合一的基列国，女性被剥夺财产与自由，沦为看似神圣实则卑微的生育工具。该书的续集《证言》则将时间线拉长到故事发生的 15 年后，通过三位不同年龄、不同身份的女性的叙述，逐步揭开基列国极权主义运作的内幕和政权最终灭亡的真相。两部作品在英语世界推出后影响很大，《使女的故事》也在 2017 年被改编成美剧并持续引发观众热议，这也使得阿特伍德进一步走入普通读者的视野，成为当代最受瞩目的小说家之一。

阿特伍德长篇小说的第三种类型是历史小说，代表作品是《别名格雷斯》(*Alias Grace*)，小说以 1847 年发生在加拿大的一桩罪案为基础，讲述了加拿大"臭名昭著的杀人犯"格雷斯·马克斯的故事。格雷斯·马克斯原是金尼尔家的女仆，

BOX

格雷斯·马克斯 (Grace Marks，约 1828 年 7 月—约 1873 年后) 是一名爱尔兰裔加拿大女仆，1843 年在安大略省列治文山参与谋杀她的雇主托马斯·金尼尔和他的管家南希·蒙哥马利。马克斯在爱尔兰阿尔斯特出生和长大。她的父亲约翰·马克斯是一名石匠和酒鬼虐待狂，1840 年，12 岁的她与父母和八个兄弟姐妹一起移民到加拿大。她的母亲在前往加拿大的途中死于船上，并被葬在海中。马克斯受雇于农民托马斯·金尼尔的家中担任女佣，金尼尔与管家南希·蒙哥马利之间保持着性关系。1843 年 7 月，金尼尔和蒙哥马利被仆人詹姆斯·麦克德莫特谋杀。前者被枪杀，蒙哥马利在去世时已有身孕，她被斧头击中头部，随后被勒死，然后被肢解并藏在一个大浴缸下。马克斯化名"玛丽·惠特尼"，与麦克德莫特一起逃往美国，但他们在纽约刘易斯顿被捕，并被驱逐到多伦多。马克斯因谋杀金尼尔而与麦克德莫特一起受审，并被判处死刑。麦克德莫特被绞死，但马克斯的判决被减为终身监禁。经过近 30 年的监禁，马克斯被赦免并搬到纽约北部。之后她就消失了。

年仅 16 岁的她与男仆詹姆斯·麦克德莫特一起杀害了主人托马斯·金尼尔和管家南希·蒙哥马利，后于逃往美国的途中被警察抓获。对这桩谋杀案的审判为后世留下了很多卷宗，阿特伍德对这些材料进行了搜集、考证和挖掘，希望以小说的形式拨开历史的迷雾，逐渐让当年的案件呈现出更加真实的面貌。小说中格雷斯的自述也让读者更为直观地看到了加拿大下层女性艰难的生存处境，引发了对社会问题更广泛的思考。

除了上述三类，阿特伍德还出版了八九种聚焦当代世界女性生存状态的小说，这是她长篇小说创作的重中之重。除了之前提到的《可以吃的女人》，她早期的作品《浮现》(Surfacing)、《猫眼》(Cat's Eye)、《神谕女士》(Lady Oracle) 和获得布克奖的《盲刺客》(The Blind Assassin)，都是这类小说的代表。尽管女性主义是阿特伍德长篇小说一以贯之的主题，但与从神话、幻想和历史出发的前三类作品不同，第四类作品更倾向于描述当代女性在现实生活中的生存状态及其精神世界。这类长篇小说集中体现了阿特伍德的女性主义思想，也让我们看到了一个女性主义者是如何看待这个世界、如何看待女性的困境与发展的。

例如，她的第三部长篇小说《神谕女士》，就呈现了一位普通女孩在社会压力下的迷茫、探索与抗争。小说以第一人称的视角展现了主人公琼·福斯特的成长历程，涉及她的少女时代，她的爱情和婚姻，以及她为追求个人独立做出的努力。通过这种书写，阿特伍德塑造了一个试图逃离和躲避社会规训与外在烦扰的女性，并触及了她那敏感而脆弱的信念世界。为了逃避社会的规训，琼·福斯特在朋友的帮助下策划了一场溺水假死事件，自己偷偷跑到意大利藏了起来。然而，她的朋友却被警察误认为是杀害她的凶手，并因此面临牢狱之灾。为了证明朋友的清白，琼·福斯特只能再次现身并再度让自己置于备受压抑的社会环境中，她精心策划的抗争在某种意义上也沦为了一场徒劳。

阿特伍德在小说中藏了一些隐喻，她想告诉我们，一位女性想要逃避和反抗自己的性别身份和社会身份，这在现代社会是一件非常困难的事情。在叙事风格上，这部作品戏仿了英国早期的浪漫主义小说，因而在严肃的主题之外还保有一种轻松的喜剧效果；在结构上，小说以现实和回忆交织的手法，对文本内部的时间进行了自由的伸缩处理，从而保持了叙事的轻盈与议题的沉重之间的张力。《神

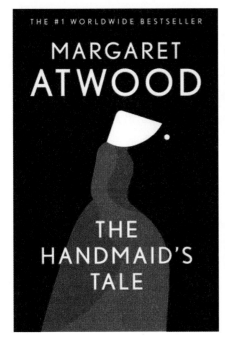

《使女的故事》不同版次封面及改编为电视剧的海报

谕女士》可以说是一部非常成功的作品，同时也极具可读性，它进一步奠定了阿特伍德在北美文坛的地位。

在 1981 年出版的小说《肉体伤害》（*Bodily Harm*）中，阿特伍德从更广阔的角度探讨了动荡的历史环境和复杂的政治斗争对女性造成的肉体和精神伤害。这一次，故事发生的背景不再局限于加拿大本土，而是拓展到了加勒比海地区。主人公蕾妮是一位加拿大记者，在去岛国圣·安托万采访的途中遭遇当地叛乱，并被当作间谍投入监狱。虽然蕾妮最终在加拿大外交人员的介入下保住了性命，但其所遭受的肉体和精神伤害并没有得到实质性的补偿。

从早期的作品看，阿特伍德创作的女性主义视角已经初具雏形，并经历了一个由浅入深、由特殊到普遍的过程。如果说《可以吃的女人》尚且还在婚姻家庭和亲密关系的特殊领域探讨女性议题，那么《肉体伤害》则将这种探讨与更复杂的历史环境结合起来，让对女性生存处境的关注不仅仅是特定群体的身份诉求，同时也是一种具有世界性的政治、文化议题。

后现代主义的写作手法

阿特伍德的小说具有非常鲜明的后现代主义风格，每一部小说的叙述角度和结构方法都迥然不同，在长篇小说领域，她无疑是一位将形式与技巧的多样性发挥到极致的写作者。她的后现代主义风格既体现为对经典文本的挪用、戏仿与颠覆，也体现为将虚构、写实和内心独白用蒙太奇手法进行拼贴与融合。例如，在《证言》中，阿特伍德打破了《使女的故事》中"使女"奥芙弗雷德的单一叙述视角，代之以莉迪亚嬷嬷、艾格尼丝和妮可的三重视角。这些不同人物视角的加入既构成了对奥芙弗雷德主观叙述的补充，同时也拓展了读者对故事情节和人物立场的认知。类似的手法也出现在《别名格雷斯》中，通过将格雷斯谋杀案的历史材料与虚构的主人公证言拼贴在一起，阿特伍德对格雷斯"谋杀犯"的身份进行了质疑和某种程度的颠覆。当多种观点被用来解释同一件事情时，真相就越发变得扑朔迷离，而所谓的官方判决也不再是真理的象征。

阿特伍德在写作

除了以上两部"解构历史"的作品，阿特伍德也将后现代主义的风格运用到了对家庭生活的书写之中，她的第四部长篇小说《人类以前的生活》（*Life Before Man*），就采用了多声部的叙事手法，描写了一个加拿大中产阶级家庭日益崩溃的全过程。小说带有结构现实主义的实验痕迹，涉及婚姻的疲倦、夫妻之间的背叛以及自杀等当代都市生活较为普遍的问题。同时，阿特伍德也通过主人公博物馆职员的身份连接了加拿大的史前历史与当下中产阶级的生活，从而使得对古代文明的呈现构成了对现代文明的讽刺与反思。

尽管在创作中运用了多种后现代主义的手法，阿特伍德的小说却并不是消解意义与价值的文字游戏，在其复杂精巧的结构之下始终渗透着深刻的社会批判和人文关怀。正因如此，作为全能型作家的阿特伍德才会以其巨大的魅力吸引广泛的读者。

3 小说是对社会的监护

三层套娃小说

2000 年，阿特伍德凭借小说《盲刺客》获得布克奖，鉴于布克奖是英语世界里最重要的文学奖之一，《盲刺客》也因此成为阿特伍德长篇小说的代表作。

《盲刺客》最大的特点在于它的叙事结构，这部小说是典型的"套娃小说"，阿特伍德通过三层叙事的嵌套连接了历史、当下与未来，由此展开了一个波澜壮阔的文学世界。小说的主线情节是爱丽丝对妹妹劳拉的回忆。劳拉在很多年前驾车冲下大桥自杀而死，爱丽丝在回忆的过程中，逐渐呈现出了妹妹劳拉的生活面貌。第二层叙事来自爱丽丝借劳拉之名写作的小说《盲眼杀手》，也就是书名"盲刺客"的来历，它讲述的是一个富家女和左翼激进青年的爱情故事。而在小说《盲眼杀手》中，两位年轻人又讲述了想象中的塞克隆星球上盲刺客的冒险经历，这构成了小说的第三层叙事。

小说的主要叙述者是老年爱丽丝，她回忆了和妹妹劳拉生活时的一些细节。爱丽丝和劳拉生长于提康德罗加港的蔡斯家族，蔡斯家族是当地的名门望族，经营着一家纽扣厂，曾经生意非常好，但是第一次世界大战夺去了父亲的一条腿，他开始终日酗酒，纽扣厂的生意也越来越不景气。闭塞的生活让爱丽丝和劳拉同时爱上了被两人藏在自家阁楼上的流亡青年阿历克斯，但父亲为了改变生活状态却把 20 岁的爱丽丝许配给了当地著名的企业家理查德。出于对家庭的责任，也为了改变家族日渐衰败的命运，爱丽丝还

FACT:
很多英国男性读者曾给阿特伍德写信，声称如果自己离婚前读了她的小说，也许能挽救一下自己的婚姻。

是嫁给了理查德。后来纽扣厂因为火灾而倒闭，父亲因此自杀。理查德顺理成章地接管了蔡斯家族的企业，同时也获得了妹妹劳拉的监护权。理查德严格控制姐妹俩的生活，他自己却非常风流，甚至诱骗劳拉同他发生性关系，致使劳拉怀孕。与此同时，对残酷真相一无所知的爱丽丝也在偷偷地和阿历克斯约会，并怀上了阿历克斯的孩子。

后来，爱丽丝生下了女儿艾米，劳拉则因为精神错乱被送进了疗养机构，还堕了胎。在保姆的帮助下，劳拉从疗养机构逃走，回到了故乡。此时，第二次世界大战已经爆发。当得知阿历克斯在战场身亡且姐姐爱丽丝已经生下他的孩子时，劳拉大受刺激，最终选择开车冲下大桥自杀。爱丽丝翻阅了劳拉留下的笔记本，这才发现理查德对妹妹犯下的罪行。她既震惊又愤怒，终于下定决心带着女儿艾米离开了理查德。为了纪念故去的妹妹，爱丽丝假托劳拉之名发表了科幻小说《盲眼杀手》。小说发表后，理查德身败名裂，自杀身亡，理查德的妹妹威妮弗蕾德为了报复，用计从爱丽丝手中抢走了艾米。艾米不幸死于一次意外，艾米的女儿萨布丽娜最后也下落不明。在小说的结尾，年迈的爱丽丝准备把劳拉生前收藏的蔡斯家族纪念物寄给萨布丽娜，希望能以此延续家族的历史与记忆……

通过写作《盲刺客》，阿特伍德不仅展现了女性艰难的生存处境，以及在困境中的挣扎与反抗，同时也以隐晦的方式反思了两次世界大战对国家和民族造成的创伤。回忆录的形式和结构上的嵌套让历史事件与当下现实互为线索，叙事在过去和现在之间转换自如，逐渐拼凑出蔡斯家族记忆的真相。小说开篇就借爱丽丝之口描写了劳拉的自杀：

> 大战结束后的第十天，我妹妹劳拉开车坠下了桥，这座桥正在进行维修，她的汽车径直闯过了桥上的"危险"警示牌，汽车掉下一百英尺深的沟壑，冲向新叶繁茂的树顶，接着起火燃烧，滚到了沟底的浅溪中，桥身的大块碎片落在了汽车上。
>
> 这起车祸是一位警察通知我的，警方查了汽车牌照，知道我是车主。这位警察说话的语气不无恭敬，无疑是因为认出了理查德的名字。他们说，汽车的轮胎可能卡在了电车轨道上，也可能是刹车出了毛病。不过她觉得有责

任告诉我，当时有两名目击证人，一名是退休律师，还有一名是银行出纳，都相当可靠。她们声称目睹了事故的全过程，她们说劳拉故意猛地转弯，一下子冲下了桥，就像从人行道上走下来那么简单。她们注意到她的双手握着方向盘，因为她戴的白手套十分显眼，我认为并不是刹车出了毛病，她有她自己的原因，她的原因同别人的不一样。她在这件事情上完全是义无反顾的。"你们是想找个人去认尸吧，"我说，"我会尽快赶过去的。"我能听出自己声音中的那种镇定，仿佛是从远处听到的声音。事实上，我是相当艰难地说出这句话的。我的嘴已经麻木了，我的整个脸也因为痛苦而变得僵硬起来。我觉得自己好像刚看过牙医似的，我对劳拉干的这件傻事以及警察的暗示感到怒不可遏，一股热风吹着我的脑袋，我的一绺绺头发飘旋起来，就像墨汁溅在了水里。

"恐怕要进行一次验尸，格里芬夫人。"警察说道。

"那是自然，"我说，"不过，这是一次事故。我妹妹的驾驶技术本来就不好。"

我可以想象出我妹妹劳拉那光洁的鹅脸蛋，她那扎得整整齐齐的发髻，以及那天她穿的衣服——一件小圆领的连衫裙。裙子的颜色是冷色调的，是海军蓝或青灰色，或者是医院走廊墙壁的那种绿色，那是悔罪者衣着的颜色——与其说是她自己选择了这样的颜色，倒不如说是她被关在了这种颜色里。还有她那一本正经的似笑非笑，她那被逗乐的扬眉，似乎她正在欣赏美景……

这段描写有着平静之下的惊心动魄，无疑把读者引入了阿特伍德编织的残酷又动人的文本世界。

女性哥特主义

除了叙事技巧的后现代性，《盲刺客》还继承了18世纪末期英国哥特小说神

FACT：

1961 年，阿特伍德去哈佛大学拉德克利夫分校深造，其博士论文《英国玄学罗曼司》研究的正是英国哥特小说，对哥特小说的研究无疑对她之后的创作风格产生了深远的影响。

《盲刺客》初版封面

秘幽暗的氛围。这部小说也因此被认为具有"女性哥特主义"的特征。

顾名思义，"女性哥特主义"就是女性视角和哥特小说的融合。传统哥特小说往往以谋杀和罪案为线索，通过塑造幽暗的氛围来揭示人性和社会的病态。女性哥特小说则在哥特小说的基础上进一步聚焦父权制社会对女性的奴役与迫害，并集中书写女性在残酷处境中的斗争与反抗。在《盲刺客》的第三层叙事中，塞克隆星球上的公主被割去舌头为冥王献祭，这一黑暗的故事不仅隐喻了现实中劳拉和爱丽丝成为父权制牺牲品的命运，同时也展现了女性反抗的力量——《盲眼杀手》是爱丽丝假借劳拉之名写作的小说，因此其中对于暴力的控诉就不仅仅属于爱丽丝，同时更属于劳拉。

布克奖评委会主席西蒙·詹金斯曾这样评价《盲刺客》："《盲刺客》是一本复杂的小说，它涉及了许多不同层次的内容。这部作品富有戏剧性，结构精妙绝伦，这一切都证明了玛格丽特·阿特伍德极其宽广而深厚的情感层次，而且在讲故事和再现人物真实心理方面，都展示了玛格丽特·阿特伍德像诗人那样特有的精细、微妙的观察角度。"从这一评价中亦可窥见西方主流文学界对阿特伍德作品的认可。

小说是对社会的监护

阿特伍德是一位社会责任感非常强的作家，在后期的创作中，她曾经提出一个著名的观点——小说是对社会的监护。

这一观点源自阿特伍德的一次演讲，她说："小说创作是对社会道德伦理观念的一种监护，尤其是在今天，各种极端宗教组织活动猖獗，而一些政治家失信于民，在这样一个社会里，我们所借以审视社会典型问题、审视我们自己以及我们互相之间的行为方式、审视和评判别人和我们自身的方法已经所剩无几了。而小说则是仅剩下的少数形式之一。"

这段话强调了小说的社会功能。阿特伍德认为小说要对现代人所处的社会进行一种观察和思考，要对社会持续表达忧虑和评判，在这个意义上，小说是对社会的监护。这是阿特伍德自20世纪90年代以来的一个重要思想。

因为相信小说的社会功能和介入现实的能力，阿特伍德除了在小说中继续关心女性问题，也开始以更大的视野关注自然环境、现实政治以及未来人类的走向。这种关注与书写在《使女的故事》和其续集《证言》中有着极为鲜明的体现。

《使女的故事》是阿特伍德最受普通读者关注、最畅销的作品之一。这部带有科幻色彩的反乌托邦小说为人类虚构了一个可怕的未来。在小说设定的未来世界中，美国被一伙极端宗教分子控制和改造，他们建立了政教高度合一的极权主义政体基列国。基列国对《圣经》的崇拜达到了亦步亦趋的地步，最高统治者大主教完全按照《圣经》的教条来控制人们的日常生活，甚至仿照基督教会建立了对个体进行训诫的感化院。

宗教极端主义和政治上的极权主义也引发了一系列严重的生态和社会问题，化学试剂的无节制使用和核废料的散布不仅导致了人口数量的锐减，也使得大多数人丧失了生育能力，这进一步加剧了社会的动荡和道德的堕落。在这一前提下，女性就从广阔的外部世界重新回到了闭塞的家庭，从独立自主的个体沦为传宗接代的生育工具。"使女"就是这样一类非常特殊的女性群体，她们的主要功能就是给基列国的上层人物繁衍后代，她们没有权利，没有自由，甚至没有"自我"，只是"长着两条腿的子宫""圣洁的容器"和"行走的圣餐杯"。小说的主人公和主要叙述者奥芙弗雷德就是"使女"的一员，她对独裁统治的反叛和对自由的争取，构成了《使女的故事》主要的情节。

小说的结尾是开放性的，作为一个企图反叛的"使女"，奥芙弗雷德面临着两种截然不同的命运，她既有可能在出逃过程中被抓并受到严厉的惩罚，也有可能顺利逃脱，重新成为一个自由的人。但即便是后一种相对乐观的情况，也会让人发出"娜拉出走"的疑问。在未来世界是否存在和基列国截然不同的政权？离开基列国的奥芙弗雷德又能逃到哪里去？这些都为读者留下了丰富的想象和阐释空间，也为续集《证言》中的叙事实验提供了前提和基础。

未来世界的设定和对极权主义的隐喻让《使女的故事》兼具了科幻小说的想象力和反乌托邦小说的政治批判性。它所探讨的当代社会问题都非常深刻和尖锐，例如社会环境和生态环境的双重恶化、极端宗教组织的肆虐和恐怖主义的崛起等等。阿特伍德对这些问题的探讨既延续了《1984》和《美丽新世界》（*Brave New World*）等经典反乌托邦文学的传统，同时又对女性主义的发展以及女性在未来社会中的地位进行了严肃的思考和警示性的想象。在这个意义上，《使女的故事》体现了女性主义小说的新方向。

尽管最初作为畅销书走入大众的视野，《使女的故事》在思想性与艺术性方面却足以与一部优秀的严肃文学媲美。据统计，这部小说涉及了文学、艺术、《圣经》学、生物学、电子技术遗传学、心理学、互联网经济学、历史学和医学等多个学科领域，从一个侧面反映出阿特伍德广泛的兴趣和融会多种知识的学习能力。小说出版之后广受好评，不仅进入了布克奖的决选名单（短名单），也获得了美国洛杉矶时报小说奖、英联邦国家文学奖和加拿大总督文学奖，成为文学界和普通读者了解阿特伍德的一把钥匙。

BOX

美国最高法院 2022 年 6 月 24 日做出裁决，推翻近半个世纪前有关女性堕胎合宪权的"罗诉韦德案"（Roe v Wade），裁定女性堕胎并非宪法赋予的权利——这一决定可能立即导致堕胎行为在美国 22 个州属非法。法院以六对三的裁决断定，堕胎并非宪法赋予的权利，将是否允许堕胎的决定权交给各州自行裁决。预计将有数以百万计女性由此失去接受堕胎服务的途径。这项法院裁决将会改变法律，但是却不会平息有关堕胎问题的争论，反而会火上加油。最高法院向美国已白热化的文化战争投下一枚宪法炸弹，围绕堕胎问题数十年的纷争又燃起了新一轮战火。阿特伍德于 2022 年 5 月 13 日在《大西洋月刊》发表了一篇文章，指出《使女的故事》中的基列政权一部分"基于 17 世纪新英格兰清教徒的宗教教义和法理学的神权独裁"。

《猫眼》和《强盗新娘》中的女性成长

之前已经详细介绍了阿特伍德整体的文学创作和她最著名的两部长篇小说——《盲刺客》和《使女的故事》。在接下来的章节中，我想再分析两部阿特伍德不那么出名的作品，一部是 1988 年的《猫眼》，另一部是 1993 年的《强盗新娘》（*The Robber Bride*），这两部作品同样借由对女性的书写反映了广阔的社会现实。

《猫眼》是阿特伍德的第七部长篇小说，也被认为是阿特伍德最具自传色彩的小说。小说的主人公是画家伊莱恩，她借回家乡举办画展的契机，回忆了自己多年来和朋友、父母以及各种男人之间的关系。小说以女性成长为主线，勾勒出一幅由个人回忆和联想组成的斑驳画卷。

从结构上看，《猫眼》一共有 15 章，每一章的题目都是一幅伊莱恩作品的名字。这些画不仅是对伊莱恩过往经历的表达和人生所处阶段的暗示，同时也构成了治愈伊莱恩心理创伤的精神力量。从内容上看，《猫眼》采用了意识流风格的叙事，以大量的自由联想和内心独白展现了一位女性的精神世界和她的成长轨迹。小说的最后一章揭示了"猫眼"一题的由来，所谓"猫眼"，指的是伊莱恩少女时代最爱的玩具——一颗漂亮的蓝色玻璃弹珠。伊莱恩在回到家乡后终于找到了这件童年时期的心爱之物，而通过这颗小小的"猫眼"，读者也窥见了这么多年来她所经历的全部生活，看到了她从未明说却早已借由画作展现出的童年创伤和自我疗愈的艰难历程。

《猫眼》对女性和女性、女性和男性以及孩子和父母之间的关系做了非常细腻精妙的刻画，其对个体记忆与潜意识的极致探索，也在某种程度上让阿特伍德成为弗吉尼亚·伍尔夫在意识流风格方面的一位传人。

在《猫眼》之后，阿特伍德发表了第八部长篇小说《强盗新娘》。如果说《猫眼》通过回忆与现实的对照完整勾勒了一个普通女孩的成长历程，那么《强盗新娘》则通过多视角的呈现巧妙拼贴出了一幅当代都市女性的生存和生活图鉴。

《强盗新娘》共有四位主人公，其中三位都是成功的中产阶级女性——托尼是历史学教授，洛兹是一位成功的商人，查丽丝则在一家很好的商店任职。与前三位主人公不同，"强盗新娘"泽尼亚是一个有着复杂经历的下层女性，她突然闯入另外三位女性的生活，在给她们带来欺骗和伤害的同时，也赋予了她们摆脱不健康两性关系的决心和勇气。通过塑造泽尼亚这一"邪恶女性"的形象，阿特伍德呈现了一幅非常有趣的当代女性生活图景，它仿佛是四个女人手拉手在跳跃中形成的圆圈舞蹈。

与《别名格雷斯》一样，《强盗新娘》也采用了多视角的叙事技巧。阿特伍德在书中让每个女人都"现身说法"，而每个人的讲述或互相映衬，或彼此冲突，最终让所谓的"真相"变得越发扑朔迷离。根据阿特伍德自己的说法，她创作这部小说的灵感来自塔罗牌。无论是作为中世纪欧洲的占卜工具，还是作为当代流行文化的一部分，塔罗牌在本质上都是一套有人物便能够演绎出故事的符号系统。阿特伍德声称自己的创作灵感来源于塔罗牌，或许是看到了塔罗牌借神秘主义对现实进行阐释与重构的强大力量，这一点在《强盗新娘》中也多有体现。

为什么写作

在阿特伍德的世界中，写作是监护，是批判，也是介入和救赎。她自己也曾对"为什么写作"这一问题给出极为丰富的答案。十多年前，阿特伍德曾在剑桥大学做过一次演讲，当有读者问"你为什么写作"时，她给出了如下回答：

> 为了记录现实世界。为了在过去被完全遗忘之前将它留住。为了挖掘已经被遗忘的过去。为了满足报复的欲望。因为我知道要是不一直写我就会死。因为写作就是冒险，而唯有借由冒险我们才能知道自己活着。为了在混乱中建立秩序。为了寓教于乐（这种说法在 20 世纪初之后就不多见了，就算有形式也完全不同）。为了让自己高兴。为了美好地表达自我。为了创造出完美的艺术品。为了惩恶扬善。或者正好相反。为了反映自然。为了描绘社会及其恶。为了表达大众未获表达的生活。为了替至今未有名字的事物命名。为了护卫人性精神、正直与荣誉。为了对死亡做鬼脸。为了赚钱，让我的小

孩有鞋穿。为了赚钱，让我能看不起那些曾经看不起我的人。为了给那些混蛋好看。

因为创作是人性。因为创作是神一般的举动。因为我讨厌有份差事。为了说出一个新字。为了创造出国家意识，或者国家良心。为了替我学生时代的差劲成绩辩护。为了替我对自我及生命的观点辩护，因为我若不真的写些东西就不能成为作家。

为了让我这人显得比实际上有趣。为了赢得美女的心。为了赢得俊男的心。为了改正我悲惨童年中那些不完美之处。为了跟我父母作对。为了编织一个引人入胜的故事。为了娱乐并取悦读者。为了消磨时间，尽管就算不写作时间也照样会过去。

对文字痴迷。强迫性多语症。因为我被一股不受自己控制的力量驱使，因为缪斯使我怀孕，我必须生下一本书。因为我孕育书本代替小孩。

为了发泄反社会的举动，要是在现实生活中这么做会受到惩罚。为了精通一项技艺，好衍生出文本。为了颠覆已有建制。为了显示存有的一切皆为正确。为了实验新的感知模式。为了创造出一处休闲的起居室，让读者进去享受。因为这故事控制住我，不肯放我走。为了了解读者、了解自己。为了应付我的抑郁。为了我的孩子。为了死后留名。为了护卫弱势团体或受压迫的阶级。为了替那些无法替自己说话的人说话。为了揭露骇人听闻的罪恶或暴行。为了记录我生存于其中的时代。为了见证我幸存的那些恐怖事件。为了替死者发言。为了赞扬繁复无比的生命。为了赞颂宇宙。为了带来希望和救赎的可能。为了回报一些别人曾给予我的事物。显然，要寻找一批共通动机是徒劳无功的。

在以上这些"为什么写作"中，找不到所谓的必要条件，也就是"若没有它，写作便不成其写作"的核心。

阿特伍德以极为精彩的语言为我们归纳和总结了历史上各种各样的"为什么写作"，同时她也告诉我们：写作的理由千千万，没有一个理由会成为固定的答案。

今天看来，阿特伍德的确是一位对当代世界极其重要的小说家。她的小说创作既包含历史、神话和童话等多种元素，同时也涉及女性主义、技术批判、文化冲突和全球化等多种议题。通过广泛采用现实主义、现代主义和后现代主义的创作技法，阿特伍德也从女性的视角出发，对当下人类社会面临的各种问题进行了广泛而深入的探讨，并由此创造出了一个气象万千的文学世界。

推荐书单

1

《玫瑰的名字》

[意大利] 翁贝托·埃科 著

沈萼梅、刘锡荣 译

上海译文出版社，2010 年

翁贝托·埃科被称作"当代达·芬奇"，《玫瑰的名字》是他的代表作之一，把一个谋杀案非常巧妙的放在中世纪的教堂里，以教士破案的故事作为主线，呈现中世纪欧洲的各种教派纷争，特别精彩且寓教于乐。

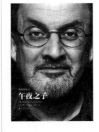

2

《午夜之子》

[英] 萨尔曼·鲁西迪 著 刘凯芳 译

北京燕山出版社，2015 年

20 世纪非常重要的一部小说。写的是 1947 年 8 月 15 日这一天晚上，印度和巴基斯坦，英国的两个殖民地正式独立成为两个国家。那天晚上诞生了一千个小孩，他们后来成为印度和巴基斯坦社会中各种各样的人，构成了我们理解当代印度的一把钥匙。小说有一种狂欢化的魔幻叙事，非常漂亮。

3

《宇宙奇趣全集》

[意大利] 伊塔洛·卡尔维诺 著

张密、杜颖、翟恒 译

译林出版社，2012 年

"软科幻小说"里的伟大作品。软科幻不以科学技术为基础来写作，《宇宙奇趣全集》就描绘了宇宙中各种稀奇古怪、乱七八糟的故事。第一篇《月亮的距离》讲的是月亮上有一种炼乳，一对恋人谈恋爱，女生要吃炼乳，男生就去给她弄。一不留神，女生被弹到月球上，后来产生了潮汐，月亮离地球越来越远，地球上的人再也吃不着炼乳了……

Life Trajectory

《使女的故事》中的基列国部分参考了17世纪美洲印第安人的寄宿学校。图为加拿大坎卢普斯印第安人寄宿学校旧址

坎卢普斯

温哥华

加拿大温哥华

1964—1965年，阿特伍德在不列颠哥伦比亚大学担任英语讲师。图为不列颠哥伦比亚大学西南部的"沉船滩"，也是加拿大最著名的天体海滩

加拿大多伦多

1959年，阿特伍德就读于多伦多大学。图为多伦多大学三一学院，也是电影《哈利·波特》的取景地之一

《盲刺客》以20世纪30年代的多伦多为背景，书中提康德罗加港的原型之一是多伦多港。图为多伦多港一角

1961
开始在哈佛大学拉德克利夫学院攻读研究生直至毕业

1945
6岁时开始写剧本和诗歌，16岁时意识到想进行专业写作

1957
开始在多伦多大学学习

1969
出版第一部长篇小说《可以吃的女人》

1939.11.18
出生于加拿大渥太华

Timeline

1930　　1940　　1950　　1960　　1970

金斯顿　○ 渥太华
多
　　　● 剑桥

格林纳达

加拿大渥太华

阿特伍德1939年出生于加拿大的渥太华。图为渥太华市内著名景点里多运河

加拿大金斯顿国家监狱《别名格雷斯》主人公的原型格雷斯·马克斯曾被关押于此

美国麻州剑桥

1961年，阿特伍德在哈佛大学拉德克利夫分校攻读博士。图为哈佛大学拉德克利夫高等研究院，该院于1999年被全面整合进哈佛大学

在1981年的小说《肉体伤害》中，阿特伍德将故事的发生地设置在了加勒比海地区。图为加勒比海地区岛国格林纳达

1985
凭借《使女的故事》一举成名，首次获得布克奖提名

2000
凭借小说《盲刺客》获得布克奖

diaspora

NOUN

Meaning & use

In extended use. Any group of people who have spread or become dispersed beyond their traditional homeland or point of origin; the dispersion or spread of a group of people in this way; an instance of this. Also: the countries and places inhabited by such a group, regarded collectively.

1749–

> **1749** Johannes à Lasco (a Polish Baron and Prelate, who..had gone to foreign Countries, where he at different Times was Pastor of the Diaspora [Latin *dispersis*] at London, Emden, Frankfort on the Mayn; but in the Year 1556. being sent for, returned into his own Country).
>
> *translation in Account Doctr. Unitas Fratrum v. 108*

Etymology

< (i) **post-classical Latin** *diaspora* (1643 or earlier), or its etymon (ii) **Hellenistic Greek** διασπορά act of dispersion, group of people who have been dispersed < **ancient Greek** δια- **dia-**_*prefix1* + σπορά sowing, seed (see **spore**_*n.*), after **ancient Greek** διασπείρειν to disperse.

Frequency

diaspora typically occurs about six times per million words in modern written English.

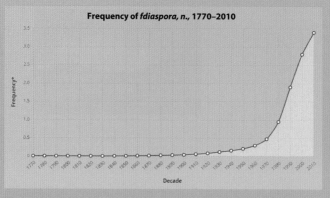

Frequency of *fdiaspora, n.,* 1770–2010

阿摩司·奥兹

以色列当代最重要的作家

🎙 **梁鸿**

作家，中国人民大学文学院教授，著有非虚构著作《中国在梁庄》《出梁庄记》《梁庄十年》，小说《神圣家族》《四象》等。

奥兹以一位作家的自由之心意识到超越历史冲突和族群界限的必要性，当他在反复思辨当代以色列的政治结构和生活形态时，当他在思量家庭内部的爱与妥协时，我们看到了一位真正的和平主义者和人类主义者。

1 | 宇宙中最神奇的元素

　　奥兹是以色列当代最著名、最重要的作家，没有之一，他的文学文本在全世界都有翻译，并且都有很好的评价。他本人在国内经常发表政治评论，关注政治形式，以及具体的政治问题。他是一位让人非常尊敬的文学家，在和他交往的过程中，你会发现，他特别幽默，也特别体贴，能够敏锐地观察到每一个人的表情，以此来编织自己的故事。他是一个故事迷，非常擅长编织与叙事。他说，无论看见什么，一个眼神，或一个动作，哪怕是一只苍蝇飞过去，风吹过来，他都会在脑海里编一个故事，让它们重新再活一遍。

　　当我听到他说"让它们再活一遍"的时候，特别震惊，我觉得这就是一个作家存在的意义，他要让所有的事物再活一遍，哪怕是一只苍蝇，哪怕是一阵风，我想这也是文学的意义吧。

　　我想先请大家看《爱与黑暗的故事》里的一个片段，对阿摩司·奥兹的语言有一个基本的体会。

　　……我们在一家德裔犹太人开的咖啡馆里坐了约莫半个小时，等雨停下来。咖啡馆坐落在热哈维亚入口，在 JNF 大街，对面是犹太代办处大楼，总理办公室那时也在那里。与此同时，妈妈从手提包里拿出一个小粉盒、一把梳子，梳头补妆。我的感情颇为复杂：为她的容颜自豪，为她身体好转快乐，并且有责任保护她免遭某种阴影的伤害，我只是通过猜测知道存在着阴影。实际上，我不是猜测，而只是似是而非，在我皮肤上感受到些微莫名其妙的不安。孩子有时就是这样，捕捉到，又没有真正捕捉到他无法理解的东西，意识到这种东西，莫名其妙地感到惊恐：

　　"你没事吧，妈妈？"

　　她自己点了味道浓烈的清咖啡，给我点了牛奶咖啡，纵然从来也不允许我喝咖啡，说是少儿不宜喝咖啡，还给我点了巧克力冰激凌，纵然我们都清楚地知道冰激凌会让你嗓子疼，尤其是在寒冷的冬日，而且就要吃午饭了。责任感驱使我只吃了两三勺冰激凌，便问妈妈她坐在这里冷不冷，她觉得累不累，或者是头晕。毕竟，她大病初愈。妈妈，你上厕所时小心点，那里黑，有两级台阶。骄傲、热诚与理解充盈了我的心房，仿佛只要我们二人坐在罗什热哈维亚咖啡馆，她的角色就是一个无助的小姑娘，需要一位慷慨帮助的朋友，而我则是她的骑士，或者也许是她的父亲：

"你没事吧，妈妈？"

这是《爱与黑暗的故事》第五十九章的叙述，一个九岁的小男孩的一种强烈的不安，对亲人的一种不幸的预感，在这段叙事之后不久，男孩（书中主人公）的妈妈就自杀了。

《爱与黑暗的故事》一直被学界认为是奥兹最著名的小说，最优秀的作品，短短几年，就被翻译成二十几种文字，并获得了"歌德文化奖""阿斯图里亚斯王子奖"等各种奖项。下面，我将从家庭、母亲、耶路撒冷、"基布兹"（kibbutz）的伦理四个角度来进入这部小说。首先我们来看"家庭"。

家庭，人类生活的基本纽带

很奇怪，当从略显冗长的叙述中跳脱出来时，我们会意识到奥兹是一位充满思辨和现实感的作家，但是，当你在读他的作品时，你感觉到他只是在写家庭，他所有的文字都似乎在喃喃自语、回环往复地剖白着情感，夫妻、母子、父女、爱、婚姻、亲情。丝丝缕缕的爱意，从字里行间攀爬出来，诱惑你，使你进入一个感伤、残酷而又无限繁复的深渊。爱是深渊，生命本身是一口虚无的井，有些微的光亮从暗处映现，却不是为了你的生存，而是为了引你走向死亡。

《爱与黑暗的故事》是奥兹最著名的、带有半自传性质的小说。这是一部迷人的小说，哀伤贯注全篇，作者努力凝视过去，试图在尘埃般破碎、断裂的回忆

奥兹

中寻找母亲自杀的原因。在此过程中，过往的一切，父亲、母亲、祖父、外祖父，他们的形象、性格，他们的内在秘密、痛苦、失去和损伤逐渐浮现出来。

悲伤，是家庭内部最深的秘密，甚至难以启齿，尤其是这种悲伤来自整个族群的自卑和孤独，来自几千年的流浪和被遗弃时。就好像一个人童年时代的创伤，在成年世界里，很难再次叙说，因它已经凝结成一个暗处的疤。对于"悲伤"，奥兹有不同层面的诠释。在"我"和父亲、母亲的这个小家庭里，悲伤就是沉默。父亲和母亲之间有太多欲言又止的东西，他们彼此了解，知道自己仍然无所归处，日常生活的困窘进一步加重了这一沉默的色调。悲伤既是他们的同谋，又是他们之间的阻隔。

家族成员身上的政治狂热症，其实是"悲伤"的另一种表达形式。父亲孜孜演讲以色列的政治，约瑟夫伯伯沉浸于复国主义的狂热，母亲在忧郁中试图于日常生活中寻求安慰。"政治"如同奶奶身上莫须有的细菌，附着在人上，让人发疯。这是一种心理疾病，也是非常典型的难民心理，它如同一个黑洞，吞噬着他们的精神和生活。

从第十三章到第十九章，作者以少见的诙谐语调，讲述爷爷、奶奶的家族史。

犹太复国主义又称锡安主义，是一种犹太民族主义思潮，主张散居世界各地的犹太人返回巴勒斯坦，重建犹太国家，复兴犹太民族。早在 16 世纪，出生于葡萄牙的犹太人唐·约瑟夫·纳西就有借奥斯曼帝国之力恢复犹太国家的尝试。19 世纪 80 年代至 90 年代，俄、法、德等欧洲国家相继出现反犹浪潮，犹太复国主义随之兴起。1882 年，俄国敖德萨的犹太医生平斯克提出："人们歧视犹太人，是因为我们不是一个国家，这个问题唯一的解决方法就是建立犹太国"，这一主张是现代犹太复国主义的雏形。1896 年，在经历了法国德雷福斯事件中的反犹浪潮后，犹太裔奥地利记者西奥多·赫茨尔撰写了名为《犹太国》的小册子，进一步提出了犹太复国主义的理论和纲领。在历史上，犹太复国主义曾被英国等国家利用，成为西方国家在中东地区划分势力范围的工具和手段。

作为说俄语的犹太人，他们从俄国到美国，又从美国回俄国，最终来到耶路撒冷。他们对宗教的游移，其实是人性、战争和身份所属不断拉扯的结果，每个人都在一种沉重的集体无意识中生活，历史的重压及新的生活所形成的新的割裂无法不影响每个人。个人的命运被挟裹其中，即使没有战争的大灭绝，文化的无所归依，生活的游离，被迫的各种选择，也使人心生绝望。

"家庭"，作为"宇宙中最神奇的元素"，包含着冲突、悖论和人类的悲喜剧。奥兹的作品包含着对以色列历史和政治的探察，但他并没有通过家庭来寻找以色列的命运，而是致力于呈现以色列命运如何渗透、改变、塑造家庭及家庭中人物的命运，他的最终目的是呈现个人的存在状态。或者说，他致力于呈现：家庭，作为人类生活的基本纽带，它以何种悲剧的方式把大的社会冲突——收纳并化为血液，由此生成个人的命运轨迹。

作者用一种追寻式的语言，带着个人的疑问、痛苦，寻找那被语言和生活遗漏的一部分，寻找那些消失的亲人，而他们，都在集中营被毁灭掉了。不是被记忆遗漏，而是实实在在消失了。这是家族里无法言说的存在，正是这样的存在构成了根本的悲伤和黑暗。

在小说一开头，作者写全家一起去给亲人打电话，里面夹杂着一句成年以后的感叹："但这不是开玩笑：生活靠一根细线维系。我现在明白……"成年之后，这简单的生活情节背后的沉重和恐惧才被意识到，哪怕是最普通的日常生活，也因战争而变得无比珍贵。

欧洲，不可言说的暗伤

在奥兹的小说中，有一个词必须注意：欧洲。对于以色列人而言，它不是某种知识体系，或某种修养和谋生手段，而是个体生存所面对的实实在在的疼痛。上一代犹太人在欧洲教育中长大，欧洲是他们的"家"，地理意义上的和心理意义上的，那是他们的"应许之地"。但是，在不断的被"清洗"中，"家"变成了敌人，比传统的敌人更彻底。

这是犹太人几千年来流浪史的再次呈现，赖以为家的欧洲遗弃了他们，而希伯来语也并不是他们的母语，他们也无法理解正在以色列兴起的"集体乌托邦主义"。这些接受了欧洲文明的归国以色列知识分子精神上无所归依，既要面对被欧洲遗弃的命运，也要面对"以色列国家主义"的批判。

"我父亲可以读 16 种语言，讲 11 种语言，我母亲讲四到五种语言，但他们非常严格，只教我希伯来语。"父亲会 16 种语言，但都已变得不合时宜，父亲一生只能是图书管理员，那个时候的耶路撒冷，拥有博士学位的老师比要来上课的

BOX

希伯来语属于闪 - 含语系闪米特语族的一个分支，是世界上最古老的语言之一。公元前 70 年，罗马帝国征伐中东，毁掉了耶路撒冷都城。犹太人在反抗失败之后，流散世界各地并被迫使用寄居国的语言，作为口语的希伯来语逐渐消失，仅保存了书面语。后经本·胡耶达等人的努力，希伯来语在巴勒斯坦地区得到了有效推广。以色列建国后，希伯来语成为犹太民族的官方语言之一。

圣城耶路撒冷

学生多。而他的希伯来语也经常说错，祖父也是。因为希伯来语也并不是他们的母语。

回到耶路撒冷，这些在欧洲成长的犹太人面临着身份的错位和多重的失落。但是，"在那些年，在我的童年时代，我们从来没有交谈过。一次也没有。一个字也没有。没有谈论过你们的过去，也没有谈论过你们单恋欧洲而永远得不到回报的屈辱；没有谈论过你们对新国家的幻灭之情，没有谈论过你们的梦想和梦想如何破灭；没有谈论过你们的感情和我的感情、我对世界的感情，没有谈论过性、记忆和痛苦。我们在家里只谈论怎样看待巴尔干战争，或当前耶路撒冷的形势，或莎士比亚和荷马，或马克思和叔本华，或坏了的门把手、洗衣机和毛巾"。

"欧洲"，已经变为一个不可言说的暗伤，埋藏于每个人的内心，构成悲伤的一部分。

那么，知识呢？全世界的犹太人都被召唤到以色列，知识是最不匮乏的东西。以色列著名学者，"我"的约瑟夫伯伯，一个身材纤弱的、爱哭的，喜欢高谈阔论、夸大自己重大作用的知识分子，在以色列国，他也享受着特权，却同样是琐碎和世俗的（约瑟夫伯伯一生和阿格农先生进行着可笑的明争暗斗）。在他们的身上，有着受伤者典型的夸张人格。作者用一种杂糅的、略带嘲讽的语言把约瑟夫伯伯身上的矛盾性，把他，以及以他为代表的知识分子在以色列的尴尬处境描述了出来。

知识变得陈腐，耶路撒冷的文化生活带着些做作，并且对于以色列的现实而言，它是苍白而无用的。

哪怕再小的一个家庭，都包罗万象，它所折射出的光线通达到无数方向。任何一种历史，无不由个体的命运和痛苦组成。但是，在叙说时，我们总是容易忘掉个人，而去讲述集体，总是容易忘掉个体的悲欢离合，而去讲述必然律。奥兹用一种枝枝蔓蔓的笔触，把家人间的相互凝视和追寻嵌入到历史的最深处，或者，不如说，他让我们看到，正是这些凝视和追寻构成了历史的本质。

FACT:
《爱与黑暗的故事》中的"约瑟夫伯伯"原型为奥兹的曾伯父约瑟夫·克劳斯纳，他是以色列著名的历史学家、希伯来文学教授，也是希伯来百科全书主要的编者之一。书中的"阿格农先生"则指首位获得诺贝尔文学奖的希伯来文学家萨缪尔·约瑟夫·阿格农（Shmuel Yosef Agnon）。

2 | 母亲与耶路撒冷

你没事吧，妈妈？

在《爱与黑暗的故事》第五十九章,作者第一次触及 "我" 对母亲的最后记忆。在阴冷的天气里,母亲和我去图书馆找父亲,并且相约吃饭。这本是极为平常的事,但是,在读到这一章节时,却让人震颤。

"你没事吧,妈妈?" 一个儿童,在和母亲出去逛街的过程中,连续四次担忧地问母亲。这句话就像悲伤的旋律,或某种可怕的预感,一直回旋在儿童的心里。他充满天真的问话就像一种不祥的预言。母亲究竟有着怎样的眼神,怎样的步伐和怎样的言语,让一个还处于混沌时期的儿童有着如此的预感? 我们不知道,奥兹也不清楚,因为当他说这句话时,他还没有想到死亡,虽然这句话里已经包含着死亡的阴影。

> 许多年来,我因为我的母亲丢下我、结束自己的生命而感到气愤,因为我的父亲失去我的母亲而感到气愤。我也生自己的气,因为我想肯定是我在哪里出错了,否则我的母亲不会选择自杀。

正是在这样的情感之下,奥兹进入了迷宫一样的回忆之中,他拜访死者的幽灵,重新进入过往的生活,复活每一个人,复活他们的相貌、举动和思想,直到追寻出母亲自杀的真正原因。

也许自杀只是一瞬间的行为,但是塑造自杀这一想法的过程却是漫长而琐细的。一个人精神内部的坍塌,谁能说得清楚? 母亲的忧郁从何开始? 她公主般的童年,正值反犹浪潮兴起的布拉格求学,初到特拉维夫和耶路撒冷的日子,到底都经历了什么? 她在寻找什么,又失落了什么? 奥兹把叙述权交给了索妮娅姨妈。

你们这些出生在以色列的人，永远也搞不懂这一点一滴如何慢慢地扭曲你所有的情感，像铁锈一样慢慢地消耗你的尊严，慢慢地使你像一只猫那样摇尾乞怜，欺骗，耍花招。

姨妈这句话包含着沉痛的经验和生命的感受。作为富家出身的女儿，母亲从小生活在一个完美的世界中，纵使她的身边有残酷而又绝望的生活（父母不幸的婚姻，同时爱上一个男人的母女，酗酒卖地的上校和他被大火烧死的老婆），也因她的教育和身份几乎视而不见。

母亲一直生活在一个浪漫的、纯粹精神的状态中，她希望自己未来的家庭也是如此。直到 1931 年去布拉格上大学，欧洲的反犹主义激烈尖锐，那时，母亲的精神才开始遭遇现实。

庸俗与现实，确信与怀疑。突然间，生活呈现出另一个面目，残酷，毫无缘由。只因你是犹太人，不管你如何优雅、美好、自尊，这唯一一个不可去除的身份就可以将你打入黑暗之地。琐碎的生活本身，父亲对政治虚无的狂热，历史的突然狰狞，文学的浪漫主义，等等，这些看似不经意的东西都成为重压，压倒母亲疲惫的心灵。

《爱与黑暗的故事》
不同版本封面

母亲为什么自杀？也许，是因为她无法目睹尊严遭受打击，无法承受那过于沉重的历史，无法想象那毫无缘由的屠杀，无法忍受这庸俗、无望的生活，"她无法忍受庸俗"。

"父亲嗜好崇高，妈妈则沉醉于渴望与精神尽兴。"在日常生活中，父亲沉迷于政治，母亲却不关心，或者说，她希望能够面对自我，以此找到真正的自己，政治的、国家的高义，在某种意义上，是以消解个人、自我为前提的，哪怕它们以"正直"的面目出现。

在整个耶路撒冷都处于一种狂热的政治辩论之中时，母亲格格不入，好像一个旁观者，更像一个叛徒。她陷入迷失之中无法自拔，冷漠、脆弱、阴郁。她的阴郁似乎在反证着一件事：政治的激情只是一种虚妄，无法对抗四分五裂的生活，也无法弥补永遭创伤的心灵。也因此，在她和父亲的对话中，她的话语总"蕴涵着强烈的冷静、怀疑、尖锐奥妙的嘲讽以及永久消逝的伤悲"。

有时，她以讲述过去来表达她微弱的对抗，"若是讲述过去，讲述她父母的住宅或是磨坊或者是泼妇普利马，某种苦涩与绝望就会悄悄进入她的声音中，那是某种充满矛盾或含混不清的讽刺，某种压抑着的嘲讽，某种对我来说太复杂或说太朦胧而无法捕捉的东西，某种挑衅和窘迫"。有时，她给"我"讲述有关森林的童话，但那童话也总是充斥着杀人和阴谋。

母亲在嘲讽什么？她对那些政治的腔调有着天然的疏离和反思，毋宁说，她对新国的成立并不持乐观的态度。不是她不想有国，而是她感受到这国之脆弱，预感到这国或者会更彻底地遗忘她所遭受的痛苦。

失眠、偏头疼、忧郁，耶路撒冷的天空是灰败的，耶路撒冷的生活带着细菌、谎言、虚妄，那是耶路撒冷几千年的分裂，犹太人几千年的流浪带给母亲的。也许，从两千年前，犹太人在大地流浪之时，母亲的痛苦已经开始了。

围绕着母亲自杀，奥兹探讨爱与伤害的生成，探讨个体内部精神的崩溃与族群命运之间的复杂关系。现实生活的丧失、族群的被驱逐、文化的无所归依、新国的虚无等等，这些一点点累积并最终淹没了母亲，也伤害了身在其中的每个人。这是一种内部的失败，紧张与痛苦，荒凉与寂寞，最终带来难以言说的崩溃。但是，谁又能说得清呢？

1《爱与黑暗的故事》电影版，娜塔莉·波特曼导演并饰演
　母亲

2《爱与黑暗的故事》电影中的父亲

在写到母亲时，作者的语法几乎是碎片式与随笔式的，文本本身就像记忆一样，呈碎片化，朝不同方向辐射。这一碎片细腻、暗淡，不可捉摸，充满着某种阴郁，却又带着点淡远的温柔。在对私人生活进行考古般追忆的过程中，任何一个微小的物品、事物、动作、神情和感官气味都呈现出雕塑般的重量感。

"你没事吧，妈妈？"小说最后回到一个孩子对母亲的呼唤。以母亲的视角看她去世之前上街散步时的情景，想她所想到的过往人生，伊拉的自我焚烧，少年的纯洁甜美，青年的屈辱失落以及死亡的来临。

母亲于1952年1月6日结束自己的生命。那一天，父亲、约瑟夫伯伯，整个以色列的国民正在争论是否应向德国索赔。

那一天，以色列暴雨滂沱。

"拓荒者"的注视

全人类的痛苦被加载到了耶路撒冷，"父母把四十瓦的灯泡全部换成了二十五瓦的，不光是为了节约，主要是因为灯光明亮造成一种浪费，浪费是不道德的。我们这套小房子总充斥着人权的痛苦……"。漫长的、几千年的隐痛在成立新的国家之时，变为一种小心翼翼要维护的东西，因为那是他们成为一体的唯一象征。这是根本的矛盾。建国是要永久消除这一伤痛，但一旦消除，那统一性和合法性又来自何处？

个人的日常生活变成一种道德生活，首先成为道德禁忌，而他人就是这一道德的监督者和禁忌的缔造者。大家小心翼翼，政治的、集体的要求最终变为自我的道德约束而显示出它的严酷来，所谓的个人空间成为一个必须减弱到无的东西。约瑟夫伯伯的身体为什么会显得那么屡弱、可笑？他的爱国宏论为什么变得苍白无力？母亲对生活的要求为什么变得那么不自信且小心翼翼？父亲所会的 16 种语言为什么变得多余无用？

因为这背后有一个新人的比衬，这个新人，即"拓荒者"。"拓荒者"，生机勃勃的大地力量，乡村、肉体、体力、劳作，这些新人以他们的无私和健康在新以色列国建构一个乌托邦的、充满未来感的世界。与住在耶路撒冷的那群善于享受的、阴暗的、只会清议的知识分子不一样，在"拓荒者"们所住的基布兹，每个人的道德都是清洁的，他们无私地奉献自己。

"我父亲决定追随著名伯伯和大哥的足迹。就在那里，在紧紧关闭着的百叶窗之外，工友们在灰尘弥漫的公路上挖沟铺设水管。"这是作者习惯性的笔调。当他以庄重的口吻谈到一种理想或知识的时候，随之而来的就是现实生活的形态，当在描述耶路撒冷高雅、陈腐的知识生活时，突然间插入来自"基布兹"的健壮、红润的挤奶女工的广告，形成一种略带讽刺的、矛盾的、双重辩驳的语言（和母亲给他讲故事的语调相仿）。它们之间相互消解，最后，意义变得暧昧，或者虚无。就像他在叙述约瑟夫伯伯的爱国宏论时，同时也让我们看到约瑟夫伯伯那涨红的脸和突然间的世俗化。

在谈论耶路撒冷的知识分子时，奥兹略带讽刺和一种忧郁的情感，谈"基布兹"的生活形态及"拓荒者"的精神构成时，他是谨慎且思辨的。"拓荒者"们以一种生机勃勃的力量建设新以色列国。从零开始，不要历史，不要犹豫，只要行动。所有人都为一个目的劳动，真正的劳动，在荒漠里挖掘前进，在阳光下翻土采摘，阳光、大地，构成一个新的阳刚的以色列，它和耶路撒冷的阴郁刚好构成对立面。

新的对立和压抑正在形成。知识与大地，集体与个人，自由与监督，它们之间呈现出哲学和政治上的分歧。敏感的知识分子生活与简朴的乡村生活，苍白、纤弱与健壮、红润之间，互相嘲讽，并形成微妙的冲突和矛盾。

"教育之家在父亲眼中乃无法驱除的严重危险。红色潮流……"接受过欧洲精英教育的父亲，对"红色潮流"有着本能的谨慎看法，他希望我成为约瑟夫伯伯那样的学者和大学教授，坚决反对"我"去基布兹，因为他认为那是一种粗鄙的、没有文化的生活。但作为"以色列国家一代"的"我"，在以色列建国的热潮中成长，生活在耶路撒冷苍白的知识圈，每天又看到公交车上那红润、健壮的挤奶女工广告，在学校接受的也是"希伯来教育模式"（朝着新人和英雄主义方向教育，要求投入到"大熔炉"的集体建设中去，长大后将被送去"基布兹"从事劳动），这样环境下成长的"我"不可能喜欢父亲的生活。

"复兴一代"与"以色列国家一代"，"耶路撒冷"与"基布兹"形成非常实在的对立。这两种身份和两个空间有着天然的分歧和道德上的差异。当面对"建国""大地""无私"这样的名词时，所谓的"个人""知识""权利"很难抗衡，更何况一个正在成长的少年。

作者的多重讽刺也意味着多重失落。耶路撒冷的生活是不确定的，有着一种让人难以解释的迷惑。奥兹以文学的复杂天性写出了以色列建国时期多重概念、多重元素在普通生活中的交织形态。

"我"要逃避，逃避救赎和复活，逃避父母所失落的但同时却仍然向往着的那个"欧洲"，"我想让一切停止，或者至少，我想永远离开家，离开耶路撒冷，到一个基布兹生活，把所有书和情感都甩在脑后，过简朴的乡村生活，过与大家情同手足的体力劳动者的生活"。

3 | 一旦故事开始

"基布兹"的伦理

"基布兹"在希伯来语里是"聚集""团体"的意思，现在成为以色列主要的一种集体社区形式，它是在所有物全体所有制的基础上，将成员组织起来的集体社会，没有私人财产。"基布兹"的吃、穿、住、行都是集体安排，孩子过的也是集体生活，由幼教乐园集体抚养，只有傍晚一段时间与父母相聚。"基布兹"在这荒漠之上建造一个个繁茂的绿洲，研发了世界领先的滴灌技术，种植出可供全国食用的农作物和各种各样甜美的水果。在以色列建国过程中，"基布兹"的作用有非常大的象征性。

这是一个什么样的空间？它让我们想到什么？苏联社会主义时期的集体农庄？新中国成立初期的人民公社？在20世纪，人类关于集体主义乌托邦想象的实体，只有以色列的"基布兹"还存在，并且据说以色列的政界上层有相当一部分人来自"基布兹"。

从长远的人类文明来看，在不同时期都会有这样的乌托邦实体出现，它们所出现的契机、承载的想象及在现实中的偏差会被无数学者研究，但是，我更感兴趣的是奥兹在写到"基布兹"时的潜意识及由此造成的独特语感。

"基布兹"在文中出现的很多时刻，都直接构成了对耶路撒冷知识分子生活的嘲讽。这一嘲讽来自两种生活形式本身之间的差异，隐藏在背后的却是：以色列要选择怎样的道路？

耶路撒冷的知识分子以文化式的阴郁保留并传承着犹太民族几千年的痛苦，它是以色列建国合法性的自证，也是以色列历史共同体的想象者和建构者。基布兹的青年则厌恶这些过于冗长而压抑的悲痛，他们以愤怒的原始力在荒漠和强烈的阳光下建构新国。他们自成一体，纯洁无比，为一个共同的目标而奋斗。

以色列的基布兹

在以色列全国，从北部的戈兰高地到南部的红海，大约有120500人生活在269个基布兹之中。第一个基布兹由从东欧移居巴勒斯坦的犹太人建立，他们吸收了俄国的激进社会主义思潮，不仅致力于在巴勒斯坦地区重建犹太国家，同时也希望通过基布兹的创立来倡导一个崇尚劳动与平等的新型社会。因此，基布兹在历史上既是犹太复国主义的"大本营"，也以其具有乌托邦色彩的共产主义组织模式吸引着世界各地的犹太精英重返巴勒斯坦，建设以色列国家。

1 2

1《沙海无澜》初版封面
2 耶路撒冷西墙

毫无疑问，这是一个巨大的乌托邦，是一个几千年处于被遗弃之中的民族的自我救赎，是对"家"极端向往和渴望下的产物。但它究竟意味着什么？是否就是以色列的未来之路？它遮蔽了什么更本质的问题？

奥兹选择了一种自我辩驳式的复杂语式来写。当在耶路撒冷生活时，"基布兹"作为一种全然不同的面貌和美学形态监督着大家的生活，并塑造着耶路撒冷新的道德和生活。但当15岁的"我"来到"基布兹"后，基布兹的面目开始真实，也更加暧昧起来。劳动固然光荣，集体固然昂扬，理想固然纯洁，但是，作为个人的"我"仍然蠢蠢欲动，想寻找个体存在的意义。"我"与尼莉的恋爱是全书中最明朗的色调，个人的情感蒸蒸日上，"劳动""集体共有"无法阻挡个体思想的诞生。这正是基布兹的矛盾之处。尽管所有的规定清晰而美好，尽管有完善的制度、补贴和相应的考虑，但是，人性本身所具有的"个人"特点仍然无法被规约。

在《沙海无澜》中，奥兹更是以"基布兹"的生活为核心，书写一个"基布兹"的青年约拿单离开重又归来的故事。约拿单厌倦了"基布兹"，厌倦了平淡的、毫无个人性的生活，蓄谋着离开，他的离去也揭开了"基布兹"内部的诸多问题。奥兹借此对"基布兹"的架构、观念特征和未来性进行了分析。在经历了无数磨难之后，约拿单又回来了，和妻子、妻子的情人和平共处，并获得内心的安静。

约拿单的选择和《爱与黑暗的故事》中的"我"最终背离"基布兹"完全相反。

这些看似自相矛盾，其实包含着奥兹真正的思考。奥兹没有以简单的对错、好坏来衡量基布兹在以色列当代精神中的作用和价值，他在写一种生活的形成和内部可能包含的冲突。他让我们看到它形成的过程，它从一个试验到成为一种象征意义的过程。

这甚至可以说是奥兹的政治观点，在此意义上，奥兹经常被认为是有左翼倾向的作家。但我以为，他并非把"基布兹"作为一种理想社会结构来写，而是作为一个可供探讨和分析的问题来写。

当代以色列历史学家施罗默·桑德在他颇富争议的历史学著作《虚构的犹太民族》中有一个大胆的论证，他认为"犹太民族"这个词是建构出来的，"他们起初收集了犹太教徒和基督徒宗教记忆中的诸多片段，他们富有想象力地从中建构了一个'犹太民族'的漫长的连续的谱系"。这一说法引来了无数的批评，但是，有一点很有启发性：人类生活并非全然连续性的和有因果的，也许，都只是一种想象和塑造。

这也正是作家的任务。一个作家不是为历史的必然律提供依据，而是发现溢出历史之外的偶然和不确定。或者，这些偶然和不确定昭示着人类生活另外的可能性。

在这样的思想逻辑中，"我"成为"农业劳动者中的一个蹩脚诗人"，"我"发现了自己对写作和思考的热爱，发现了舍伍德·安德森，发现了真正的生活就是自己正在经历的生活，而不是经过过滤和选择的生活，"我认定有损于文学尊严、被拒之文学门外的人与事，占据了中心舞台"。"把我离开耶路撒冷时就已经摒弃的东西，或者我的整个童年时代一直脚踏，但从未弯腰触摸的大地重新带回给我。我父母的困窘生活；修理玩具的夫妇家里总是飘着的淡淡的面团味儿与腌鱼味儿……"

由此，作者重新发现父亲、母亲和他们的世界。虽然，他们一直都在。

难以定位的《爱与黑暗的故事》

奥兹经常强调他所写的只是一个家庭、一个人的故事，我们能够感受到他小说中对所谓"整体性"和"国家性"的某种质疑。充满伤痛的现实和历史并非就使一些大的话语拥有天然合法的理由，它既不能成为国家、民族要求个人牺牲自我的条件，也不能成为政治发动战争的前提。他以一位作家的自由之心意识到超越历史冲突和族群界限的必要性，当他在反复思辨当代以色列的政治结构和生活形态时，当他在思量家庭内部的爱与妥协时，当他在反复回忆并书写"那个富有同情心的阿拉伯男子，将年仅四五岁的我从黑洞洞的深渊里救出，并抱进他的怀抱"这一场景时，我们看到了一位真正的和平主义者和人类主义者。

奥兹不是国家主义者，也不是民族主义者，他所反思的正是以此为名的血腥历史和对生命的摧残。

《爱与黑暗的故事》是自传、散文、历史著作，还是小说？据奥兹本人讲，以色列的很多图书馆，在摆放这本书时，都有过犹豫，不知道该如何编纂归类。都是，又都不是。

它的确是自传。奥兹母亲的自杀是这本书的起源，书中的家族故事，他自己去基布兹的经历，都是真实的。而书中的重大历史

FACT:

2011 年，在伊拉克北部的一家书店里发现了一本盗版的《爱与黑暗的故事》库尔德语译本。据报道，奥兹对此很高兴。

奥兹在朗读他的
作品（2011）

事件也都是真实的。散文，也完全可以。《爱与黑暗的故事》整本书都是散文化的，絮絮叨叨，琐细破碎，无限向内，空间不停蔓延，随处可以停顿凝视，越来越多的记忆浮现，房屋、气味、花朵、灰尘等等，它们不断扩张，直到溢出文本之外。而情节呢？若论情节，似乎太过简单了。

奥兹说他很高兴这本书如此难定位，这恰恰说明它拥有一些复杂的品质。但是，在许多场合，老奥兹又很狡黠地说，《爱与黑暗的故事》其实只是一个故事而已，关于爱的故事。这个故事远比自己母亲和家族的事情，远比以色列的历史古老得多，因为，自人类诞生之初，故事，就成了人类重要的陪伴和隐喻。

一旦故事开始，叙事开始，小说就拥有了一种全新的逻辑，而真实的人生，不过是其中的元素而已。但是，如若没有这真实的人生，故事又从何开始呢？这爱与黑暗，又何至于如此久远，让人震颤不已？

2018 年 12 月 28 日，当代以色列文坛最杰出的、最有国际影响力的作家阿摩司·奥兹，因癌症去世，享年 79 岁。当听到这个消息的时候，我的内心非常悲伤，想到了 2016 年，他来北京的时候我们的交往，在那几天之中，他给我们呈现的是一种非常幽默、非常乐观的形象，所以当我想到他的面貌的时候，还是油然想笑。

我觉得乐观、幽默或者说用笑来看待死亡是他一生中所坚持的信条，我想今天我们重读他的著名小说《爱与黑暗的故事》，就是对他最好的纪念。

推荐书单

1 《微物之神》

[印度] 阿兰达蒂·洛伊 著 吴美真 译

上海文艺出版社，2014年

非常沉思式的语言，揭示印度社会内部复杂的阶层关系和情感冲突。

2 《叫魂》

[美] 孔飞力 著 陈兼、刘昶 译

生活·读书·新知三联书店
上海三联书店，2014年

著名的历史著作展示了中国晚清社会的面貌。一个非常好读同时又有启发意义的文本。

3 《我弥留之际》

[美] 福克纳 著 李文俊 译

重庆大学出版社，2015年

所有人物都以第一人称来书写，讲述了一个家庭内部复杂的情感纠缠，背后涉及美国社会复杂的道德观和人性本身晦暗不明的状态。福克纳的语言非常迷人，对人性的塑造也非常具有启发性。

4 《爱与黑暗的故事》电影

可以从中感受到原著所呈现的某种清冷犹疑，以及侵到骨子里的某种哀伤。

奥兹的父亲来自苏联的敖德萨，敖德萨现位于乌克兰境内，拥有黑海北岸最大的港口。图为敖德萨港局部

奥兹曾在《爱与黑暗的故事》中书写童年时的自己对特拉维夫的向往，与历史悠久的耶路撒冷不同，特拉维夫是犹太移民在20世纪初建成的一座"新城"，也是以色列在经济和文化上的首都。图为特拉维夫具有现代主义建筑风格的"白城"

1939.5.4
出生于英国托管时期的耶路撒冷

Timeline

1930　　　　　　1940

耶路撒冷

奥兹于 1939 年 5 月 4 日出生于英国托管下的耶路撒冷。图为耶路撒冷的"哭墙"

特拉维夫

耶路撒冷

基布兹

基布兹

1953 年，奥兹逃离家庭来到以色列胡尔达的基布兹。图为以色列一处基布兹的鸟瞰图

早期的基布兹成员

阿拉德

阿拉德

晚年的奥兹曾担任本·古里安大学希伯来文学系终身教授。图为本·古里安大学校园一角

1953
奥兹反叛家庭，到胡尔达基布兹居住并务农

951
亲因为对现实极失望，吞下大量眠药自杀

1968
出版《我的米海尔》，一举成名

2002
以自己的经历为背景，创作《爱与黑暗的故事》

2018.12.28
因癌症去世，享年79 岁

950　　1960　　1970　　1980　　1990　　2000　　2010　　2020

identity

— NOUN —

The quality or condition of being the same in substance, **1545–**
composition, nature, properties, or in particular qualities under
consideration; absolute or essential sameness; oneness.

The sameness of a person or thing at all times or in all **1596–**
circumstances; the condition of being a single individual; the fact
that a person or thing is itself and not something else; individuality,
personality.

> **1545** [Peter Lombard] gaue vnto yt transubstanciacyon. Than
> folowed transmutacyon, transicyon, and transaccidentacyon...
> After that came in ydemptyte, realyte, formalyte.
>
> *J. Bale, Mysterye Inyquyte P. Pantolabus f. 33v*

> **1596** The mutabilitie of the creature (whereby the identitie of God
> is illustrated) appeareth not onely in the generall diuersitie of
> mans state, which sometimes is innocent and happie, other
> times sinfull and miserable.
>
> *T. Morton, Treat. Threefolde State of Man iii. i. 349*

< (i) **Middle French** *identité, ydemtité, ydemptité, ydentité* (**French**
identité) quality or condition of being the same, and its etymon (ii) **post-
classical Latin** *identitat-, identitas* quality of being the same.

identity is one of the 2,000 most common words in modern written English. It is similar in frequency
to words like *column, district, judgement,* and *politics.*

It typically occurs about 70 times per million words in modern written English.

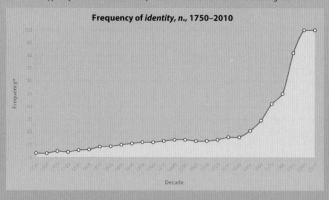

Frequency of *identity*, n., 1750–2010

第七讲

石黑一雄

直面历史的荒谬

🎤 **笛安**

当代作家,毕业于法国高等社会科学研究院。长篇小说《西决》获第八届华语文学传媒大奖年度最具潜力新人奖,凭《南方有令秧》获第三届人民文学新人奖长篇小说新人奖,长篇小说《景恒街》获2018年度人民文学奖长篇小说奖。

石黑一雄处理的是一个永恒的问题:当历史开玩笑的时候,当历史本身就是这么荒谬的时候,我所有的忠诚与追求是不是有意义的?当历史非常残暴地从我身上碾过去的时候,我为何会觉得如此幻灭与无力?

1 | 拒绝"移民作家"的标签

从日本到英国

阅读石黑一雄（Kazuo Ishiguro），可能需要简单地了解一下他的生平，他出生于日本，大部分时间居住在英国；他的母语是日语，但却用英文进行创作，特殊的文化身份使他一直以来都被认为是移民作家的代表之一。

1954 年，石黑一雄出生于日本长崎，60 年代他随家人移居到英国。自那时起，他全部的基础教育和大学教育都是在英国完成的。1983 年，他发表了第一篇小说，那个时候他才 29 岁，非常年轻。

他的处女作就是我们大家都比较熟知的《远山淡影》（*A Pale View of Hills*）。在接下来的几年内，他又连续发表了《浮世画家》（*An Artist of the Floating World*）和《长日将尽》（*The Remains of the Day*）。《长日将尽》后来被改编成电影，成为石黑一雄传播度最高的一部作品。石黑一雄踏足文坛的过程非常顺利，1983 年的《远山淡影》很快让他在英国的文学界获得了一席之地，1989 年的《长日将尽》则让他获得了在英语文学界享有盛誉的布克奖。2017 年，63 岁的石黑一雄获得了诺贝尔文学奖，大家将他与拉什迪（Salman Rushdie）、奈保尔（V. S. Naipaul）并称为英国文坛三位非常重要的"移民作家"，这就是他很简单的生平简介。

如果说得更详细一点，我们应该注意到石黑一雄在英国的东安格利亚大学（又称东英吉利大学）读过创意写作的研究生，而英国最具独创性的女作家安吉拉·卡特（Angela Carter）曾经是他的老师。尽管石黑一雄的写作风格和卡特大相径庭，但了解石黑一雄的专业背景和师承关系，对于我们进一步理解其作品的主题和风格，同样具有重要的作用。

石黑一雄

打破文学创作的壁垒

　　作为一位日裔英国作家，石黑一雄同时有着两种截然不同的文化身份，这使得他既能够以更开阔、更辩证的视角审视和书写东西方文化的差异，同时也为他的自我表达与自我呈现带来了一定程度的阻碍。经常有人在分析他的作品时追问：作为英语作家，石黑一雄的日裔移民身份是否为他的英语写作赋予了一层特殊性？作为移民作家，他的作品又是否充分体现了身份认同上的困惑？这既是石黑一雄常常会被问到的问题，也是任何一种当下的文学理论在面对跨文化写作时不可避免的分析范式。

　　作为一名小说创作者，同时作为石黑一雄作品的读者，我认为这些追问在本质上是有问题的，它们都带着一种既定的偏见从外部审视石黑一雄的创作，并没有真正触及其作品的核心和内在精神。实际上，石黑一雄作品的魅力并不在于宏观意义上的文化冲突与错位，而在于他对个体日常世界及其生存处境的探讨与书写，这种书写并不因一个人是日本人或英国人而有本质上的差异。因此，尽管被

石黑一雄和他的家人刚
移居英国时拍的合照
（1959）

贴上了"移民作家"的标签，石黑一雄在创作中却自始至终都有
一种打破"壁垒"的倾向。

　　石黑一雄的作品并不多，从20世纪80年代到2017年，他实
际出版过的书可能不到十本。但作品涉及的题材非常多样，既有
聚焦"二战"后日裔移民的《远山淡影》，以"二战"前上海租
界为背景的《我辈孤雏》（*When We Were Orphans*），也有单纯书
写英国人及其历史文化的《长日将尽》和《被掩埋的巨人》（*The
Buried Giant*）。除此之外，他还曾跳出具体历史与文化背景的框
架，创作了科幻小说《别让我走》（*Never Let Me Go*）和《克拉
拉与太阳》（*Klara and the Sun*），通过将主人公分别设定为"克隆
人"和"机器人"，石黑一雄在这两部小说中探讨了当下较为热门
的科技伦理和人机关系问题。可以说，石黑一雄的写作既没有固
定的文化背景，也不囿于具体的历史事实，而是体现为多种文化
和多种题材的交汇与融合。

2 | 两大母题：
浩劫与劫后余生

石黑一雄最为人所知的作品，可能是出版于 1989 年、帮助他斩获布克奖的《长日将尽》（也翻译为《长日留痕》）。石黑一雄写作这本书时才 35 岁，因此，《长日将尽》算是他早期的一部代表作。写于 2000 年的《我辈孤雏》和写于 2015 年的《被掩埋的巨人》，则是石黑一雄进入创作成熟期之后的作品，它们在某种程度上标志着石黑一雄经过长期的摸索后，终于寻找到了自己小说创作的两大母题——浩劫与劫后余生。从某种意义上来说，正是这两部作品的创作塑造了现在的石黑一雄，使得他与那个凭借《远山淡影》和《长日将尽》一举成名的青年石黑一雄有了本质上的区别。

战争浩劫下的探寻

《我辈孤雏》就是这样一个讲述浩劫与劫后余生的故事。尽管石黑一雄在创作过程中并没有采取戏剧化的形式或塑造情感外露的人物形象，这个故事本身却是非常有意思的。也许，小说的前 30 页进展很慢，但如果能够耐心进入石黑一雄通过文字所创造的世界，就会发现这本小说讲述的故事并不像我们一开始以为的那样简单。

小说的背景是 20 世纪 20 年代的上海租界，主人公克里斯托夫是在上海长大的英国人，后来在伦敦成为一名小有名气的私家侦探，他曾志得意满地认为世界就在自己脚下，而自己则是那个像福尔摩斯一样负责揭示真相的人。然而，克里斯托夫在英国社交界的成就并不是小说叙述的重点，通过克里斯托夫的个人回忆，石黑一雄真正要讲述的是那些发生在上海租界里的往事。

克里斯托夫从小和父母在上海生活，然而有一天，他的父母却莫名其妙地消失了。在父母失踪之后，他被送到了英国的远房姑妈家，姑妈把他送去接受教育。

从此，他的命运发生了巨大的改变，他不再是一个客居东方世界的异乡人，而是成功打入英国文化圈，成为社交舞会上的宠儿。在成为一名侦探之后，克里斯托夫为自己赋予了一个新的使命，那就是回到上海找到他的父母，至少要探寻到二人失踪的真相，这就是故事的开端。克里斯托夫的童年回忆也构成了小说叙述中非常重要的线索。在克里斯托夫对童年场景的记忆中，上海的租界无比美好。他那时候有一个邻居，是一个日本小男孩，两个人之间产生了非常真挚深刻的友谊，对友谊的描写是小说中最让人动容的部分。

FACT：

石黑一雄的祖父石黑昌明毕业于上海东亚同文书院，后来成为丰田纺织厂在上海的负责人，父亲石黑镇雄也出生于上海。《我辈孤雏》的创作灵感部分来源于石黑一雄从父亲那里看到的、记录 20 世纪 20 年代上海租界生活的老照片。

日本小男孩其实曾经回到过日本，尽管在 20 世纪 20 年代，第二次世界大战还没有爆发，日本还没有开始侵略中国，但当时日本国内已经有了非常浓烈的军国主义倾向和民粹氛围，社会矛盾一触即发。正因为如此，日本小男孩回国后，经常被嘲笑融入不了他所属的集体，他感到非常孤独，于是又回到了上海，同时他也非常害怕父母再把他送回日本。书中并没有正面描写日本小男孩在那个时候、在自己的母国到底经历了什么，只是提到他的父母总是用"你不听话，就把你送回国"作为吓唬小男孩的方法和手段。

与日本小男孩不同，小时候的克里斯托夫从来没有想过要回英国，在他内心深处，他一直觉得自己就是一个上海人。但事实上他真正熟悉并有明确认知的只是上海的租界，而租界并不能代表上海这座城市，也与当时中国平民记忆中的上海大相径庭。因此，童年时的克里斯托夫和他的日本邻居就像两条被养在鱼缸里的热带鱼，真实的世界对他们来说始终隔着一层玻璃。他们生活在一个经过粉饰的、被扭曲的小世界里，但这就是他们的家，他们习惯生活在这里，并且发自内心地热爱上海。

出于对上海这个"家"的共同热爱，两个孩子订立了一个秘密契约。克里斯托夫对日本小男孩说："我们永远都不离开这儿，我们就是这儿的人，上海就是我们的家。"日本小男孩对此表示同意。但是这只是两个孩子间的承诺，没有任何法律效力，也没有与整个时代相抗衡的力量。在订立契约之后没有多久，他们就各自离开了上海。

在阅读这本书尤其是阅读两个孩子童年经历的时候，我时常会想到自己。刚出国留学时的我，和书中的两个外国孩子一样，就像鱼缸里的一条热带鱼，只能通过一层玻璃去审视和感受与自己祖国差异非常大的城市与地方文化。这种阅读中的共情来源于生活经验的相似。因此，我们在接近一个文学作品的时候，也始终不应该忘记自己的个体经验。

也许文学作品里的世界是一个虚幻乃至被架空的世界，但好的文学作品一定能够和人的个体经验产生哪怕最微弱的共振。在这个意义上，《我辈孤雏》所讲述的故事，无疑呼应着人类关于第二次世界大战的历史记忆和对战争中罪责与苦难的深刻反思。想必每一个读者在阅读这本书时都会被两个孩子之间脆弱的约定深深打动。克里斯托夫再度回到上海时，已经是 1937 年之后，也就是说，他正好赶上了淞沪会战，他在战火中又遇到了他童年时代的小伙伴。这次相遇的基调是非常凄凉的：克里斯托夫终于走出了租界，却在横尸遍野的战场上看到昔日的伙伴正穿着军服在侵略他们共同的"家乡"。通过"安排"这次令人心碎的重逢，石黑一雄书写了这场战争浩劫给身处其中的每一个人造成的无法挽回的创痛。

孤岛时期的上海

如果说克里斯托夫与日本男孩的故事讲的是战争给个体带来的苦难，那么描写克里斯托夫对父母失踪真相的追寻，则重点体现了作为浩劫幸存者的个体在劫后余生中产生的孤独与荒谬之感。

在克里斯托夫的回忆中，他并不了解父母，父母失踪时他才不到十岁，他的记忆很多都是有误的。因此，这部小说也是在讲一个人成年以后怎样去修正自己童年的记忆，或者说，他怎么一点点地去印证他童年记得的那件事到底对应着一个怎样的事实。

克里斯托夫的妈妈非常理想主义，她一生最关心并且真正投身其中的一件事，就是反对她的祖国，反对英国往中国不停地出口鸦片。他妈妈在上海有很多朋友，包括让他爸爸非常吃醋的菲利浦叔叔，我们一开始可能会以为这是一个三角恋的故事，但实际上，克里斯托夫的妈妈和菲利浦叔叔是反鸦片运动中的同志。拥有这样一位勇敢的妻子，不知道这是爸爸的幸运还是不幸。但是父母之间的感情其实是很深厚的，这也是克里斯托夫成年之后在追寻的过程中才慢慢体会到的。

然而，让克里斯托夫没有想到的是，父母的失踪其实是两件事。他以为的阴谋并不是阴谋，爸爸只是因为受不了这样的生活而选择离开，但是妈妈的结局实际上非常悲惨，这的确和她奋斗的事业有关。为了保护儿子的安全，妈妈选择了自我牺牲，她与整本书里最大的反派做了一个交换，用自己的自由和尊严去换取

BOX

1937 年 8 月 13 日，淞沪会战爆发，全面抗战开始，中日于上海激战三个月，上海沦陷。上海市中心为公共租界中区、西区和上海法租界，而日本未准备好和欧美各国开战，所以日军尚未能进入（若进入即视为战争行为），因而形成四周都为沦陷区所包围的情形，形似"孤岛"。这种局面一直维持到 1941 年 12 月 8 日日军发动太平洋战争以前。在此期间，由于公共租界中区、西区以及法租界进入大量资本和人口，所以形成了一段被史学家称为畸形繁荣的孤岛时期。文学界在此时也形成了一种独特的风格，后来被称为"抗战时期的文化堡垒"的"孤岛文学"。日后成为沪上大报的《文汇报》亦在此时创刊。

儿子的前程，让他安全回到英国并平安长大。

直到最后，克里斯托夫探寻完所有的真相，他才知道，他之所以能够长大并接受教育，都是因为他妈妈的牺牲。这时他才想起有人曾经告诉他："你以为你自己了不起，你念过书，你是英国绅士，你是名侦探，你活在你自己的小世界里，所有这些花费的钱其实都是卖鸦片得来的。而且是你妈妈用屈辱的方式与人达成的协议，她为了你，可以做所有的牺牲。这就是最终的结局。"

寻找自己是谁

这本书在第二次世界大战的历史框架下讲述了一个人对自己过往的寻找，更加丰富和复杂的地方在于：这个一直寻找的人一度认为自己是无辜的，他觉得自己是那个揭露终极真相并为了真相而奋斗的人，直到最后他发现自己是罪恶和阴谋的一部分。通过记忆与追寻，一个人不仅获得了关于自身存在的真相，而且也认识到自身的存在并非"纯洁无瑕"。石黑一雄在这部作品中揭示了个体生命的复杂性，并进一步探讨了个体生命在历史的大环境里能拥有怎样复杂的处境和体验，我认为这是所有文学都应该关注的内容，也是文学的任务。

实际上，追寻以及寻找"自己是谁"本身就构成了石黑一雄作品的母题。他不止一次地描写一个最初看起来无辜的人在寻找自身历史的过程中，发现了一些自己也置身其中、难辞其咎的罪恶。我们跟着主人公一路追寻，最后却发现他付出的所有辛苦都只是为他带来了更多的负罪感。这也许是任何一个个体在面对历史时都会有的感受：你所拥有的东西不是理所当然的，它很可能建立在他人的牺牲之上。这一点既适用于个体，或许同样适用于一个民族。

在《我辈孤雏》里边有一句话，可以用来作为整本书的主旨：

> 不过对于我们这种人而言，我们的命运是以孤儿的眼光看待世界，常年追逐着父母消失的暗影，我们只有尽全力把使命完成，别无解脱之途。在此之前，心中无法得到片刻的平静。

1 1989 年，石黑一雄凭借《长日将尽》
获得布克奖，照片是他与妻子的合影

2 青年时期的石黑一雄

小说结尾，在得知母亲的悲惨结局之后，克里斯托夫并没有经历俄狄浦斯式的精神崩溃，他回到了英国，继续自己的生活。这一笔非常真实，在大时代、大历史中，一个人不管经历了多少惊心动魄，到头来也只是以沉默的方式把日子过下去。唯一可以确定的是，得知真相的克里斯托夫无法再回到从前，他再也不是曾经意气风发的名侦探了。

克里斯托夫的后半生在小说中是有交代的。在"二战"已经完全结束的50年代，他在香港找到了他的妈妈。她那时已经是一个精神病患者，在经历了太多精神上的摧残后，无法再认出克里斯托夫。于是，克里斯托夫只是见了妈妈一面就回到了英国，后半生过着孤独的日子。在动身去上海之前，克里斯托夫收养了一个女孩，这个女孩长大成家之后也曾邀请他和她的家人们同住，但知道了所有真相的克里斯托夫，最终还是选择了背负起孤独的十字架。

石黑一雄并没有正面描写克里斯托夫的内心经历了多少煎熬，只是很简单地告诉读者：克里斯托夫度过了非常孤独的后半生。这种看似浅淡的叙述，背后却蕴藏着极为深邃的力量，有生活阅历的读者完全能够想象，克里斯托夫的生活是如何在历史的真相面前逐渐崩塌的。他再也无法像曾经那样去享受人生，更没有办法像他年轻时那样心安理得地接受由他的身份和社会地位带来的荣誉和金钱。石黑一雄对于灾难和创痛的书写，从来都是点到为止，他充分相信读者的领悟能力和共情能力，这一点是他作为一名作家极为可贵也极为可爱的地方。

整本小说中真正情绪化的描写都在克里斯托夫动身去上海的前半部分。他年轻的时候真正意气风发，会有非常情绪化、非常任性的时候，而且会有那种也不知道为什么就突然很神经病地去做一件事的时候。这些都发生在他知道自己真实的身世之前。回到英国之后，后半生的克里斯托夫变成了一个正常人，而且变成一个少言寡语的人，认为很多事情不用讲太多。中国人讲"却道天凉好个秋"，我觉得就是这样的处境。

近十几年，石黑一雄作品里反复出现的一种叙事模型，就是一个劫后余生的人平静地继续活着。我觉得这非常"文学"。尽管不同的人对文学的理解千差万别，但几乎所有的文学本质上都在处理人与历史、与记忆的关系，从这个角度来说，"浩劫"和"劫后余生"也是文学本身重要的母题。

3 | 审视自身 存在的历史维度

《被掩埋的巨人》: 非常规历史小说

与《我辈孤雏》类似,石黑一雄的另一部小说——写于 2015 年的《被掩埋的巨人》——也是一部围绕"浩劫"与"劫后余生"展开的作品。尽管母题相同,这本书却与《我辈孤雏》构成了非常有意思的对照。

从写作的角度来看,《被掩埋的巨人》是一部非常难写的小说,因为他书写的是 6 世纪的英格兰,那是一个对本土英国人来说都极为遥远的历史时期。因此,作为一位生活在 21 世纪的移民作家,石黑一雄会用什么样的方式去书写那段历史,也成为这本小说非常独特、非常吸引人的地方。

如果说,《我辈孤雏》讲了一个年轻人如何执着地去追寻父母的下落以及自己的过去,那么《被掩埋的巨人》则是讲一对老夫妻如何执着地寻找自己的儿子,并在此基础上找回对他们来说非常重要的一段记忆。在追寻与记忆这一主题上,《被掩埋的巨人》与《我辈孤雏》构成了巧妙的对照。

尽管涉及 6 世纪英格兰的历史,《被掩埋的巨人》却不是一部常规的历史小说。石黑一雄并没有用写实的手法事无巨细地去描述 6 世纪英格兰社会的组织形式和那时人们的生活方式,他只是借用了一些冷兵器时代的文化意象,在小说中虚构了一个世界。这些意象包括精灵与食人兽,甚至还包括乔治·R. R. 马丁在《冰与火之歌》(*A Song of Ice and Fire*)中写到的"母龙"。小说还虚构了一位领主,他为了将母龙变成自己的战略性杀伤性武器,特意找到一位挪威

FACT:

《被掩埋的巨人》花了十年时间写成,比石黑一雄预期的要长。他中间搁置了一段时间,创作了短篇小说集《夜曲》,然后又从头开始构思这部小说。

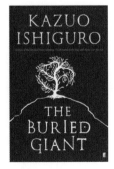

《被掩埋的巨人》初版封面

的驯龙师帮助他驯化母龙。而代表正义的骑士们为了阻止领主的阴谋得逞，要不惜一切代价找到并杀死母龙。

除此之外，小说中还有一位虽从未正式出场但总被提及的人物，他就是亚瑟王。亚瑟王是英格兰的英雄，是一个生活在传说里的人。尽管我们不能确定亚瑟王在历史上是否确有其人，更不能相信精灵、食人兽和母龙曾真实地存在于古代欧洲世界中，但在石黑一雄的笔下，这些或许来源于虚构的意象都具有了历史的厚重感。

小说中的故事发生在亚瑟王去世很多年之后，那是一个"英雄已死"的年代，这是寓意非常深刻的一笔。在一个真正的传世英雄已经死亡的末法时代，所有的权力都要重新洗牌。小说中的母龙藏在山谷中，它呼出的空气会篡改和抹除山谷周围居民们的记忆，使他们忘记曾经对他们来说最重要的东西。小说中的老夫妻之所以要寻找自己的儿子，也是因为在母龙的影响下，他们忘记了儿子的样貌。而当他们踏上漫漫寻子之路，渐渐远离了母龙的势力范围之后，他们也会逐渐回想起曾经的自己到底是怎样的人。

作品中的情感幽灵

这部小说和《我辈孤雏》有异曲同工之处，两部小说的主人公一开始都以无辜者的姿态踏上一段漫长的探寻之路，而在追寻的过程当中，他们会逐渐发现那些被历史和记忆遗忘的存在，并最终认识到自己其实并不无辜。

当然，与《我辈孤雏》不同，《被掩埋的巨人》并没有讲一个有头有尾、有缜密的因果逻辑的故事，或许在石黑一雄看来，一个"英雄已死"的时代本身就缺乏逻辑和秩序。

小说中有两个对立的族群：不列颠人和撒克逊人。现在他们都是英国人，没有任何区别，民族融合的过程早就不露痕迹地完成了。但是在当年，至少在石黑一雄的小说里，不列颠人跟撒克逊人是两个势不两立的族群。曾经的亚瑟王做了一件事情，缔结了这两个族群之间的和平。而现在因为英雄已经死了，这两个族群之间的和平就渐渐被打破了。在小说中，随着主人公的记忆逐渐变得完整而清晰，当年短暂和平背后的历史真相，才得以浮出水面。

原来，亚瑟王所缔结的和平是用非常血腥的手段得来的，背后有无数无辜者的血泪与牺牲。而在骑士们英勇无畏的壮举背后，亦是无辜者的尸体和累累白骨。可以说，石黑一雄采用奇幻小说的外衣，真正想要探讨的却还是严肃而深刻的历史问题，这恰是《被掩埋的巨人》非常吸引人也非常打动人的地方。在小说的许多段对话中，都包含着石黑一雄对历史残酷性的思考：

> 埃克索摇着头。"你说的那些人，肯定不会因为流血而感到快乐吧，哪怕流血的是敌人。""恰恰相反，先生，我说的那些人走过了一条残暴之路，亲眼见过自己的孩子和亲人残肢断臂、惨遭踩躏。他们经历了漫长的苦难，一路上死神就在身后，不过数步之遥，最终才到达这个地方，找到了他们的避难所。这时候来了一支入侵的军队，人数众多。要塞或许能支撑几天，甚至一两个星期。但他们知道，他们终将面对自己的末日。他们知道，现在抱

石黑一雄（2015）

亚瑟·潘德拉贡（Arthur Pendragon），通称亚瑟王（King Arthur），是传说中的古列颠最富有传奇色彩的伟大国王。人们对他的认识更多来自凯尔特神话传说和中世纪的野史文献。传说他是圆桌骑士的首领，一位近乎神话般的传奇人物，被称为"永恒之王"（the Once and Future King）。流传的亚瑟王传说，石中剑、圣杯传奇、梅林、桂妮维亚、摩根勒菲等等，大多是出自《不列颠诸王史》以及托马斯·马洛礼的奇幻小说《亚瑟王之死》。关于亚瑟王的传奇故事，最初如何诞生，源自何处，皆无从查考。亚瑟王究竟是不是以某位历史人物作为基础塑造出来的虚构角色也不得而知。如果确实存在亚瑟王这个人物，史学家推测他所生活的年代大概是公元 500 年左右。

在怀里的婴儿，不久将成为血淋淋的玩具，在这鹅卵石上被踢来踢去。他们知道，因为他们已经见过。他们是从那儿逃出来的。他们见过敌人烧杀劫掠，见过已经受伤、即将死去的年轻女孩惨遭敌人轮奸。他们知道这迟早要来，所以必须珍惜要塞被围的头几天，这时候敌人要为后来的猖狂先付出代价。埃克索阁下，换句话说，对那些无法复仇的人来说，这是提前享受复仇之乐。所以啊，先生，我才会说，我的那些撒克逊同胞会站在这儿，鼓掌欢呼，敌人死的越惨，他们就会越高兴。"

单单这一段的语言，就体现了一个作家对历史的敏锐感知和书写的震撼力。

假设我们不知道前因后果，也不知道小说在讲什么，但我们把这一段单纯作为语言来看，它都是有表现力的。放在小说里，它也极具代表意义，它在讲两个族群之间绵延不断的仇恨以及由此衍生的罪恶。主人公慢慢回想起年轻时候的自己，他意识到自己年轻时是亚瑟王的骑士，他不仅见识过屠杀，见识过所谓的和平是怎么来的，他自身也是这种屠杀的参与者。和《我辈孤雏》中的克里斯托夫一样，这部小说中的主人公也在发现真相之后意识到了自己并非纯洁无瑕，这种"劫后余生"的荒谬感、孤独感与负罪感，也成为徘徊在石黑一雄作品中的情感幽灵。

《被掩埋的巨人》并没有一个传统意义上的结局。从情节上来说，老夫妻到底有没有找到儿子，母龙最终有没有被杀死，在书中都没有明确的交代。对于石黑一雄来说，"追寻"最重要的不是找到"宝物"，而是发现真相。作为石黑一雄进入创作成熟期之后的小说，《被掩埋的巨人》已经放弃了讲述完整而动人心弦的故事，它更多是以故事为媒介，打通现实与记忆、历史与当下之间的联结。

其实，很多作家进入创作成熟期之后，都会在某种程度上放弃"用情节打动人"。很难说这到底是一件好事，还是一件不好的事。在工作多年之后，作家本人可能会对文学有新的思考，会觉得文学除了讲故事之外，还应该有其他的价值，而除了用情节来吸引人，文学作品内部还应该有一种更为高级的碰撞。就石黑一雄的创作而言，我认为《被掩埋的巨人》其实非常能够代表他的美学。他先是费了很多的笔墨去营造一个人与精灵、龙、妖怪共生共存的奇幻世界，用亚瑟王的传说和骑士屠龙的壮举为小说奠定史诗的基调，随后又通过真相的揭示，把之前构建的所有史诗性的东西摧毁，让读者意识到那些史诗和传说背后的残忍、血腥与黑暗。这非常符合现代人对于历史的感知和理解。一方面，当我们重看历史，会庆幸自己生在和平的年代；另一方面，电视上的各种新闻也在时刻提醒我们，相对和平的年代也依然不能避免杀戮和战争。

在《我辈孤雏》和《被掩埋的巨人》中，主人公最终发现自己并不是无辜者，他们都会意识到自己的手上其实是沾着血的，这或许是石黑一雄作为一名日裔作家对"二战"历史极具自省色彩的反思，同时它也启发着小说的读者去重新审视自身存在的历史维度。

使命，以及使命的幻灭

"浩劫"和"劫后余生"是石黑一雄小说的重要母题，但《我辈孤雏》和《被掩埋的巨人》毕竟是他进入创作成熟期之后的作品，单独分析可能并不是那么具有代表性，如果将时间轴往前推进，去看一下石黑一雄80年代的作品，会发现他早期的作品里已经隐含着一些我们理解"今日之石黑一雄"的脉络。比如石黑

FACT：

《长日将尽》被改编为同名电影（1993），一般译作《告别有情天》，由安东尼·霍普金斯和艾玛·汤普森主演。此片入围第 66 届奥斯卡八个奖项，包括最佳男主角、最佳女主角、最佳导演、最佳影片、最佳服装、最佳原创音乐等，但没有获取以上任何奖项。

一雄 80 年代的两部作品——《长日将尽》和《浮世画家》——也有一个共同的主题，它们都在讲一个关于使命的故事。

1989 年的《长日将尽》是一部让石黑一雄获得布克奖的作品。它所讲述的故事发生在 20 世纪一二十年代的英国，主人公史蒂文斯是一位庄园管家，在三十余年的职业生涯中，他始终恪尽职守，把管理庄园当成自己毕生的事业和生命意义的寄托。然而，史蒂文斯的事业只是小说的明线，真正重要的是小说的暗线，即当史蒂文斯在工作里寻找全部的人生意义时，他却与另外一种可能的生活擦肩而过，而后者似乎能让他成为一个更幸福的人。

为了践行"当好一名管家"的使命，史蒂文斯放弃了他生活中所有的可能性，然而他毕生为之献身的事业到头来却只是一片虚妄——史蒂文斯的雇主在"二战"中沦为纳粹的帮凶，史蒂文斯也因此离"成为一名伟大管家"的梦想越来越远。正如石黑一雄自己所说，这部小说讲的是一个人"如何为了成就事业而荒废了人生，又是如何在个人的层面蹉跎了一辈子"的，史蒂文斯对"使命"的固执坚守，最终导致的却是使命本身的幻灭。

比《长日将尽》稍微早几年的《浮世画家》，也是一部与"使命幻灭"有关的作品。抛开两部小说在背景上的差异，它们思考的其实是同一件事情。

《浮世画家》中的"画家"是一个日本人，他的形象和《长日将尽》里的管家形成了非常鲜明的对照。如果说史蒂文斯追求的是由工作赋予的尊严与理想，那么《浮世画家》的主人公则非常坦白地承认，他最爱的事情就是成功和由成功带来的名利。

小说中的这位画家不厌其烦地争名逐利，并且非常积极主动地去追逐世俗意义上的成功。在战争年代，他为了名利不惜为军国主义的侵略行径摇旗呐喊，只有当日本战败、他的行为遭受到强烈谴责时，他才终于开始追问：成功到底是不是真的有意义？或许有很多人会认为，《长日将尽》讲的是一位日裔移民作家怎么看英国，而《浮世画家》讲的是一个从小在西方长大的日本人怎么写日本，但其实石黑一雄的小说并没有突出文化身份上的困惑，相反，他的小说已经超越了文化上的隔阂，具有了普世的价值和意义。

在《长日将尽》和《浮世画家》中，石黑一雄写的是个体的奋斗和挣扎，以及奋斗过后产生的极大幻灭感，但他并没有详细说明这种幻灭感因何而来。在他后期的小说《我辈孤雏》和《被掩埋的巨人》中，石黑一雄开始注重分析幻灭的原因，指出主人公的幻灭感来源于对"其实我也是有罪的"这一事实的清醒认知。在这一层面上，石黑一雄早期的作品和他后期的作品的确有着深刻的联结，它们互为补充，构成一个完整的意义世界。

《长日将尽》初版封面

归根结底，石黑一雄作品处理的是一个永恒的问题：当历史跟我开玩笑的时候，当历史本身就是这么荒谬的时候，我所有的忠诚与追求是不是有意义的？当历史非常残暴地从我身上碾过去的时候，我为何会觉得如此幻灭与无力？

因此，在阅读石黑一雄的作品时，我们不妨放下对他文化身份的追问，不要总想着他是日本人还是英国人，他是在以日本人的身份看英国，还是在以英国人的身份看日本。如果只把问题简化在这个范畴里，你会错过他文学世界的丰富和复杂，也无法真正理解他作为一名作家细腻深邃的内心世界。

当然，像石黑一雄这样的移民作家，他的文化身份和写作背景确实是相对复杂的。在今天这个文化多元发展而文明冲突却日益加剧的世界里，石黑一雄文化身份的复杂性和难以界定性，恰恰为我们提供了一个非常有用的观察当今世界的样本。而石黑一雄的作品也创造了一种空间和机会，让个体接受自己的复杂性，直面自身历史境遇的荒谬。在反思自身境遇的过程中，读者也会从石黑一雄的书写中收获一种精神力量——即使是再渺小卑微的个体，也有权利去争取有尊严的精神世界。文学最终带给读者的是一种自尊心，这是我始终相信的。

推荐书单

1 《麦克白》

[英]莎士比亚 著 辜正坤 译
外语教学与研究出版社，2015 年

如果我们没有时间去看一部长篇小说，看一部经典剧作的剧本需要的时间会相对少些。《麦克白》是一个成年人的故事，也是一个坏人的故事。它讲了一个人如何败给自己的欲望，逐步被欲望驱使，最后变成一个恶人的故事。莎士比亚的伟大就在于，他用了一个非常简单的结构，描写了很多人都似曾相识的人生过程。莎翁在描述人的欲望和处境时有他的一套方法，是一个不可逾越的高峰。

2 《D 之复合》

[日]松本清张 著 汪洋 译
江苏文艺出版社，2015 年

松本清张是众所周知的社会派推理小说家，是一个在日系推理里绕不过去的人物。《D 之复合》是他较少被提及的一部作品。这是一个作家和编辑为了被杀害的读者而踏上追凶之路的故事，也是一个展现正义感和责任感的故事。或许故事的展开比较缓慢，但阅读过后却能收获非常棒的体验。

3 《世界尽头与冷酷仙境》

[日]村上春树 著 林少华 译
上海译文出版社，2018 年

村上春树真正的写作高峰是在 90 年代，《世界尽头与冷酷仙境》就是这一时期的作品，也是其无论技巧、思想，还是表现力，都融合得最登峰造极的一部作品。只有看过这本书，才能说真的读过村上春树。

Life Trajectory

苏格兰格拉斯哥

大学毕业后，石黑一雄曾在苏格兰格拉斯哥市从事社会工作。图为格拉斯哥的地标性建筑乔治广场

《被掩埋的巨人》解构并重塑了亚瑟王的事迹与传说。图为传说中亚瑟王的出生地廷塔杰尔城堡

《别让我走》的故事背景被设置在英格兰的黑尔舍姆（Hailsham，其中sham有"欺骗"和"赝品"之意，恰与主人公克隆人的身份对应）。图为黑尔舍姆教区一角

格拉斯哥

伦敦
肯特
黑尔舍姆

廷塔杰尔城堡

1974
进入英国肯特大学学习
英国文学和哲学

1983
发表第一部小
《远山淡影》

1954.11.8
出生于日本长崎

1960
随家人移居英国

Timeline

1950　　　　　　1960　　　　　　1970　　　　　　1980

上海 　长崎

日本长崎

石黑一雄 1954 年出生于日本长崎。图
为长崎和平公园内的和平少女纪念像

在《我辈孤雏》中，上海租界既是主人公
记忆中的家园，也是他追寻历史真相的线索。
图为 20 世纪 30 年代的上海租界夜景

石黑一雄现居住在伦敦
的戈尔德斯格林区。图
为戈尔德斯格林区街景

石黑一雄早期的两部作品《远山淡影》
和《浮世画家》都以"二战"后的长
崎为背景。图为 1945 年遭原子弹轰
炸后的长崎市

英国伦敦

英国肯特

1974 年，石黑一雄在英
国肯特大学学习英语和
哲学。图为肯特大学坎
特伯雷校区

1989
凭借《长日将尽》获得布克奖

2017
获得诺贝尔文学奖

1990　　　　　　2000　　　　　　2010　　　　　　2020

individual

ADJECTIVE & NOUN

Meaning & use

A single human being, as distinct from a particular group, **a1500–**
or from society in general.

> **a1500** The poletike Nature, that God hath yevin the to helpe, is nat
> ydill in his commission, but by the fair vertues that [he] shewith
> euery man in his ordir shulde to continewe mankynde in
> studye and to conserue the indiuiduale [*a*1500 *Newberry MS.*
> Indyvyde] suppositif [Fr. *le indiuiduel suppost*].
>
> *translation of A. Chartier, Traité de l'Esperance (Rawlinson MS.) (1974) 21*

Etymology

< post-classical Latin *individualis* relating to or existing as a separate
entity (from 12th cent. in British sources) **< classical Latin** *indĭviduus*
indivisible, inseparable (see **individuous**_*adj.*) + *-ālis* **-al**_*suffix1*.

Frequency

individual is one of the 500 most common words in modern written English. It is similar in
frequency to words like *city*, *help*, *lead*, and *set*.

It typically occurs about 300 times per million words in modern written English.

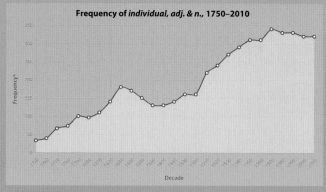

Frequency of *individual*, adj. & n., 1750–2010

第八讲

村上春树

成为个体是我们的时代命题

🎤 **路内**

当代作家。2007年因小说《少年巴比伦》受到关注。2013年凭借《花街往事》获首届人民文学新人奖。2016年因《慈悲》获华语文学传媒奖年度小说奖，2020年出版第七部长篇小说《雾行者》，2022年出版长篇小说《关于告别的一切》。

村上春树善于以一连串的巧合呈现孤独、复杂的现代人情感世界。这种理解能够以轻盈的方式书写沉重的话题，将奇幻元素完美嵌入对现实的关照中，说明他作为一名小说家从未抛却严肃文学应该具备的人文主义底色。

1 | 当我们又又又谈论村上春树

当我们谈论村上春树时，我们在谈论什么

今天，我们要聊一聊村上春树（Haruki Murakami）。

村上春树是中国读者非常熟悉的一位日本作家，他的中译本小说我记得最早是在1997年前后出版的，有一整套，基本上囊括了他此前著名的长篇作品。而村上春树阅读风潮差不多是十年后的事了。迄今他的作品在中国也还很畅销，但文学界和传媒界对他的评价似乎已经有了微妙的变化。作品畅销了、写得久了，这种事情总也难免。变化意味着作者本身的复杂度，意味着他在经典和当下的即时性之间摇摆。

由于作品的大量推广，事实上我不太相信一个文学读者会没有读过村上春树。在中国读者的小说阅读门槛上，《活着》《围城》《百年孤独》《洛丽塔》都是必读书目，而村上春树的《挪威的森林》显然也在其中（无疑，林少华先生的翻译也嵌入其中）。阅读是通往一个作家的必由之路，我们总是能在阅读中看到作家的强处（或者也有弱点），我们讨论小说，继而讨论作家本人，讨论围绕他发生的事物。人人都知道，这是一种有限的了解，它是抽象的。当我们谈论村上春树，我们谈论的是想象中的他，但他也不会反对这种想象，作者必然无力也无意于修改我们的共识或误读。正如尼采所说，最伟大的天才连别人的认同感都会表示怀疑。

大约是在2019年，我参加了一次中日韩作家的会议，有一位日本冲绳的作家发言（我至今不知道他的名字），他是左翼，很敢讲，开口就说村上春树，人挺好的。台下的作家就笑，有一位韩国的教授对我说：国际文学界有一种看法，认为日本的下一个诺贝尔文学奖获得者将会是一位冲绳作家。冲绳的问题在日本国内是个挺复杂的事，这我知道，这样的作家，其写作题材的严肃性可以想象。

村上春树

撒开这个不谈，现今在互联网上经常调侃的——村上春树陪跑诺奖——似乎得到了印证，我看了一下评价，多半还是认为村上春树属于通俗作家，不过诺奖也颁给了鲍勃·迪伦，在这两者之间谁更严肃（或者说谁的读者与听众更严肃）简直可以争论一整天。

文学小说的严肃性是一件很有意思的事，在所谓"严肃文学"界，严肃是有其边界的，在通俗文学界，严肃却是漫漶的。我们可以在很多类型小说（它们通常被认为是通俗的）中找到其严肃的内在，经过阐释，剔除其娱乐性的那部分，留下了思想性或独创性，甚或是其文体和句法。哈罗德·布鲁姆认为狄更斯如果不是创作了最后几部长篇的话，他几乎沦为通俗作家，但时至今日并不会有太多人质疑狄更斯的伟大。

讨论这个是件费力不讨好的事，喜欢村上春树的读者并不会在意他是通俗的还是严肃的。不过先界定一下也没什么不好，毕竟下一步我们会用拆解的方式来看看他的短篇小说。

1 | 2 3

1 不同语种的村上
  春树作品封面

2 村上春树用猫装
  饰 Peter-Cat 酒
  吧里的杯垫、火
  柴盒、照片、雕
  像等

3 杂志对 Peter-Cat
  酒吧的报道

理解村上春树的几个关键词

首先是"小资"。在这个词还没有烂大街之前，村上春树就已经是一位"小资作家"了。他的作品里有爵士乐，有酒，有咖啡，还有性爱。这些都是一般意义上"小资"这一概念的具象化。除了在作品中有意插入或描写这些元素，村上春树本人似乎也活成了他小说中主人公的样子。他是一位爵士乐爱好者，写过专门探讨爵士乐的随笔集《没有意义就没有摇摆》和《爵士乐群英谱》。他还是一位威士忌爱好者，曾经为了喝上一口好酒亲赴苏格兰艾莱岛的威士忌产区，并写下个人游记《如果我们的语言是威士忌》，直言"如果我们的语言是威士忌，当然就不必费此操办了。只要我默默递出酒杯，您接过静静入喉咙即可，非常简单、非常亲密、非常准确"。

而酒与爵士乐在村上春树身上最完美的融合，莫过于 1974 年他在东京国分寺经营的名为 Peter-Cat 的爵士酒吧。Peter Cat 白天供应咖啡，晚上提供酒，店内长期播放 50 年代的爵士乐，周末还会安排现场演出，村上春树也正是在经营酒吧期间创作了自己的第一部小说《且听风吟》(*Hear the Wind Sing*)。

FACT:
《且听风吟》的创作灵感来源于村上春树于 1978 年 4 月在千驮谷附近的神宫棒球场看球的经历，当养乐多队的戴夫·希尔顿打出一记二垒安打时，村上春树瞬间萌生了写作小说的念头。

可以说，爵士乐、酒和咖啡对村上春树的影响是深入灵魂的，它们不仅是村上春树作品的重要组成部分，是外界走近和了解村上春树的"窗口"和"线索"，同时也深刻地影响了村上春树的阅读品味。村上春树喜爱、模仿并译介过的美国作家，从海明威（Ernest Hemingway）到菲茨杰拉德（Fitzgerald），从福克纳（William Faulkner）到雷蒙德·卡佛（Raymond Carver），无一不是嗜酒如命。对酒精和咖啡因的热爱遂在村上春树和美国现代文学之间架起了一座桥梁。

当然，我们似乎无法说清对爵士乐和酒的热爱如何影响了村上春树小说中的性爱描写。唯一能够确定的是，村上春树小说中的性爱充满了浓重的仪式感和装饰意味，它与国内乡土文学中质朴原始的性爱不同，恰恰体现了城市小资的思想观念与价值诉求。

小资这个话题，放在今天的中国语境下谈，其实是件难办的事。正如1997年的小资不等于2022年的小资，村上春树所经历的20世纪七八十年代，和我们今天在互联网上批判（或者拟态）的小资，显然也是不一样的。但是读小说正是这样，一部作品的经典性正是从当代话语出发去考量的，而不是必须回到它所在的历史现场（即所谓作品的超越性），无论莎士比亚、卡夫卡，还是陀思妥耶夫斯基，都在经受这样的"洗"。因此，小资这个关键词，先放在手边比较好。

第二个关键词是"翻译"。中国大陆采用的是林少华的译本，中国台湾据我所知多采用赖明珠的译本。赖明珠的译本可能有一点台湾腔，但也还好，不算严重。而林少华先生的译本则争议多多。争议的内容大致在于很多读者认为林译的主观性过强，破坏了村上春树作品原有的意境和风貌。这类争论是不是有意义（比如王道乾先生与他翻译的杜拉斯的《情人》），我个人的看法是，阅读上有一点差别，但从理解这位作者的角度来说，也是大差不差。无论如何，我们要解析外国作家的小说，就只能从某个既定译本下手。

第三个关键词是"墙与鸡蛋"。2009年2月，村上春树获得耶路撒冷文学奖并在以色列发表演讲，在演讲中他作了著名的"墙与鸡蛋"的比喻——将制度比作一堵墙，将人类个体比作脆弱的鸡蛋，并表示"在一座高大坚硬的墙和与之相撞的鸡蛋之间，我永远都站在鸡蛋的一边"。虽然这个比喻非常浅显（任何一位作家乃至不是作家的个体都能够想到），但它无疑是政治正确的，而且在很长时间内不断地被引用。村上春树的作品最初被译介到中国时，有这么一条官方评语，认为他反思并批判了高度发达的资本主义文明。这句话放到现在来看，有点不适配。因为这位作家在阅读层面最受关注的是他的故事性和个人趣味，倒是和批判性没太大关系。至于"墙和鸡蛋"，这是一个好的比喻，我想它不只指向资本主义。

长跑与陪跑

关于村上春树还有两件事值得一提，那就是"长跑"与"陪跑"，这当然有点不着调。村上春树很爱长跑，而且还专门将自己的长跑经验写成了一本书，书名就叫《当我谈跑步时，我谈些什么》(*What I Talk About When I Talk About Running*)。我见过一些爱长跑的作家，他们似乎都没有想到这件事可以被写进文章并成为作家本体的一种寓言和延伸。村上春树却做到了，正如喜欢蝴蝶的纳博科夫将蝶翅花纹的华丽繁复转化成了自身的创作风格，村上春树也以跑马拉松般的毅力进行着持续、稳定的文学输出。好吧，加缪曾经是足球队员，海明威好像会打拳击，这些事要阐释起来也是没完没了。

FACT:
村上春树 1982 年开始练习长跑，在夏威夷的考艾岛、马萨诸塞州的剑桥市和希腊的马拉松长跑古道都留下了跑步的足迹。

如果说"长跑"已经成为村上春树马拉松式写作精神的象征，那么长期"陪跑"诺贝尔文学奖的经历，则让作家村上春树彻底变成了家喻户晓的公众人物。自 1901 年首次颁奖以来，诺贝尔文学奖已有一百多年的历史。在这一百多年间，没有获奖的大作家其实有很多，像村上春树这样长期陪跑的当然也有，但能够因为"陪跑"而成为公众话题的，似乎只有村上春树一人。有人以诺贝尔文学奖提名名单向来保密为由，认为村上春树"陪跑"一事其实是噱头和炒作；也有很多严肃文学作家认为，村上春树就是一个浅薄的小资文学作家，诺贝尔文学奖自然不会颁给他。面对"陪跑"的争议，村上春树本人却有着"局外人"一般的从容与淡泊。

跑步中的村上春树

在 2003 年接受林少华的采访时，他说："我喜爱这样的生活，不想打乱这样的生活节奏，而一旦获什么奖，事情就非常麻烦……对于我最重要的是读者，诺贝尔文学奖那东西政治味道极浓，不怎么合我的心意。"2018 年，村上春树更是直接拒绝了瑞典文学院设立的"新学院文学奖"的提名，理由是希望"专心写作，远离媒体关注"。这是一个非常有意思的说辞，作为笔耕不辍且在国际上有一定知名度的"老作家"，村上春树的确有资格讲这种话，但并不是每一个有名气的作家都能把"专心写作，远离媒体关注"作为自己的行事准则。从这一方面来说，那位冲绳作家对村上春树的评价还是很中肯的——村上春树是个挺好的人。

如何阐释一位作家，对于经典作家是否存在过度阐释，这是件很难界定的事。讨论村上春树作品的意义，比讨论卡夫卡、陀思妥耶夫斯基这类作家更困难些，确定感不那么强，总是会听到一些杂音。但不可否认，他的很多作品在文体和结构上有着相当不错的"当代范式"，这一范式也牵涉到翻译，从范式角度来解析村上的小说是件美妙的事。我找出了他的短篇小说集《东京奇谭集》，译者林少华。

2 偶然性与去意义

《东京奇谭集》并不是村上春树最有名的作品，即便是放在村上春树的诸多短篇小说集里，它也并不是那么显眼。然而，相比于具有现实主义倾向和当代色彩的《挪威的森林》，《东京奇谭集》的创作技巧更为独特，它是一本"用传统题材演绎现代故事"的小说。

关于奇谭

严格来说，奇谈（"谭"通谈，"奇谭"即奇谈、奇闻之意）不能算是一种独立的文体，我们也很难将它归为某种确定的文学风格。奇谈似乎是人类文学发展过程中的一个公约数，爱伦·坡（Edgar Allan Poe）和霍桑（Nathaniel Hawthorne）的哥特小说，甚至卡夫卡的一些寓言式的短篇，都具备奇谈的特征。奇谈在中国也比较发达，从魏晋时期的志怪小说、唐代的传奇到蒲松龄的《聊斋志异》和鲁迅的《故事新编》，对"怪力乱神"的书写与想象构成了中国文学有别于儒家正统的另一条思想线索。

在日本古典文学中，奇谈也极为常见。它们往往与日本的妖怪文化和"百鬼夜行"的传说有着密不可分的联系。尽管日本现当代文学在风格和题材上更多受到西方现代主义文学的影响，但奇谈这种文学类型依然深刻影响着涩泽龙彦（Shibuya Ryohiko）和京极夏彦（Natsuhiko Kyogoku）等作家的文学创作。

古典文学中的奇谈往往出自不同作者之手，在形式和内容上缺乏整一性，质量也多良莠不齐。到了现当代文学大师那里，"奇谈"就逐渐脱离了它原初的语境而被赋予了更为现代也更为先锋的内容和意涵。可以说，现当代作家对奇谈的借鉴与挪用，其目的或许并不在于让这种古老的文学形式"死而复生"，而是要

　　妖怪或是鬼怪的文化在世界各地都存在，虽然每个文化当中都有各自想象鬼怪的方式，但就跨文化比较研究而言，日本妖怪文化的丰富性则是其他文化所没有的，除了传统神道教的信仰，还有来自中国佛教、道教的影响，以文学、绘画、漫画、动画等等不同形式展现，浸透在大众文化之中。江户时代大量产生的妖怪画或是绘卷，使妖怪的传说从文字成为图像式的想象。当时广为流传的《百鬼夜行》为狩野派画师鸟山石燕的作品，分门别类地对于鬼怪详加介绍，将妖怪具象化地介绍给大众，宛若妖怪百科全书。

《东京奇谭集》（新潮文库）

　　"妖怪"这个词，主要从明治时代开始随着西洋的学术进入日本，学者们尝试以心理学、哲学、物理学、化学等现代学科解释大量不可思议的事物。"妖怪"成为统称日语中魔物、鬼、むしろ、化け物等不同现象的用语。日本的"妖怪学"从明治时代以来接续不断，成为一个重要的传承，井上圆了之后，民俗学大师柳田国男一系列的妖怪研究都是重要的作品。

借助传统文学的"外壳"去讲述一个过于"现代"，以至于无法用现实主义的手法呈现的故事。如同乔伊斯（James Joyce）借用《奥德赛》（*Odyssey*）中的典故去反思爱尔兰的民族性，村上春树在《东京奇谭集》中也正是利用奇谈这种古老的形式，实现了对当代人日常经验的"陌生化"叙述。

偶然的旅人

　　《东京奇谭集》中的第一篇小说叫《偶然的旅人》，它由三个没有实际关联的故事组成。这篇小说的开头很有意思，在真正的故事开始之前，一个叫"村上"的叙述者先跳出来说话。这个"村上"当然不是村上春树本人，他的面貌非常模糊，可能是位老人，可能是位青年，甚至也有可能是位女性。总之，他是作者村上春树虚构出来的一个人物，是一个拟态的"村上春树"。这种技法在19世纪的小说中并不少见，霍夫曼（Hoffmann）和爱伦·坡的志异小说以及狄更斯具有道德教化色彩的小说，往往都采用这样一种叙述方式。通过将《东京奇谭集》与19世纪的西方小说进行对比，我们就会明白，村上春树意义上的"奇谈"并不是日本或中国古典文学中的"奇谈"，它在本质上更接近于欧洲的哥特小说。这种小说往往会设立一个非常谦卑的讲述者，他会特别客气地说："请大家忍耐几分钟，听我讲一个故事。"

《偶然的旅人》中的"村上"，就是从一个偶合的故事开始讲起的。这个故事与爵士乐有关。小说里的村上在美国听一位钢琴手弹奏爵士乐，他心里想：如果能选曲子就好了，最好能听到《巴巴多斯》（Barbados）和《灾星下出生的恋人们》（The Star-crossed Lovers）。他只是这么想，并没有说出来，但舞台上的乐手恰好就演奏了这两首曲子。村上说"在多如繁星的爵士乐曲中恰好选中这两首连续演奏的可能性完全是天文学上的概率"。

用这样一个故事开篇，可能会让人有点摸不着头脑，毕竟这个故事既没有起承转合的戏剧性，也没有什么逻辑上的依据。但正因为它是生活中不太容易发生的小概率事件，村上春树用这个故事做引子，就恰好点明了小说的主旨——对偶然性的书写。

"差十分四点"

这个缺乏证据的偶合结束后，村上春树迅速进入了第二个故事。第二个故事依然与爵士乐有关，而且比第一个故事更简单。村上在唱片店里淘到一张名为《差十分四点》（10 to 4 at The 5 Spot）的唱片，这时有个人过来问他时间，他看看手表机械地回答："差十分四点。""机械地回答"，说明村上并不是有意识地寻找巧合，而毋宁说是巧合"找上了"村上。如小说所言，这个巧合是不值一提的小事，但它确确实实发生了。

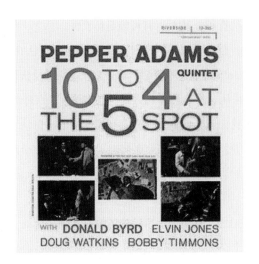

爵士乐专辑《10 to 4 at The 5 Spot》

　　前两个故事中的巧合是无意义的，它们只够在短篇小说里闪现一下，却无法作为线索串联起整个故事的起承转合。由此，村上春树引入了第三个故事。三次重复既是童话故事里的常用套路，也是当代小说家颇为青睐的叙事技巧。

　　第三个故事换了讲述人。显然，故事在这里跳跃了一下，这不是一个村上亲身经历的故事，而是他听来的。更准确地说，是他用前面两个故事交换来的。在他讲出前面两个故事的同时，村上的听众也会交出一个同款的故事。可以看出，村上春树深谙短篇小说的"变奏技巧"，用两个简单的故事引出一个更为复杂的故事，这既吊足了读者的胃口，也让他们在无形之中被村上春树爵士乐般的叙事节奏捕获。

　　与他交换故事的是一位钢琴调音师，也是一位 41 岁的同性恋者。随着故事亲历者身份的转换，小说的叙事调性也发生了变化，它不再采用登台表演的口吻，而是开始向内挺进。细心的读者可能会发现，这三个偶合的故事其实都与音乐有关。说实话，如果我们只是单纯谈论巧合，故事与故事之间依然是脱节的，但如果在"巧合"这一叙事动机之外再引入一个更具体的主题，这些关于"巧合"的故事就会暗合起来，并在彼此呼应之下形成一个整体。

巧合的连环车祸

与前两个故事相比，第三个故事无论在形式还是内容上都要复杂得多。在形式上，这个故事至少经历了三重叙事的转换。调音师以第一人称的口吻讲述自己的故事，这个故事被小说中的叙述者村上以第三人称的方式呈现给读者，但在村上的转述背后，真正把握叙事走向的却是小说的作者村上春树。在本质上，这篇小说采用了一个"故事套故事"的模式，这样的模式足够精巧和复杂，在当代小说中也不少见。例如，美国作家保罗·奥斯特（Paul Auster）的《神谕之夜》（*Oracle Night*）和《红色笔记本》（*The Red Notebook: True Stories*），就将套娃式的叙事结构运用到了极致，后者也在某种程度上为村上春树创作《东京奇谭集》提供了灵感。但村上春树非常聪明，他用了一个"交换故事"的模式，从而为"故事套故事"的传统模板赋予了更丰富的层次。

在内容上，这第三个故事简直是"巧合的连环车祸"。当然，光有巧合还是不够的，村上春树在这里还要为一连串的巧合赋予一个意义，尽管这意义并不像传统小说里那样清晰和确定。在这里，整篇小说第一次开始涉及人与人之间的关系。很多拙劣的小说是疏于讲述人物关系的，它们倾向于把扁平化的人物"塞人"提前设定好的故事框架中，最终呈现出来的往往不是人与人的关系，而更像是物品与物品之间的关系。或许是深知人物关系的匮乏是小说写作的"大忌"，在设置了巧合这么一个大前提、将音乐作为勾连元素并安排了故事套故事的叙述模式后，村上春树还要努力向人物关系这个层面挺进。

这里就涉及调音师的性取向问题。调音师因出柜差点搞砸了姐姐的婚事，为此他与姐姐断绝了关系，自己一个人生活。在点明调音师的身份之后，村上春树并没有如读者期待的那样去深挖调音师的恋情或者他与姐姐的互动，而是笔锋一转，继续写调音师的"奇遇"。

调音师在书店里遇到一位女士，两人在看同样的书，那本书就是狄更斯的《荒凉山庄》（*Bleak House*）。

调音师人长得很好看，也很有风度，这引起了那位女士的注意，她开始有意接近他并向他示好。村上春树在这里将书写的视距拉近，赋予了女士和调音师的关系一丝装饰性的暧昧色彩。调音师用一种礼貌而不失温存的态度向女士坦白自己是同性恋，就在这时，调音师注意到了女士的耳朵右面有痣，而他姐姐身上同样的位置也有一颗痣。奇怪的是，这个巧合让调音师窒息。这个用词很有意思。接着女士说自己查出可能患有乳腺癌，马上就要住院。两人谈了些似是而非的人生哲理，然后彼此告别。

去意义的巧合

痣这个巧合缺乏意义，但却会勾起人无尽的念想。在这里你会注意到，到这一步为止，村上春树在这篇小说里写的所有巧合都是"去意义"的，这或许能够解释为什么他会选择《荒凉山庄》作为制造巧合的线索。如果选择《圣经》或者卡夫卡的小说，读者都会从中解读出一丝意义来。而尽管狄更斯是维多利亚时代的著名作家，他的小说在当代却更像是供有文学品位的读者消遣的通俗读物。无论是同性恋者，还是一位患有乳腺癌的美丽女士，阅读狄更斯都不会让人产生超出阅读行为本身的关于意义的联想。痣也是，它是天生的，不同于某一个牌子的香水或手表，它不具有除自身之外的任何附加意义。当然，这颗痣要是长在眼角或眉心，意义又会浮现出来，现在它长在一个很隐蔽的位置上。这或许是村上春树精心推敲的结果。

《荒凉山庄》初版封面

之所以要"去意义"，是因为在"无意义"和"有意义"两种力的拉扯之下，小说才会呈现它的强度。如果小说中的每个物品、每句对话都有意义，小说必然也会因过于"紧绷"而失去松弛之美。我们都很讨厌金句式的小说，就是因为作者往里面填充了太多不必要的、自以为是的意义。

当然，"去意义"并不意味着在叙事中消解掉一切价值描写，村上春树在这方面非常有分寸，他在小说中消解的是那些不必要的意义，而对于那些必要的意义，他只是选择了延迟叙述。按照古代奇谈的写法，故事在这位女士离去之后就结束了。但村上春树并没有让故事彻底陷落在这种"无意义"中，他让调音师之后见到了十年未见的姐姐。就在这里，叙事发生了很关键的跳跃，时间和人心开始逐渐显露出意义。继"书的巧合"和"痣的巧合"之后，村上春树给出了一个最重大且充满意义的巧合——和那位有痣的女士一样，姐姐也患上了乳腺癌。村上春树在这里的处理非常巧妙，当调音师发现女士的耳朵上有痣时，他用修长的手指抚摸了女士的头发，接下来就没有任何动作了。但当他遇到姐姐时，一个童年时代的动作回来了，他伸手摸了摸那颗痣，并且加了一个动作——他吻了它。我们当然知道，调音师是在向什么东西致意，但已经没有必要说出来了。

小说的结尾又回到了村上与调音师的对话。请注意，小说的开头并没有以两人对话的口吻开启，村上春树完全可以这么做，但他似乎并不介意自己的语调和节奏前后略显脱节。这种脱节本身也是有趣的，他不介意小说稍微有点瑕疵。在这个意义上，村上春树就像一个很棒的爵士乐手，既能够遵从一种经典的范式，又能够在范式中立即找到自己的风格，吹响自己的 SOLO。

3 | 书写孤独的现代人

关于女性的奇谈小说

《东京奇谭集》里，我其实更喜欢第二篇《哈纳莱伊湾》，那是一篇正统的短篇小说，它从人物落手，将故事从个体拉伸到很远的地方。《哈纳莱伊湾》是整本《东京奇谭集》中篇幅最长的小说，它的故事最完整，人物关系也最具有确定性。

标题中的哈纳莱伊湾是夏威夷很有名的冲浪胜地，在它附近有一个哈纳小镇。"哈纳莱伊"这个译法其实是有问题的，中文里的通译应该是"哈纳雷"。不过，这也有可能是小说取名的一个小窍门，"哈纳雷"和"哈纳莱伊"是同一个单词

哈纳莱伊湾

（Hanalei），但后者相比于前者更有几分女性化的色彩，而这篇小说恰恰是以女性视角书写的。

作为旅游胜地，哈纳莱伊湾有一条据称是世界上最古老也最危险的公路——哈纳公路。因为路况不好，开车穿过这条公路需要两三个小时。那里的海浪也非常高，据说在冬季也能达到八米左右。一般意义上的冲浪只需要一米高的浪，而八米高的浪无异于八千多米的珠穆朗玛峰。

了解了哈纳莱伊湾危险的环境，就获得了打开这篇小说的钥匙。故事就从冲浪开始讲起，一个日本小伙子在哈纳莱伊湾冲浪时被鲨鱼咬死了。注意开篇的用词，"幸的儿子十九岁时在哈纳莱伊湾遭大鲨鱼袭击死了"。这句话的主语自然是那个日本小伙子，但是对他的介绍却被置于与他人的关系之中，如果我们把句子写成"大雄在哈纳莱伊湾冲浪时遭大鲨鱼袭击死了，他的母亲幸……"，这就出了错，因为这篇小说的主人公其实是幸，而并不是她的儿子。另外，"十九岁时"这个状语立即界定出了时间上的距离，说明在叙述这个故事时，距离幸的儿子死亡已经有一段时间了。

> 幸的儿子十九岁时在哈纳莱伊湾遭大鲨鱼袭击死了。准确说来，并非咬死的。独自去海湾冲浪时，被鲨鱼咬断右腿，惊慌之间溺水而死。鲨鱼不至于出于喜好吃人。总的说来，人肉的味道不符合鲨鱼的口味，一般情况下咬一口也就失望地径自离去了。所以，只要不惊慌失措，遭遇鲨鱼也只是失去一条胳膊或一条腿，大多可以生还。只是，她的儿子吓得太厉害了，以致可能出现类似心脏病发作的症状，结果大量呛水溺死。

接下来讲述幸怎么去夏威夷给儿子办理身后事，都是所谓的当年事。为什么村上春树要在小说开篇设置这么长的时间跨度呢？其实他完全可以顺着时间轴讲，例如讲在儿子死后，幸的生活第二年是怎样的，第三年是怎样的，十年后又是怎样的……这种关于时间的叙述虽然也成立，但无疑是一种有些"偷懒"的写法。小说的美学恰恰蕴含在过去与现在的张力之中，村上春树很懂得这种"讲故事的智慧"，他想要书写的并非是儿子之死对幸的心灵产生的直接撞击，而是丧子之痛通过记忆的"幽灵"持续作用于幸的人生这一潜在的过程。

幸看到儿子的遗体时，总是觉得这个 19 岁的孩子并没有死去，似乎摇摇他的肩膀他还会醒过来。然而儿子右腿断面露出的白骨却时刻提醒着幸——她的儿子被鲨鱼咬死了。幸打算把儿子的骨灰带回日本，并用美国运通卡支付了儿子的丧葬费。在美国的经历让她产生了两种非常不现实的感觉——作为一位长期生活在东京的母亲，她的儿子竟然在夏威夷被鲨鱼咬死，而她竟然会用运通卡来支付火葬费。

尽管夏威夷当地的日裔警察劝说她看开点，请她无论如何都不要记恨这里，幸还是很难接受自己的儿子以这样一种离奇的方式死去。在与警察的对话中，我们了解到幸的丈夫已经去世，她独自一人抚养着儿子。但村上春树并没有由此细说幸的家庭背景，也没有很刻意地书写失去儿子后幸悲痛的心情。他让幸径直来到海边，让她坐在海滩上以一种平静的方式思考自己的人生。至此，小说还没有任何情感上的波澜，既没有悲怆，也没有埋怨。这么写是不是不够现实呢？也不一定。面对突如其来、无可怨怼的意外，个体很难在短时间内厘清并充分表达自己的情感。而对于那些坚毅的人来说，以平静的姿态接受厄运是让自我保持理智的唯一方法。我们往往会认为这样的坚毅是男性化的，但村上春树却把它赋予了幸这样一位单身母亲。

幸在海边的旅馆住了下来，接下来，故事的调性变了一下，出现了两个白人小伙子，也是冲浪爱好者。这两个人不大会讲话，身上还有股大麻味。读到这里大家立刻能意识到，幸或许也曾经和大麻打过交道，不然她不可能一下子就辨认出大麻的味道。这是一个看似无用的闲笔，却为之后描写幸糟糕的婚姻生活埋下了伏笔。在谈话中，两个小伙子提到，惨剧发生那天出现了很多海龟，鲨鱼也是因为追捕海龟才进入冲浪区域的，但那一带的鲨鱼不怎么咬人，他们也疑惑于平常能够与人类和平相处的鲨鱼何以突然"兽性大发"。这些无意间透露出的信息增加了幸的茫然，更让她觉得儿子的死亡是一件离奇的事情。

小说的下一步走得很漂亮，村上春树既没有进一步渲染幸的茫然，也没有再揪住儿子的死亡原因不放，他让幸平静地接受了那场离奇的事故，并让叙述径自跳到了此后的时间。自那以后，幸每一年都会来到哈纳莱伊湾，坐在海滩上看冲浪手们来来往往，并在当地的旅馆待上几个星期。在这里，叙事的节奏加速了。

巧合之下的生者—死者关系

有一年，幸在去哈纳莱伊湾的路上遇到了两个搭便车的日本小伙子，这两个小伙子不谙世事，去夏威夷冲浪前连旅馆都还没有订好。幸提醒他们夏威夷的冬天很冷，露宿海滩恐怕会冻死，又提到当地便宜的旅馆大多不安全，因为那里有人贩卖冰毒，人一旦染上毒品就会丧命。在这里，村上春树又安排了两个看似无关紧要的人物和一场看似毫无意义的对话，但仔细阅读，我们会发现他其实在对话中抛出了很多重要的线索。例如，小说第一次提到了幸每年去夏威夷的时间是冬季，这暗示了幸的儿子是在冬天冲浪的时候遭遇不幸的，这更增加了那场意外的离奇性和偶然性。同时，小说第二次提及毒品，并借幸之口暗示她对毒品非常熟悉。

在做了铺垫之后，村上春树果然开始讲述幸的人生。之前与警察聊天时，幸提到自己曾经在美国待过一段时间。村上春树在这里直接指出幸到美国是去投奔亲戚的。她从小喜欢弹钢琴，但却不具备成为音乐家的天分，高中毕业之后，她听从父亲的安排到芝加哥学习烹饪。但幸骨子里并不是一个"安分"的女孩，出于对音乐的热爱，她总是利用课余时间去酒吧兼职弹钢琴，久而久之就在酒吧弹出了点名气，最后索性连学校也不去了，当起了职业钢琴手。24岁那年，她嫁给了一位爵士乐吉他手，婚后丈夫不仅频频出轨，还沉溺于毒品。尽管这是段糟糕的婚姻，但幸偏偏又因为欣赏丈夫的音乐才华而不肯离婚，甚至还为丈夫生下了一个儿子。后来丈夫吸毒过量死亡，幸就独自一人抚养孩子，偶尔也到酒吧弹钢琴。对幸的个人生活和家庭背景的描述，是串联起整个故事的重要一环。正因为自己高中毕业后也曾"不务正业"，面对儿子的游手好闲和对冲浪近乎痴狂的热爱，幸才没有像一般的母亲那样约束儿子的行为。当儿子心血来潮要去夏威夷冲浪时，幸也没有过度阻止，这也就为后来的悲剧埋下了伏笔。正因为自己的丈夫长期吸毒且死于毒品，幸之前在谈话中对毒品的了解与憎恨也才有了坚实的理由和现实基础。更重要的是，幸对钢琴的热爱以及其酒吧钢琴手的身份，在之后的情节发展中起到了非常关键的作用——正是在夏威夷的酒吧里，幸遇见了一件可称为"巧合"的事情。

到此，故事的线索都被呈现得差不多了，小说在这里又开始了一次跳跃。幸在夏威夷的餐馆里弹琴时又遇到了那两个搭便车的日本小伙子。在他们交谈的时候，幸遭到了一个醉酒的前美国大兵的羞辱，那个美国大兵质问她：你们日本人老在美国混着干什么？幸不卑不亢地顶了回去：你这一类型的人究竟是怎样形成的呢？是生来就这种性格还是在人生当中遇到什么不愉快的事造成的？

幸的质问很有礼貌，这种礼貌当然很中产阶级，同时也很日本。村上春树在这里以一种隐晦而微妙的方式触及了战后日本和美国之间的意识形态博弈，但这只是匆匆一笔，就像在《偶然的旅人》中，他以同样轻描淡写的方式触碰了同性恋的意识形态。接下来，真正与"奇遇"相关的故事开启了。美国大兵走后，日本小伙子聊起他们看到的一个单腿日本冲浪手，这个冲浪手和幸的儿子一样，缺少右腿。小说这里写道，幸的心脏发出硬硬的声响。她再三确证：是日本人吗？得到的回答都是：是的。

从那以后，幸就在海边寻找着单腿的日本冲浪手，她当然没有找到。回到旅馆后，一向坚毅的幸却把头埋在枕头里吞声哭泣，她不明白为什么偏偏是自己的儿子被鲨鱼袭击，更不明白为什么那两个傻乎乎的日本小伙子都能看见单腿的日本冲浪手，而自己却始终看不见。哭过之后，幸决定"原原本本地接受这里存在的东西"。第二天早上，她收拾东西回到了日本。后来，幸在东京又巧遇了那两个日本小伙子中的一个，她提到哈纳莱伊湾有鲨鱼，并打趣说："你们俩没在哈纳莱伊湾被鲨鱼吃了，真是幸运。"故事在这里就结束了，从幸对日本小伙子说的话中，我们能隐约感觉到她已经坦然接受了儿子的离奇死亡。但村上春树还是以一段诗意的描写对小说的主题进行了升华——幸在东京还是天天弹琴，不弹琴的时候，她就回想每年在夏威夷度过的日子，回想"拍岸的涛声，铁树的低吟，被信风吹移的云……以及应该在那里等待她的东西"。这是一个略显伤感的结尾，到这里读者也许会明白，幸确实错失了一种正常可靠的母子关系。那个幻想中的单腿冲浪手本可以弥补幸的遗憾。尽管那是一种单向的关系，但对于活着的人来说，它依然弥足珍贵。

《哈纳莱伊湾》实在是一篇"奇谈"元素不多的小说，在处理生者与死者的关系时，它反而呈现出极具现实感的一面。好的小说能让人更深刻地理解人世，这似乎也是老生常谈。然而，不同作家对人世的书写总是会借助不同的媒介和形式，例如，巴尔扎克通过对"物"巨细无遗的描写来呈现金钱对个体心灵的腐化，陀思妥耶夫斯基将对人类灵魂的深刻洞察包裹在凶杀故事的形式之中，而村上春树在《东京奇谭集》中则以一连串的巧合呈现了现代人情感世界的孤独与复杂。这种对人世的理解尽管无法达到19世纪现实主义小说的高度与深度，但也并不缺乏动人的力量和思辨的色彩。换句话说，能够以轻盈的方式书写沉重的话题，能够将奇幻元素完美嵌入对现实的关照中，不仅说明村上春树在小说写作方面的确有才华和巧思，同时也说明，他作为一名小说家从未抛却严肃文学应该具备的人文主义底色。

推荐书单

1
《布尔乔亚经验》
[美]彼得·盖伊 著 赵勇 译
上海人民出版社，2020年

2
《小说课》
毕飞宇 著
人民文学出版社，2017年

3
《1973年的弹子球》
[日]村上春树 著 林少华 译
上海译文出版社，2018年

时间点定位在19世纪到"一战"期间。既然谈到了"小资"，如果对其源起（以及其受批判的源起）感兴趣，可以读一读这套书。

这是一本解析小说如何生成和运行的书，它不太谈文学的宏大意义，而是把一些遮蔽的，却是必然存在的（犹如钟表的内在）事物揭示给读者看。

这是我最喜欢的一本村上春树的小说，是他的早期作品，不是很长，有一种迷雾中的透明感。他此后的小说都没能再到达这个优美的高度。

Life Trajectory

波士顿

希腊 土耳其

美国波士顿

1992 年 7 月，村上春树赴美国塔夫茨大学任教。图为塔夫茨大学局部俯瞰图

1988 年，村上春树曾赴希腊和土耳其旅行，后写作游记《雨天，炎天》。图为土耳其黑海沿岸

1974
在东京国分寺经营爵士乐酒吧 Peter-Cat

1968
考入早稻田大学文学部戏剧专业

1949.1.12
出生于日本京都市伏见区

Timeline

1940   1950   1960   1970

日本东京

1975 年，村上春树就读于早稻田大学第一文学部。图为早稻田大学坪内博士纪念演剧博物馆

《挪威的森林》中渡边和绿子第一次逃课时去的爵士酒吧，位于东京新宿

在《斯普特尼克恋人》中，井之头恩赐公园的长椅成为主人公堇下班后小憩的地方。图为井之头恩赐公园一角

小说《1Q84》中提及的三轩茶屋，位于东京世田谷区

东京

神奈川

京都

日本神奈川县

1986 年，村上春树移居神奈川县大矶町。图为日本神奈川县湘南海岸

日本京都

村上春树 1949 年出生于日本京都市伏见区。图为京都市内最古老的神社之一伏见稻荷大社

78
始创作处女《且听风吟》，得日本群像人奖

1987
出版《挪威的森林》，在日本畅销400 万册，广泛引起"村上现象"

2018.8.5
村上春树在东京广播电台开设一档名为"村上调频"的节目

0　　　　　　　1990　　　　　　　2000　　　　　　　2010　　　　　　　2020

metafiction

NOUN

Meaning & use

Fiction in which the author self-consciously alludes to
the artificiality or literariness of a work by parodying or
departing from novelistic conventions (esp. naturalism) and
narrative techniques; a fictional work in this genre or style.
See also postmodernism_*n*.

1960-

> **1960** *All or Nothing..*can be regarded as a metaphysical discourse, a
> mockery of rationalism, meta-fiction or space poetry.
> *Times Literary Supplement 17 June 381/3*

Etymology

< **meta-**_ *prefix* + **fiction**_*n*.

Frequency

metafiction typically occurs about 0.09 times per million words in modern written English.

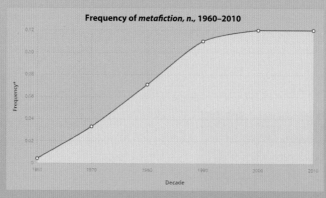

Frequency of *metafiction, n.*, 1960–2010

第九讲

奥尔罕·帕慕克

帝国斜阳的书写者

🎤 徐则臣

当代作家，1978年生于江苏省连云港市，现任
《人民文学》杂志副主编。短篇小说集《如果大
雪封城》获得第六届鲁迅文学奖短篇小说奖，长
篇小说《耶路撒冷》获得第五届老舍文学奖，长
篇小说《北上》获得第十届茅盾文学奖。

帕慕克在作品中一遍遍讲述与伊斯坦布尔有关的
故事，而伊斯坦布尔这座帝国斜阳式的城市，无
疑也是奥斯曼帝国从兴盛到衰败的一个缩影，在
这个意义上，帕慕克对一座城市的书写凝结着他
对更广阔的国家历史的关注与思考。

1 | 在两种文明交汇的地方

在东方与西方、神圣与世俗之间

喜欢外国文学的朋友，应该都知道奥尔罕·帕慕克（Orhan Pamuk），他是 2006 年诺贝尔文学奖获得者，也是当今世界最负盛名的土耳其作家。帕慕克 1952 年出生于土耳其的伊斯坦布尔，他写了很多国内读者都耳熟能详的作品，比如《我的名字叫红》（*My Name is Red*）、《我脑袋里的怪东西》（*Kafamda Bir Tuhaflik*）和《伊斯坦布尔：一座城市的记忆》（*Istanbul*）。

帕慕克几乎所有的作品都被翻译成了中文，包括他的散文集，我们都可以在书店里找到。尽管国内对帕慕克的译介只有十几年的时间，但相关的阅读和研究却比较充分，这不仅得益于帕慕克较高的创作量，也得益于他的作品有着比较鲜明的个人风格，既深邃隽永，又浅显易懂。

帕慕克大部分时间都生活在伊斯坦布尔，而伊斯坦布尔是一座非常有意思的城市。它地处亚欧之间，被博斯普鲁斯海峡分成东西两半，东部留在了亚洲，西部则位于欧洲。特殊的地理位置使得伊斯坦布尔成为连接东方文化和西方文化、

1 | 2

1 帕慕克

2 穆斯塔法·凯末尔，土耳其共和国的缔造者

伊斯兰文明和欧洲文明的重要枢纽，也让土耳其在很长一段时间内都试图"脱亚入欧"。土耳其复杂的历史和地缘政治也给帕慕克的写作带来了很大影响，他的很多作品都集中体现了亚欧文明、东西文化之间的差异和冲突。

除了文明的交融与冲突，土耳其也长期面临着宗教权力与世俗权力之间的矛盾。土耳其奥斯曼帝国在历史上是一个政教合一的、信奉伊斯兰教的国家，凯末尔的现代化改革则一度促成土耳其国家的世俗化。凯末尔在执政期间，培养了一批世俗化程度较高、在思想和行为上都受到西方文化影响的土耳其上流社会子弟，帕慕克的家族就属于这一上流社会。因此，帕慕克的小说在书写东西文化差异的同时，也在很大程度上涉及了伊斯兰教信仰和世俗生活之间的关系。

如果考察一下 20 世纪末到 21 世纪初诺贝尔文学奖得主的情况，可能会发现一个共同点：这些作家大部分都身处两种文明之间，他们所处理的题材，大部分也是两种文化的冲突。例如英国作家奈保尔，他的祖籍在印度，出生在中美洲的特立尼达和多巴哥，后来定居英国。从第三世界来到第一世界的经历使得奈保尔格外关注两种文明之间的冲突，这也成为他文学创作的核心命题。还有日裔英国作家石黑一雄，他从小随父母定居英国，接受的是英式教育，但他无法完全摆脱日本文化的影响。因此，石黑一雄的很多作品也体现了英国文化和日本文化之间的错位和交融。

BOX

　　奥斯曼帝国的君主苏丹视自己为天下之主，同时继承了东罗马帝国的文化和伊斯兰文化，从而让东西方文明在君士坦丁堡实现了融合。16 世纪苏莱曼大帝在位之时，奥斯曼帝国日趋鼎盛，其极盛时期疆域曾达亚欧非三洲，并掌握了东西方文明的陆上交通线。奥斯曼帝国历史上曾不止一次实行过伊斯兰化和现代化改革，这也使得东西方文明之间的界限在土耳其变得愈发模糊。

与奈保尔和石黑一雄类似，帕慕克也是一位在文明交汇处写作的小说家。2008 年，帕慕克到访北京，中国社会科学院专门就他的作品举办了一次研讨会。在会上，我国作家莫言发言说，帕慕克的作品非常丰厚，正如在大海里两种洋流交汇的地方盛产鱼类，两种文明交汇的地方也会产生伟大的文学作品。这一比喻非常有趣，也反映出当代世界文学创作的跨文化趋势。东西文化的汇聚与神圣和世俗之间的矛盾，为帕慕克的写作赋予了丰厚的底蕴，也使得对"差异"的书写成为帕慕克小说的重要主题。

书斋里的作家

帕慕克作品的特点与他个人的出身有很大的关系。帕慕克是土耳其上流社会的子弟，从小接受的是世俗化的西式教育，有着非常优渥的生活，这就决定了他不可能有太过复杂的人生经历，他在本质上是一个"书斋里的作家"。如果按照今天的理论，文学来源于生活，一个作家应该全身心地扑到生活的泥潭里，从中找到故事，找到思想和表达，那么帕慕克显然不具有这种典范意义。但生活视野的局限并没有折损帕慕克作品的魅力，相反，它使得帕慕克可以借由书本上的各种虚构和非虚构的情境想象一种与现实不同但同样具有现实感和代入感的生活。

在一个作家的创作中，对生活的占有到底多大程度上能够决定一部作品的质量？这的确是一个值得深入思考的问题。毫无疑问，与现实的碰撞与接触是一部作品具备深度和广度的重要条件，但并非所有伟大的作品都来源于对现实的观察、模仿和呈现。在文学史上，有很多伟大的作家通过书本创造出了比现实更深刻也更精彩的世界。例如阿根廷作家博尔赫斯（Jorge Louis Borges），他一生基本上都待在书房里，是一个书虫。50 岁的时候，因为有家族遗传病，博尔赫斯成了一个盲人。但就是这样一个看起来没有任何现实生活、只有纸上生活的作家，却写出了很多不朽的作品。

这可能对很多作家也是一个启示，拥有丰富多彩的生活固然很好，它让我们可以利用自己的经历和经验去写作，但如果没有，也是有方法的。我们可以把来

帕慕克在伊斯坦布尔街头

自其他人的二手生活、三手生活转换为一手生活，可以把纸上的生活，把阅读得来的生活，把道听途说得来的生活，转化为自己的创作资源。这对作家提出了更高的要求，它需要作家具有把他人的生活同化为自身经验和创作的能力。

作为一位优秀的作家，帕慕克能够对他人的生活感同身受，他有身临其境的想象力，也有足够体贴的同情心，这些都使得他能够塑造出和自身截然不同的人物形象。他可以像沈从文说的那样，贴着人物写，充分进入人物的内心，沿着人物的性格逻辑和故事发展的逻辑往前走。这是他作为"书斋里的作家"创作出"纸上不朽生活"的奥义和法宝。

实证主义写作方法

大量的阅读、丰富的想象力和极强的同理心固然为帕慕克这位"书斋里的作家"打开了感受和书写另一种人生的大门，但仅有这些还不足以支撑其极富现实关怀与历史视野的长篇小说写作。除了从书本上汲取素材和灵感，帕慕克在创作过程中还充分借助了影像资源与社会学田野调查的方法，这也使得他的创作具有鲜明的实证主义倾向。

　　我有幸见过帕慕克两次，印象中他总是手里拿着一个相机或录像机边走边拍。我曾经对帕慕克的这一行为感到奇怪，后来才明白那是他收集创作素材的一种方式。在一次访谈中，帕慕克说："我去过世界上很多国家，见过很多博物馆，每一个感兴趣的博物馆我都会拍下来、录下来，然后把我感兴趣的那些材料拿回家，在播放器上反反复复播放。"他一遍又一遍地观看那些素材，希望能够从中得到启发。可以说，他的拍照和摄影并不是一个观光客的做法，而是一个作家在收集资料，他以影像为媒介去触碰一种更广阔的人生，以便将其作为后续写作的材料。

　　除此之外，社会学意义上的田野调查也成为这位学者型作家接触广阔现实的绝佳途径。帕慕克的作品一直以细腻著称，他的长篇小说大部分都是大部头，基本上都在二三十万字。这些作品有一个共同点，即对细节和具象的描写非常用力。较长的篇幅和对细节的关注，对一个作家的描写能力和观察能力提出了极高的要求。在帕慕克那里，细节描写并不全是从想象中得来的，而是建立在大量查阅资料的基础之上。在写作一部长篇小说前，帕慕克总是要就故事发生的背景和种种历史细节进行细致的求证。例如，在写作《我的名字叫红》时，帕慕克就查阅了大量与奥斯曼帝国细密画派相关的文献；在写作政治小说《雪》（Kar）时，他亲

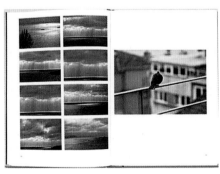

自到小说中土耳其东北部的小城卡尔斯考察，以期获得对土耳其边境城市的直观印象；在写作《我脑袋里的怪东西》时，帕慕克也对土耳其走街串巷的底层小贩进行了实地走访。这些实证工作为帕慕克的创作提供了丰富的素材和细节，同时也拓宽了帕慕克作为一名作家的视野和眼界。

帕慕克的实证主义写作方法也为当代作家的创作提供了可以借鉴的经验。很多作家在落实细节方面都不太尽如人意，他们没有耐心通过细节去构筑一个完整的世界，往往写着写着就飘起来，只会非常概括性地写"我吃了一顿好饭"，这样一种表述在帕慕克的作品里极少出现。当他要写"一顿好饭"时，他会写"我吃了一桌什么样的菜，有几个菜，每个菜如何，它的特色是什么……"。当你知道帕慕克"吃了一顿好饭"的时候，你同时也会知道他吃了什么菜，甚至能清晰地看见每道菜的样子和饭桌上的所有细节。实证主义的倾向让帕慕克的思考具有相当的形象性，在他的小说中，即便是抽象的道理也往往借助具体的形象表示出来，这也是帕慕克在细节描写方面的过人之处。

同时，田野调查对当代作家来说也是一件极为重要的事情。随着世界变得越来越丰富，文化越来越多元，一位作家无论有多么专业的素养和多么高超的写作技巧，在写作时都会发现他所了解的只是这个社会非常偏僻的一角，他对于更广大的世界其实是陌生的。因此，如果要书写更广阔的社会图景，除了做足案头工作、查阅相关资料，还要做好田野调查。正因为有了田野调查，帕慕克的作品才能够如此吸引我们，让我们产生亲切感和真实感。这种习惯对当代作家来说尤其难得，但又必不可少。

文学理论中长期存在着关于"生活与创作之关系"的争论，帕慕克的创作为这种争论提供了一种合理的回答：生活是创作的土壤，但并不是创作的全部，而一位优秀的作家往往具备点石成金的魔力，他能够用二手的材料构筑一个比现实更真实的世界。

帕慕克的摄影集，精选了他从阳台上拍摄的约500张伊斯坦布尔的照片

2 | 三重面向

结构意识

在成为一名职业作家之前，帕慕克曾在伊斯坦布尔科技大学修读建筑学，他一度也希望自己能够满足家族的期待，成为一名建筑方面的人才。然而，在大学三年级的时候，帕慕克却突然放弃了成为一名建筑师的想法，转而投向了小说写作。建筑和写作看起来天差地别，实际上却存在着很多隐性的联系。建筑学对空间和结构的关注对帕慕克的写作有很大的帮助，它培养了帕慕克的结构意识，使得他的小说在结构上呈现出非常鲜明的后现代色彩。

提及文学创作中的结构主义，我们第一时间想到的一定是秘鲁作家巴尔加斯·略萨（Mario Vargas Llosa）。略萨的小说深受毕

FACT：

帕慕克出生于一个建筑世家，他的祖父是土耳其著名的土木工程师，父亲和伯父也一直从事与建筑有关的商业生意。帕慕克梦想的职业是成为一名画家。

2
1

1 被称为结构主义大师的略萨

2 《我的名字叫红》初版封面

加索立体主义绘画的影响，在结构上呈现出多视角、多声部的特点。他的每一部长篇小说都有一个与众不同的结构，在形式上也多有标新立异之处，这也让略萨获得了"结构主义大师"的称号。

与略萨一样，帕慕克也是一位非常擅长在结构上做文章的小说家。在小说《黑书》(*Kara Kitap*) 中，帕慕克在主线情节里穿插了很多专栏。这些专栏故事不仅增加了主人公卡利普寻找妻子如梦失踪真相的难度，也为读者制造了一个真假难辨、虚实相间的叙事迷宫。读到最后我们会发现，那些由如梦的堂兄耶拉写作的专栏，有一些其实出自卡利普之手，而卡利普也在扮演耶拉的过程中逐渐"变成了"耶拉。这种结构上的巧思，其实早有先例，略萨的长篇小说《胡利娅姨妈与作家》(*La tía Julia y el escribidor*) 和卡尔维诺的《寒冬夜行人》(*Se una notte d'inverno un viaggiatore*，又译为《如果在冬夜，一个旅人》)，也有在故事中间穿插其他故事的结构。帕慕克的《黑书》在结构上继承了这一脉络，同时又加入了侦探小说的元素，并在此基础上深入探讨了自我与他者的关系。

在《我的名字叫红》中，帕慕克则采用了多声部的叙述手法，这部作品受到福克纳长篇小说《我弥留之际》(*As I Lay Dying*) 的影响，通过让不同的人物乃至一幅画、一棵树从自己的视角出发去讲述"一桩事先张扬的谋杀案"，帕慕克以搭积木的方式呈现了奥斯曼帝国时期伊斯坦布尔城的全景图，其中也涉及东西方文化的矛盾与冲突。

除了叙事线索和视角的多样化，帕慕克在小说结构上还进行了诸多创新。例如，小说《雪》采用了对称式的叙事手法，最终呈现出雪花的结构，而书中主人公卡写作的长诗《雪》，最后的结构也是一枚雪花。在小说《纯真博物馆》中，帕慕克甚至放弃了以"人"作为故事的讲述者，而是以女主人公芙颂的各种物件为线索，构筑了一段注定没有结果的爱情，透过凯末尔为芙颂打造的纯真博物馆，芙颂用过的口红、戴过的耳环、穿过的鞋子乃至丢弃的烟头，我们不仅能够窥见这位土耳其下层少女的灵魂深处，也能够瞥见伊斯坦布尔这座城市的古老、失意与颓唐。

类似的结构创新也体现在《我脑袋里的怪东西》中，这部小说的每一章都至少分为两部分，第一部分是其他人物以第一人称进行的叙述，第二部分则以第三人称讲述主人公麦夫鲁特的故事。这样一种结构上的安排，为小说赋予了几分说书的味道，通过第一部分的自述，读者可以了解每一章的故事大纲，为之后更仔细、更深入地理解故事做准备，而穿插式的叙述模式也避免了单一叙事给读者造成的审美疲劳，让小说的结构变得摇曳多姿。

清代诗人袁枚曾说"文似看山不喜平"，这句话也同样适用于小说。一部小说如果采用流水账式的叙述手法，缺乏任何结构和视角上的变化，必然会引起读者的审美厌倦。相反，小说在结构上的巧妙构思能让读者在阅读过程中不断体验到新鲜感，而情节的不断跳跃与闪回，也充分调动着读者的积极性，让读者从被动的接受者转变为主动的参与者，最终给读者带来内容和修辞之外的另一种审美愉悦。从这个角度来看，帕慕克至少能给我们提供一些结构上的启示。

一位好作家不能让自己像车间工人一样，每部作品都套用同样的模板、遵循相似的套路，他应该尽最大努力去创新，让作品全方位地给读者呈现新的审美经验。这种创新既包括故事和想法上的创新，也包括结构上的创新。在这个意义上，帕慕克是一位好作家，他没有任何两部长篇小说的结构是一模一样的，这不是一件偶然的事情，他在小说结构上花费的很多心血，都体现了他强大的创造力和较高的艺术追求。

城市书写

文学作品中从不缺乏对城市的描写，从狄更斯的伦敦，乔伊斯的都柏林，到德里罗的纽约，不同时代的作家总是会从自身的经验出发对城市的演变和发展做出即时的反应，这其中自然也包括帕慕克对伊斯坦布尔的书写。除了少量作品，帕慕克几乎所有的作品都以伊斯坦布尔为背景，而且故事大都发生在伊斯坦布尔的尼相塔什区。尼相塔什是帕慕克家族生活的地方，也是伊斯坦布尔的老城区。帕慕克对这座帝国斜阳式的城市有非常深的感情，他甚至使用了一个专门的词来表达因古城衰落而产生的忧伤之情，这个词就是"呼愁"。

"呼愁"源自土耳其语，其意思接近于中文语境中的"忧伤"，但相比于单纯

1

2

3

1 帕慕克镜头里的伊斯坦
布尔

23 帕慕克的笔记本中有不
少素描和图画

帕慕克的书桌

的"忧伤","呼愁"有着更为丰富的意涵。伊斯兰文化中的"呼愁"有两种截然不同的来源。一种源自世俗情感,用来形容人对世俗享乐和物质利益投入过多时产生的失落之情;另一种源自苏菲派的神秘主义,指由于不够接近真主安拉而产生的空虚和哀痛。而在帕慕克看来,"呼愁"从根源上是由奥斯曼帝国毁灭后的城市历史引起的,它不仅仅是一种文学意象,同时也是伊斯坦布尔居民看待其生活与生命的共同方式。这种文学化的解读,使得帕慕克能够脱离"呼愁"在土耳其文化语境中的特定用法,而将其与个体的城市体验联系起来。可以说,帕慕克所有的作品里都弥漫着一种淡淡的忧伤,这就是"呼愁"的气息。

帕慕克与伊斯坦布尔这座城市的关系,值得很多当代作家去揣摩。伊斯坦布尔是帕慕克生活与成长的地方,也是他文学创作的根据地。很多当代作家在写作时习惯于"打一枪换一个地方",一直在追着故事跑,却很难为自己找到一个可靠的、丰厚的文学根据地。他们可能写了很多作品,却很难从作品中抽象出某种具有象征意义的地理符号。文学根据地的缺乏也让他们对这个世界、对故事背景的书写缺少了一个可供挖掘的维度。

一部文学作品想要获得深度和厚度,在很大程度上需要作者在一块土地上长久坚定地扎根下去，帕慕克对伊斯坦布尔的书写就是这样一个逐渐"扎根"的过程。他在作品中一遍遍讲述与伊斯坦布尔有关的故事，这些故事带出了这个城市的过去，现在，乃至他对这个城市未来的想象。他的作品序列不仅描绘了笔下人物丰富细腻的日常生活世界，同时也带出了一段完整的城市历史。而伊斯坦布尔这座帝国斜阳式的城市，无疑也是奥斯曼帝国从兴盛到衰败的一个缩影，在这个意义上，帕慕克对一座城市的书写就凝结着他对更广阔的国家历史的关注与思考。

好的作品应该像一棵树扎根在大地上，当你摇撼这棵树的时候，整个大地都在震颤。一个作家也应该像帕慕克那样，让自己的作品与它所依托的现实建立可靠的、水乳交融的关系，唯有如此，一部作品才能有扎实的基础和向上延展的空间。

爱情描写

除了城市书写，细腻动人的爱情描写也是帕慕克小说的一个鲜明特色，这也是帕慕克的小说格外吸引人的原因之一。男女之情可能是整个人类都非常关心的话题，比起亲情和友情，爱情故事往往具有更高的感染力，能让读者产生更深的代入感。在我的阅读范围内，帕慕克的每一部小说几乎都有一个引人入胜的爱情故事。然而，帕慕克笔下的爱情并不是世俗意义上的男欢女爱，也不是王子和公主的爱情童话，而是一个灵魂对另一个灵魂的永恒追求，以及这种追求的落空。在帕慕克看来，"爱情故事不应当有一个圆满的结局，它应当从你没有察觉的地方开始。不应当美化爱情，而应当将它看作发生在我们每个人身上的一场交通事故"，这种略带悲观色彩的看法几乎贯穿了帕慕克笔下的每一段爱情。

在小说《黑书》中，主人公卡利普对妻子如梦的痴恋以及他想象中如梦与其堂兄耶拉之间的暧昧关系，构成了爱情故事的两条线索，两条线索之间形成了非常好的张力。正因为深爱着如梦，卡利普才会搜集各种线索寻找如梦失踪的真相，也正出于对耶拉的嫉妒和好奇，卡利普才会阅读乃至模仿耶拉的专栏，直至他把自己变成"另一个耶拉"。在小说中，情感的力量带着我们往下深入，逐渐触及对自我和他者的形而上思考。同样，爱情故事在《我的名字叫红》里也构成了推动情节发展的重要线索，主人公黑正是出于对师傅的女儿谢库瑞的爱慕，才同意介入调查细密画师被谋杀的案件，而他的介入也逐渐揭开了隐藏在谋杀案背后的历史真相——在欧洲法兰克画派透视法的影响下，土耳其细密画派不可避免地走向了衰落。

而在小说《雪》中，爱情故事则为这部冷峻严酷的政治小说增添了几分柔和的色调。主人公卡来到卡尔斯城，在那里见证了残酷的政治和宗教斗争，这是小说叙事的主线。在主线之外，帕慕克也书写了卡与他的大学同学伊佩珂之间的爱情。爱情故事的加入，对整部小说冷硬的气质进行了一种纠偏，让小说显得更有弹性也更加丰润，最终实现了思想性与故事性的平衡。

《纯真博物馆》更是一部纯粹讲爱情的小说，主人公凯末尔对芙颂的痴恋与追求，经历了得、失、又得的过程，最后依然是失去。读者的情感跟着书中的爱情故事起起伏伏，小说就呈现出一种巨大的、迷人的张力。

爱情是文学作品永恒的话题，古往今来的名著，几乎没有哪一本完全和爱情没有关系。哪怕是像《荷马史诗》和《战争与和平》这种聚焦宏大历史事件的作品，也无法绕开对个体爱情的书写。在《荷马史诗》中，特洛伊战争的爆发源于两个城邦对美女海伦的爱慕与争夺，而在《战争与和平》错综复杂的人物关系之中，也包含着安德烈公爵与娜塔莎之间跨越生死的爱情，以及皮埃尔和娜塔莎在患难之后产生的平淡的夫妻之情。人只有在谈情感的时候，才会暴露出自身的复杂和脆弱，而爱情是呈现个体复杂性最为重要的工具之一。帕慕克的小说之所以极具可读性，也是因为他借由一段段动人且极具悲剧色彩的爱情故事，呈现了个体生命的喜乐、悲痛以及对世俗生活和永恒真理的不懈探索。

3 │ 影响的焦虑

帕慕克作品的 "寄生性"

帕慕克的写作有很大的 "寄生性"，这也是他在欧美文学界经常被人诟病的地方。我们总能在帕慕克的作品中发现 "前文本" 和 "潜文本"，即总是能在他的作品中看到其他作品的影子。有人曾以此为由质疑帕慕克作品的原创性，其实这大可不必。毕竟，没有一部文学经典不是 "站在巨人的肩膀上" 被创作出来的。我们的思想、行动，乃至开口说出的每一句话，都不可避免地受到社会环境和经典文本共同的塑造与影响。所谓的创新不是无中生有，不是空穴来风，而是在前人铺就的道路尽头往前再走一步或者半步，是在前人已有成果的基础上开辟出一片新的疆域。在这个意义上，帕慕克写作的 "寄生性"，完全无损于其作品的原创性和思想价值。更进一步说，模仿对于写作的意义其实非常大，一位作家在刚开始写作时不可避免要模仿其他作家的作品，而一位非常成熟乃至伟大的作家，其创作在很大程度上也建立在阅读和借鉴的基础之上。

通过阅读，一个写作者可以找到对他有所启发，可以激发他想象力和创作潜能的细节、故事、想法，这些细节和想法像一盏灯一样，照亮他记忆中幽暗的角落，让他把 "别人的故事" 变成自身独一无二的创作。例如，鲁迅的《狂人日记》就深受俄罗斯文学的影响，而福楼拜写作《包法利夫人》的灵感，则来源于他在报纸上看到的一则报道。当然不能说《狂人日记》和《包法利夫人》是抄袭的作品，在创作的领域，对于其他文本的借鉴与模仿并不构成一部作品缺乏原创性的依据，重要的是作品本身是否表达了自己独特的东西。我们必须在这一前提下去思考帕慕克作品的 "寄生性"。

帕慕克遭受质疑的一个重要原因，是他的小说《黑书》的大部分情节模

仿了土耳其作家奥格兹·阿塔（Oguz Atay）的小说《失败者》（*Tutunamayanlar*），那部小说也是 20 世纪土耳其文学史上最优秀的作品之一。

　　《黑书》的主人公卡利普为了探寻妻子如梦失踪的真相，开始不断阅读报纸专栏上耶拉的作品，在被耶拉的才华折服的同时，卡利普本人在思想上也逐渐向耶拉靠拢，直至变成了"另一个耶拉"。在阿塔的《失败者》中，主人公特尔戈特·奥兹本为了调查朋友色利姆自杀的真相，同样走访了很多人，最后他发现色利姆生前写了一部名叫《失败者百科全书》的作品。奥兹本仔细阅读了那本书，他被内容深深吸引，同时也发现自己的整个人生发生了巨大的变化，他开启了一个新的人生立场，成了一名作家。两部小说在结构和情节走向上几乎完全一样，这也导致帕慕克在当时遇到了非常多的责难与非议。或许我们可以说《黑书》在一定程度上改写了《失败者》，但二者的相似之处只在于故事的框架，两部小说具体的内容其实大相径庭，作者要表达的思想也有着本质的不同。阿塔的小说关注写作对个体生命的延续和升华，色利姆通过书写

1 2

1　土耳其作家奥格兹·阿塔
2　《黑书》初版封面

失败者的故事抵抗现实生活的残酷，奥兹本则通过进一步的写作行动延续了色利姆的生命；帕慕克的小说则在个体认同与民族认同的双重层面上探讨自我与他者之间的辩证关系，其中不乏对土耳其历史和未来命运的宏大思考。

根据美国文学批评家哈罗德·布鲁姆（Harold Bloom）的理论，西方文学中所有重要的母题都源自莎士比亚的作品，因此，后世的作家都必须要面对一个共同的问题，那就是"影响的焦虑"。他们不得不在莎士比亚的阴影下创作，同时又要想尽办法消除乃至超越来自莎士比亚的影响。如此一来，"影响的焦虑"和对"影响的焦虑"的超越，就构成了西方文学不断发展的动力。从这个意义上讲，阿塔的《失败者》既是帕慕克要模仿的"前文本"，也为帕慕克进行文学上的创新提供了支点。

借鉴类型小说的模式

尽管有着渊博的学识和良好的专业素养，帕慕克在本质上却是一位非常关注作品可读性的作家，这一点在当代文学实践中尤为可贵。文学在今天逐渐成为一种边缘化的存在，阅读小说的人越来越少，究其原因，除了网络和其他新媒体的普及等外部因素的影响，还在于小说本身变得越来越晦涩难懂。在一个"作者已死"的时代，文学失去了对人类整体精神的探索，逐渐沦为语言和文字的游戏，也越来越变成一种少数人的艺术。因此，如何让作品重新与普罗大众建立联系，让文学再度成为联结人类情感的纽带和桥梁，就成为很多作家需要考虑的问题。一个重要的方式就是提高小说的可读性，而提高可读性的一个重要途径，就是借鉴类型小说的模式。

侦探小说的模式在当下的纯文学创作中被广泛运用，可以举出很多典型例子。例如，保罗·奥斯特的"纽约三部曲"和《神谕之夜》（*Oracle Night*）就在侦探小说的套路之上集中探讨了真实与虚构、偶然与必然的关系；意大利作家埃科（Umberto Eco）的《玫瑰的名字》（*Il nome della rosa*）则以中世纪发生在修道院里的一桩命案为引子，逐渐上升到对符号学与诠释学的哲理性思考。与爱情故事一样，侦探故事也可以充当严肃文学的"调味剂"，鉴于追根溯源、寻找真相是每一个人类个体的本能冲动，在一部严肃文学作品中插入侦探故事或侦探小说的模式，就能够激发大众的兴趣，增加作品的可读性。

与奥斯特和埃科一样，帕慕克也在多部作品中借鉴了侦探小说的创作模式。《我的名字叫红》在形式上就是一部侦探小说；《黑书》中卡利普对妻子如梦失踪真相的调查，也套用了侦探小说常用的悬疑元素；而在政治小说《雪》中，主人公卡来到土耳其边境小城卡尔斯的契机，也与穆斯林年轻女子自杀和学院院长被谋杀的案件有关。可以说，侦探小说元素的加入为帕慕克的后现代主义实验和形而上学思辨赋予了惊心动魄又平易近人的外壳，让他的作品在保留思想性的同时，又能够被读者轻易接受。这也是帕慕克的作品能够同时受到学院派和普通读者青睐的原因之一。

当然，类型文学和严肃文学的关系也并不像我们想象得那样"融洽"，二者依然有着本质上的区别。类型文学在意的是故事，只要一个故事很漂亮，很好玩，能够满足读者的好奇心，类型文学的任务就完成了。严肃文学尽管也在意故事的完整性，但它最主要的目的还是表达创作者对生活、对世界的独特看法，比起类型文学对大众品味的迎合，严肃文学会坚持自己要表达的东西。

一般意义上，小说由两部分组成，一部分是故事，另外一部分则是意蕴。如果将小说的故事比喻成一座建筑，那么小说的意蕴就是建筑的阴影。有些小说的故事很简单，却表达了非常深刻的意蕴，这就好像是一个建筑可能没那么高大，但是它的阴影特别大。当阳光从东方或者西方斜着照过来时，一个不那么高大的建筑可能也会留下一个巨大浑厚的阴影。有些小说则相反，它的故事非常好看，但是缺少作家独特的理解和别致的诉求，这就好比是当头的太阳直直地照向几十层的高楼，建筑本身非常高大，它留在地上的阴影却非常小。严格来说，严肃文学属于前者，而类型文学和通俗文学属于后者。由于今天人们阅读小说的兴趣一直在下降，为了吸引读者，也为了让自己的作品能够有更广泛的接受度，严肃文学作家也开始考虑把自己的"楼"建得更高大一些，它本身有一个非常好的角度，有一道非常有效的阳光，如果把"建筑"建得更加高大，它的"阴影"肯定会更大。因此，很多当代作家都在努力实现小说故事与意蕴、形式与思想的平衡，而帕慕克的创作也为当代作家提供了具有典范意义的实践范本。

对侦探小说模式的借鉴与套用，除了为帕慕克的严肃文学作品争取到更多的普通读者，也为他在小说中进一步探讨个体和民族的身份认同问题提供了手段。在帕慕克的小说中，主人公一直在寻找，他们表面上寻找的是某一个具体事件的真相——谋杀案的真凶是谁？如梦和耶拉去了哪里？为什么有些人会莫名其妙地失联？实际上，他们最终关心的并不是这些。通过叙事的迷宫，通过主人公看似毫无结果的追寻，帕慕克真正想做的，是澄清每个人的身份认同问题。

在小说《黑书》中，卡利普最终意识到他苦苦追寻的真相并不是如梦和耶拉的行踪，而是对"我是谁"这一终极问题的解答；而在《我的名字叫红》中，凶手在小说开篇就自行交代了作案的动机和经过，主人公黑寻找的真相也从一桩谋杀案的真凶转变为宏大历史背景下东西方文化观念的矛盾和冲突。在这个意义上，帕慕克的小说突破了侦探小说的传统模式，在一个流行的探案故事中加入了对历史文化的形而上反思。对于这种追寻模式，帕慕克自己总结说：

> 我的作品中总是呈现出一种寻找的模式，我大部分的人物，我的主人公所寻找到的并非真实的世界里的东西，而是一种哲学的或者寓言式的解决方法。大多数时候寻找的乐趣比人物最终找到结果更加重要。我写书不是为了他们的结尾，或者其中的智慧，而是为了他们的结构。

所谓"他们的结构"，具体指的就是人物的身份认同。身处一个横跨亚欧两洲的国家，土耳其人本身就容易产生身份认同的困惑。我到底是一个亚洲人，还是一个欧洲人？我在宗教生活和世俗生活之间到底如何自处？我想每一个有身份自觉意识的土耳其人，都可能会面临这样的问题。帕慕克也不例外，他不仅是一个普通的土耳其人，还是一位有艺术追求的作家，他的追求就在于要把这样一种身份认同的困惑以文学的形式表达出来。

元小说和超小说

如果用严肃文学的一些指标来谈论帕慕克的小说，我们依然可以找到很多话题，从这些话题中也能看到帕慕克在艺术上的匠心和努力。例如，帕慕克的很多作品都具有"元小说"的特质，元小说是一种非常独特的小说类型，作者一边讲故事，一边告诉读者，这个故事可能是假的，通过对"讲故事"这一行为本身的揭露和解构，作者也向读者揭示了一部小说怎样从头脑中纷繁复杂的思绪转变为具体可感的文本。如果把小说比喻成手表，一般的小说就是传统意义上的机械表，人们只能看到表盘里转动的指针，却看不到让指针有效运转的各种齿轮。而元小说就像是一块透明的手表，人们能够看见背后每一个齿轮运行的方式和规律。在

波斯细密画（波斯语：نگارگری ایرانی），也称伊朗细密画，是一种精细刻画的小型绘画，其最大特色在于画面细节的精致、细腻，是伊朗传统艺术最重要的门类之一。在波斯时代，细密画主要用作书籍的插图和封面、扉页徽章，盒子、镜框等物件上和宝石、象牙等首饰上的装饰图案。题材多为人物肖像、图案或风景，也有风俗故事。多采用矿物质的颜料，甚至以珍珠、蓝宝石磨粉做颜料。细密画在公元13世纪起开始有显著的波斯风格，同时受中国艺术的影响，最终在15和16世纪达到顶峰。由于细密画自从诞生之日起就是为少数人服务的，其本质上是贵族艺术，因此犹如中国的昆曲、牙雕、雕漆艺术一样曲高和寡。并且由于完成一幅画作需付出巨大劳动力，是对人类毅力与决心的考验，因此在今天，这门艺术已有面临失传的危险。

这个意义上，元小说做的是一件拆解的事情：把小说拆开了给读者看。

在元小说的基础上，帕慕克还对小说形式做了更复杂的处理，他的小说又可以被称为"超小说"。超小说不仅告诉读者如何讲故事，还提供了很多讲故事的具体方式。例如拼贴就是一种非常典型的后现代小说创作模式。之前提到的结构主义大师略萨，他的长篇小说《胡利娅姨妈与作家》就采用了拼贴的模式，小说的奇数章讲的是胡利娅姨妈和作家的故事，偶数章则是一个看似与主线无关的短篇故事。两条平行的叙事线索在小说的结尾合而为一，共同构成了一部情节摇曳多姿又跌宕起伏的长篇作品。

帕慕克的《黑书》也采用了相似的拼贴画模式，在主线故事之外又插入了大量虚实难辨的专栏故事，这种手法既解决了线性叙事的单调，为小说情节的发展创造了立体的空间，又让两条不同的叙事线索彼此影响、相互印证，逐渐揭示出小说要探讨的话题——自我与他者的关系。除了《黑书》，《我的名字叫红》更是一部典型的"拼贴画"小说，面对一桩扑朔迷离的谋杀案，不同的人与物纷纷登场诉说自己的故事，正如同小说中各位宫廷画师的画作最终被集结成一本记录细密画创作奥义的画册，这些基于不同视角的第一人称叙事，最终也"拼凑"出了一幅奥斯曼帝国的全景图，记录了细密画派由煊赫一时到在欧洲文明冲击下逐渐衰落的全过程。

可以说，帕慕克深谙"讲故事的艺术"，他将东方文学中"说书人的传统"包裹进元小说、非线性叙事等西方后现代主义文学形式的外壳中，在长篇小说遭遇挑战的当下为自己争取了更多的读者。这种创作上的匠心和努力，同样值得当代中国作家学习。

推荐书单

1 《静静的顿河》

[苏]肖洛霍夫著 金人译 贾刚校

人民文学出版社，2015年

我为人物和情节的恪尽职守、不卑不亢地沉默着前行心生敬意。在这部小说中，我充分感受到，沉默的故事才更具力量。

2 《修道院纪事》

[葡萄牙]若泽·萨拉马戈著 范维信译

南海出版公司，2019年

在很长一段时间里，如果非要遥想自己能成为哪样的作家，我会选葡萄牙的萨拉马戈。《修道院纪事》在任何指标衡量下，都是能够留下来的经典。

3 《失明症漫记》

[葡萄牙]若泽·萨拉马戈著 范维信译

南海出版公司，2018年

萨拉马戈的假设如此之虚，他以小说特有的方式论证的过程又如此之实，完美地体现了我以为的小说的最高境界：以大实写大虚。

4 《大进军》

[美]E.L.多克托罗著 邹海仑译

上海文艺出版社，2017年

关乎家国、种族和统一，但全无我们习见的"史诗"的恶习。所有大问题都从一个个平易独特的视角进入，个体生命与大历史有效地扭结渗透。

5 《毒木圣经》

[美]芭芭拉·金索沃著 张竝译

南海出版公司，2017年

一部百科全书式的小说，作者有着巨大的野心，对非洲那个极端动荡的年代做了清理式的呈现。

纽约

美国纽约

1983年，帕慕克在美国哥伦比亚大学当了三年访问学者。图为哥伦比亚大学图书馆

1952.6.7

出生于土耳其伊斯坦布尔

Timeline

1950

小说《雪》发生在土耳其东北部城市卡尔斯。图为卡尔斯的十二使徒教堂

卡尔斯

伊斯坦布尔

1977年，帕慕克毕业于伊斯坦布尔大学新闻系。图为伊斯坦布尔大学校门

《我的名字叫红》中提及的苏莱曼清真寺，是伊斯坦布尔最美的清真寺

与小说《纯真博物馆》同名的博物馆，于2012年开放

土耳其伊斯坦布尔

帕慕克1952年出生于土耳其的伊斯坦布尔。图为伊斯坦布尔的博斯普鲁斯海峡大桥

1967年，帕慕克在伊斯坦布尔科技大学修读建筑学。图为伊斯坦布尔科技大学一角

1974
开始创作小说，1982年发表首部小说《杰夫德特和他的儿子们》

67
伊斯坦布尔科技大学修建筑学，中途辍学，后成为一名作家

1998
《我的名字叫红》出版

2006
获得诺贝尔文学奖，成为土耳其历史上第一位获此殊荣的作家

1970   1980   1990   2000   2010   2020

scepticism | skepticism

— NOUN —

Philosophy. The doctrine of the Sceptics; the opinion that **a1651–**
real knowledge of any kind is unattainable.

Sceptical attitude in relation to some particular branch of **1646–**
science; doubt or incredulity as to the truth of some assertion or
supposed fact. Also, disposition to doubt or incredulity in general;
mistrustfulness; sceptical temper.

a1651 He [*sc.* Pyrrho] perswades men to encline to his Scepticisme.
   N. Culverwell, *Elegant Discourse of Light of Nature (1652) i. xiv. 150*

1646 First bring in Sceptiscism [*sic*] in Doctrine and loosenesse of
   life, and afterwards all Atheism.
   T. Edwards, *Gangræna: Part 1 156*

< **modern Latin** *scepticismus*, < late **Latin** *scepticus*: see **sceptic_***adj*. **&***n*.
and **-ism_***suffix*. Compare **French** *scepticisme*.

scepticism typically occurs about twice per million words in modern written English.

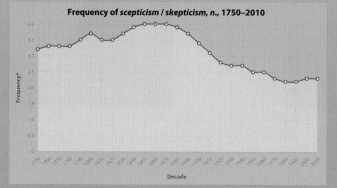

Frequency of *scepticism / skepticism*, n., 1750–2010

第十讲

J.M. 库切

不向自己撒谎的怀疑主义者

🎤 孔亚雷

小说家、翻译家，1975年生，著有长篇小说《李美真》，短篇小说集《火山旅馆》，文学评论集《极乐生活指南》等，译有保罗·奥斯特长篇小说《幻影书》，莱昂纳德·科恩诗文集《渴望之书》，杰夫·戴尔《然而，很美：爵士乐之书》，詹姆斯·索特长篇小说《光年》等。作品被译为英、荷、意等国文字。曾获西湖中国新锐小说奖，鲁迅文学奖翻译奖提名，单向街书店文学奖等。

库切将书写自我作为书写现实的重要手段，从这一手段中也可以反向窥探到他所有写作的秘密。在繁复的后现代手法背后，库切作品中隐藏着大量的自传性元素，真实与虚构相互交织，构成了一个如迷宫般复杂的星系。

1 | 对世界发出质疑

关于库切的三个疑问

提到库切（John Maxwell Coetzee）的名字，估计大家最早想到的是：他是诺贝尔文学奖的获得者。再深入一点，他是一位小众的纯文学作家，是一位生长在南非并反对种族隔离政策的政治性作家。在我看来，这些都只是表面的标签。理解一位伟大作家最关键的因素，在于理解他书写的独特性。比如贝克特（Samuel Beckett）的荒凉、海明威的疲惫、毛姆的感伤、村上春树的失落、保罗·奥斯特的奇遇以及苏珊·桑塔格（Susan Sontag）的智慧。

库切创作的独特性可能体现为他文风的冷酷或克制，这的确是他的一个标签。但在我看来，库切真正的、本质的独特之处，在于他通过写作对整个世界发出质疑。在这个意义上，没有哪种符号能比"问号"更适合用来形容库切。

在详细介绍库切的作品之前，我想先提出三个与库切有关的疑问，它们分别体现在以下三则小故事中。

第一个故事发生在 2003 年，库切在那一年获得了诺贝尔文学奖。得知库切获奖的消息后，国内文学界一片哗然。没有人知道库切是谁，尽管那时候他已经创作了多部小说，但中国大陆出版社只翻译出版了他的代表作《耻》（*Disgrace*），就连那本书在他获奖之前也是读者寥寥。因此，关于库切的第一个疑问就是：为什么库切一直到获得诺贝尔奖都还不为中国读者所知？

第二个故事发生在莫干山。在莫干山山顶的咖啡馆内，我遇见了一位来自南非的外国人，他是库切的学生，曾经上过库切的课。他讲了一句让人印象深刻的话：库切自从搬到澳大利亚以后就没有什么好作品了。这似乎是库切移居澳大利亚之后评论界对他作品较为常见的评价。库切为什么要离开南非？离开一个曾经黑暗且需要斗争的国家，而去了一个某种意义上相当于天堂乐土的国家，这是不是一

种逃避？这是关于库切的第二个疑问。

第三个故事涉及《幻影书》（*The Book of Illusions*）的作者保罗·奥斯特，他是美国当代著名的作家和编剧，也是我特别喜爱的一位作家。库切和奥斯特有着长期的书信往来，他们的通信被集结成书，命名为《此时此地》（*Here and Now: Letters*）。在很多人看来，库切和奥斯特处于文学上的两极，库切是冷冰冰的，而保罗·奥斯特则从骨子里散发出某种温暖。为什么他们会成为朋友且保持着长期的书信联系？和保罗·奥斯特的通信反映出库切性格的哪个侧面？这是关于库切的第三个疑问。

彻头彻尾的怀疑主义者

如果我们稍微了解一下库切的生平，就会发现他是一位生活背景非常复杂的作家，也是一位自我身份很难确立的作家。

　　库切是一个生活在南非的荷兰白人，也是曾经住在伦敦的南非人。他既当过 IBM 公司的程序员，也是一位崇拜 T. S. 艾略特（T. S. Eliot）和贝克特的年轻诗人。同时，他还是一位主张非暴力抵抗的作家，本质上是一个逃避主义者，甚至是一个虚无主义者。从某种意义上来说，库切是一个没有国界的人，我们或许可以将库切与另外几位超越国籍限制、自我身份迷离的文学大师做一个比较。

　　比如长期生活在欧洲的美国作家亨利·詹姆斯，他的小说就常常涉及欧洲文明与美国文明之间的冲撞和对比。但是库切与亨利·詹姆斯有一个非常重要的区

库切少年时期的自拍

别——亨利·詹姆斯是不需要考虑生计问题的。用库切的话说，亨利·詹姆斯高超地置身于日常生活的技术性细节之外，他的书写完全关注心理层面。这对于一位来自南非的作家来说，显然是不适合的，也是没有原动力的。

印度裔英国作家奈保尔的人生经历与库切存在相似之处，他们青年时期都生活在伦敦，最后都在某种意义上返回了自己的国家。但是奈保尔对移民身份非常敏感，这使得他对于身份认同的书写存在着谜一般的不确定性，而库切则是一个彻头彻尾的怀疑主义者，他的小说和思想都充满了太多的问号，这正是他与奈保尔的本质差别。

除了以上两位文学大师，英国作家 D. H. 劳伦斯（D. H. Lawrence）也是库切早年阅读中占有重要地位的作家，但是库切自己也意识到他跟劳伦斯之间有着巨大的不同——劳伦斯富有激情，那种激情是其所有作品的一个核心，辐射出所有的能量，但库切作品的核心恰恰是激情的缺失。

关于库切有一个流传甚广的采访者的说法，他是这样总结库切的：

> 库切是一个有生理般自律和奉献精神的人，他不喝酒、不抽烟，也不吃肉，他长时间地骑自行车来健身，每天早晨在写字台旁至少写作一小时，从不间断。一位与他共事十多年的同事声称，只见他笑过一次，而据另一位他的熟人透露，在各种晚宴上，库切经常会一言不发。

不管这个形象正不正确——某种意义上它是不正确的，因为库切并没有那么不近人情——它都早已深入人心。这在很大程度上和库切的作品有关，他的作品本身也散发出一种冰冷的美感，充斥着一种冷漠、残酷之美，这种美感是通过疑问的方式被塑造的。

因此，如果要追问库切是谁，唯一可以确定的就是，他是一个怀疑主义者。

学者，评论家，普通人

除小说家之外，库切一直以来为人所知的另一个身份是大学教授。他在南非开普敦大学教授英语文学，同时他还是著名的芝加哥大学社会思想委员会的访问教授。汉娜·阿伦特（Hannah Arendt）以及被誉为"美国当代文学发言人"的索尔·贝娄（Saul Bellow），都是这个委员会的成员。

库切曾经出过两本书评集——《内心活动》（*Inner Workings*）和《异乡人的国度》（*Stranger Shores*），里面包含了库切为《纽约时报》撰写的多篇书评。他的书评既囊括了像卡夫卡、里尔克（Rainer Maria Rilke）这样人所皆知的作家，也涉及像约瑟夫·罗特（Joseph Roth）这样鲜为人知的东欧作家。尽管俗话说"鸟本身不会成为特别好的鸟类研究者"，但伟大的作家往往自身也是非常优秀的文学评论家。亨利·詹姆斯、厄普代克（John Updike）和苏珊·桑塔格都写作过非常出彩的书评。库切也是如此，他对经典作家及其文学作品的评论非常深邃，同时也为广大读者提供了一份极具个人特色的书单。作为一名小说家，库切有大量

库切的一大爱好是骑
自行车

关于创作的"实战经验",尽管他在创作时更多依赖直觉而不是理论,但直觉的获得却以大量阅读和吸收理论为前提。因此,库切的文学评论在很大程度上体现了理论与创作实践的相辅相成。

如果说《内心活动》和《异乡人的国度》体现了库切作为学者和评论家的博学与深刻,那么与保罗·奥斯特的通信则展现了库切作为普通人温情和可爱的一面。在面对媒体的采访时,库切通常会呈现出一种矜持乃至冷酷的姿态。例如,当被问到是否喜欢写作时,库切回答:

> 我并不喜欢写作,所以我必须强迫自己写作,我写的时候感觉很糟,但如果不写我感觉更糟。

有人问他:

> 当您心情不好的时候,你会做什么?听巴赫的音乐吗?喝酒吗?或者写作吗?

他的回答是:

> 我做饭,这很简单,本身又很好,其结果是立即可用的,而且它本身又是非常安慰人的。

再比如,当有人问他"你喜欢什么音乐"时,他的回答是:

> 所有我没有听过的音乐。

在这些访谈中,我们看到的是一个拒人于千里之外的库切。或许面对那些不熟悉他作品的人和来自大众媒体的采访者,他总有种天然的抗拒。然而在与同行保罗·奥斯特的通信中,库切却展示了自己非常随和也非常温暖的一面,这为库切所有的作品增添了另外一重维度——一个日常生活中普通人的维度。

在《此时此地》这本通信集中，库切会和保罗·奥斯特讨论各种各样的话题，大到国际局势和经济危机，小到文学创作和体育赛事。而让人最有日常感和代入感的，恐怕还是库切对个人健康问题的描写。他有一段时间深受失眠的困扰，每天早上头脑昏昏沉沉，却还要坚持写作，写作时脑海中总是会出现莫名其妙的幻象。那是一种很煎熬的感觉，但也会让人意识到文学大师其实也是一个普通人，他也会失眠，也有普通人的烦恼和苦楚。这在某种意义上给予了我们安慰与信心，同时也激励着我们，让我们能够面对自己的痛苦并最终克服它。这是库切跟保罗·奥斯特的通信集非常迷人的一个侧面。

库切作为作家、学者和普通人的三重身份，使得他的创作在某种意义上构成一个稳定的三角形：他的小说、文学评论集和通信集彼此呼应、相互阐释，共同构成了一个异常稳固的、独属于库切的世界。同时，它们也完整地勾勒出了库切的内在自我，反映出库切本人对于文学之本质的探索与追求。

那么，对于库切而言，到底什么是文学，什么是文学的本质呢？

面对《迈克尔·K的生活和时代》遭受的批评——这个我们后面还会详细谈到——库切做出的回应似乎是对以上问题最好的回答。他说：一个人写他想写的书，重点不是落在"一个人"上，而是落在"想"上。这是一个意味深长的回答。所谓"想"，就是个体生命的自我以及由这种自我衍生出的自由意志。因此在库切看来，文学就是个人与世界的结合。在某种意义上，所有的小说都是作家本人写就的一部"自传"，但所有伟大的小说也都无一例外地超越了"自传"，它们不再是沉溺于个人情感的自恋式书写，而是私密独特的自我与外在大同世界精妙的呼应与融合。正像库切以"永远不对自己撒谎"来评价贝克特，作为独立个体的我们也可以从库切的艺术中得到同样的启示——无论如何，尽可能不要对自己撒谎，做自己想做的事，而且要把它做得完美。

通过那些如星座般自成体系、精确而悲伤的作品，库切也向我们展示了一种独特的"库切式绝望"。在库切的笔下，绝望本身就是一种希望，甚至是唯一的希望，那个希望就是诚实地活下去，这并不容易。面对人类历史上的灾难，诚实地活下去或许是抵抗遗忘唯一的办法，也是让人类世界变得更好的精神力量。

2 | 南非阶段

《迈克尔·K的生活和时代》中的政治书写

　　库切写作的第一个阶段是南非阶段，这一阶段的核心作品是《迈克尔·K的生活和时代》（ *Life & Times of Michael K* ）。

　　《迈克尔·K的生活和时代》是确立库切国际地位的一部重要作品，库切凭借它第一次获得了布克奖。1999年，他又凭借小说《耻》再度摘取了布克奖的桂冠，成为有史以来第一位两次荣获布克奖的作家。因此，我们也可以把库切写作的南非阶段称为"布克奖阶段"。《迈克尔·K的生活和时代》与《耻》都是库切最具政治性的作品，也正是对政治的书写与探讨，让库切在这一阶段获得了世界的关注和国际性的声誉。

　　1940年，库切出生于南非开普敦，是荷兰裔移民的后代。他成长于南非种族隔离政策逐渐成形并盛行的年代。1948年至1994年间，南非在国民党执政时实行种族隔离制度，当时占大多数的黑人，其包括集会、结社的各项权利受到大幅限制，从而维持欧洲移民阿非利卡人的少数统治。政府将居民分为四个种族：黑人、白人、有色人种及印度人，而有色人种及印度人又有更细的分类，各种族住在不同的区域中。在1960年至1963年，350万非白人的南非人被驱离他们原来的家园，被迫进入被分隔的区域中，这是近代史上大型的驱离行动之一。

《迈克尔·K的生活和时代》初版封面

《迈克尔·K 的生活和时代》具有非常浓厚的寓言色彩，这主要体现在小说与 18—20 世纪西方文学经典的关系之中。首先，这本书的标题很容易让人联想到卡夫卡（Franz Kafka）。"迈克尔·K"这个名字显然与卡夫卡《审判》（*The Trial*）中的约瑟夫·K 存在某种微妙的呼应。而库切作品中弥漫的荒诞气氛以及对官僚体制的隐性批判，也与卡夫卡作品的主题有着千丝万缕的联系。

另一个呼应点是英国作家笛福（Daniel Defoe）的《鲁滨逊漂流记》（*The Adventures of Robinson Crusoe*）。主人公迈克尔·K 在某种意义上与笛福笔下的鲁滨逊形成一种呼应。鲁滨逊生活在一个地理意义上的荒岛，而迈克尔·K 则生活在道德意义上的荒岛——他所在的地方缺乏正义，就如同鲁滨逊的荒岛缺乏食物一样。

还有一位作家对库切的创作也产生了重要影响，他就是贝克特。贝克特也是一位超越国籍意义的大师，他是爱尔兰人，但却用法语写作，他的作品里充满了非常抽象又荒凉的意象。与贝克特的作品一样，《迈克尔·K 的生活和时代》也是一部非常抽象的作品，它描写的是一个长着兔唇的南非青年的流浪经历，他想陪母亲回到她出生的农庄，一路上经历了各种磨难，他的母亲也在这一过程中去世。他终于来到农庄，却又被误认为是游击队的间谍而遭到囚禁，最后他逃进森林，几近绝食，过着四处流浪的生活。

这部小说甚至在某种程度上也是对凯鲁亚克（Jack Kerouac）《在路上》（*On the Road*）的呼应，但是这种呼应是带有反讽和后现代意味的，因而是某种反面的呼应。在迈克尔·K 的这段像公路片一样的旅行里，没有任何"垮掉派"的浪漫和逍遥可言，它是一段充斥着悲伤、痛苦与折磨的旅程。

我们也可以把《迈克尔·K 的生活和时代》与库切这一时期的另外两部作品进行比较。一部是《等待野蛮人》（*Waiting for the Barbarians*），另一部是《耻》。

《等待野蛮人》也是一个非常有寓言意味的故事，小说主人公是一个无名国度的治安官。他和迈克尔·K 最大的不同在于，他是一个局内人，是政权的一部分，但同时他又像一个局外人，因为从本质上说，他不赞同帝国残暴的统治，更是从心里面抵触政府用制造恐惧来控制大众的手段，但他只能作为官僚体系中的一个机器无能为力地在其中运转。因此，他是一个"看起来像局内人的局外人"。

南非巴克斯特剧院（The
Baxter Theatre Centre）
制作的舞台剧《迈克
尔·K 的生活和时代》剧
照（2020）

迈克尔·K则恰恰相反，他看上去是一个局外人，始终游离于大众和主流社会之外，但却又不得不同时是一个局内人。在流浪的途中，他被不停地牵扯进各个体系中，他被拉到营地里去干活，之后又被拉进医院接受治疗。作为一个"边缘人"，他始终面临着官僚体系的压迫与同化，他是一个"看起来像局外人的局内人"。这是一种非常有趣的对比。

小说的核心——无论是地理意义上的还是心理意义上的——是迈克尔·K的母亲出生的那个农庄。"农庄"是迈克尔·K和母亲逃离开普敦的原因，也是他在遭遇暴力和折磨后唯一的精神慰藉。书中有一段让人动容的话，描写了迈克尔·K在农庄里种植西瓜时的心情：

> 他过去从没尝到过这么甜的水果，这种甘甜有多少是来自种子，又有多少是来自这土地呢？他把这些种子集聚在一起，摊开晾干，从一粒种子到一满把种子，这就是人们所说的大地的恩惠。

整部小说里唯一的恩惠似乎就来自大地。尽管迈克尔·K可能还面临过其他的恩惠，但他唯一愿意接受的恩惠，就是大地的恩惠。

小说的第二部分是以第一人称进行叙述的，叙述者是迈克尔·K所在医院的医生，他对迈克尔·K的治疗情况进行了记录。他无法理解迈克尔·K为什么要绝食，为什么要放弃获得生命的努力。迈克尔·K的这种非暴力的、无声的抵抗，不仅让小说中的医生颇为困惑，同时也在文本之外的现实世界引发了极大的争议。

诺贝尔文学奖得主、南非作家纳丁·戈迪默（Nadine Gordimer）就对这部小说提出了非常严厉的批评，她认为迈克尔·K在强权面前选择了逃避而没有选择斗争。对于戈迪默的批评，一向沉默的库切选择了发声回应。他提到，迈克尔·K曾经也犹豫要不要加入游击队，最后他决定什么都不干。库切对此的说法是："一个人写他想写的书，重点不是落在'一个人'上，而是落在'想'上。"他说，作为书写者，我想让迈克尔·K用逃离的手段而不是参加革命的手段。

库切的回应中包含着一种非常重要的对待政治的态度，它会让人想到著名哲学家汉娜·阿伦特的"平庸之恶"（The Banality of Evil），她在《独裁统治下的个人责任》里有一段话，我几乎视为库切所说。这段话是这样的：

> 我认为那些不参与者的判断标准与此不同，他们自问在放下某种罪行之后，在某种程度上仍能够与自己和睦相处，而他们决定什么都不做要好些，并非因为这样世界就会变得好些，而只是因为只有在这种条件下，他们才能继续与自己和睦相处。因为不管发生什么事情，只要活着，我们就必须和自己生活在一起。

我认为这是库切南非阶段的政治书写中非常重要的问题：怎样才能和自己生活在一起，怎样才能与自己和睦相处？这在本质上是关于自我的问题，库切给出的答案是：不对自己撒谎。

另外一个对《迈克尔·K的生活和时代》的质疑是：库切的文字过于精美，用这样精美的方式描写人类的残暴、邪恶和无能，是不是一种政治不正确？

我曾经听到一位中国当代著名作家为自己的写作进行辩解，当有人质疑他为什么以古代为题材的小说语言都非常优雅，而以当代生活为内容的小说语言则非常混浊粗糙时，他的回答是：描写这样一个混浊的时代，只能用混浊的语言。这恰好与库切形成了一个鲜明的对比。我个人更加倾向于库切的做法，历史与现实的无序和残酷，并不能成为小说语言混乱和粗糙的借口，以精致的语言书写现实的黑暗，更能因反差而产生一种直击人心的力量。

虚构的故事，真实的力量

再来看《迈克尔·K的生活和时代》与《耻》的关系，这两部小说有着非常重要的对应关系。用一个不恰当的比喻，《耻》就像村上春树的《挪威的森林》，它在库切的作品中影响最大，在风格上也与库切其他作品最不一致。然而，就像《挪威的森林》无法体现村上春树作品的精髓，只阅读《耻》也无法让我们领会到库切抽象的、充满寓言色彩的创作风格。《耻》是库切唯一一部具有现实主义风格和倾向的作品，它讲的是一个白人大学教授发生了"me too"事件后回到女儿露西的农庄，在那里遇到的一系列事情。它对种族议题的探讨和南非的历史与现实有着非常紧密的契合，而《迈克尔·K 的生活和时代》则缺乏明显的政治背景和现实指向性，我们不知道迈克尔·K 到底是不是有色人种，只知道他有兔唇，是一个智力稍微有缺陷的年轻人，所以它仍然是一种简朴的、寓言式的风格，跟《耻》是完全不一样的。

关于《迈克尔·K 的生活和时代》还有一个需要注意的地方，那就是小说的结尾。虽然小说前面的描写非常黑暗，但它结尾的最后两个字却是：活着。

在结尾部分，弥留之际的迈克尔·K 出现了幻觉，他幻想着自己跟一个老头回到了农庄，向老头展示被革命军炸毁的大坝下面仍然隐藏着的水源。他告诉那个老人说，只要有水，用这个办法，人就能活。

小说在这里结束，库切并没有交代迈克尔·K 到底有没有活下去，但小说本身并没有因为人物命运的不确定而丧失掉鼓舞人心的力量。在一次访谈中，库切向采访者袒露了一个秘密，那个秘密就是：迈克尔·K 还活着。对于这样一部悲伤的小说，库切的话语是一种非常动人的表示。

美国文学评论家斯坦纳（George Steiner）认为，文学中有些秘密是永远无法揭开的。我们永远无法知道亨利·詹姆斯的《阿斯彭文稿》（*The Aspern Papers*）到底讲的是什么，因为他从来没有声明，他只是一直在寻找文稿。我们也不知道迈克尔·K 最终是否还活着，但小说的结尾依旧带来了希望。

事实上，有时候一个虚构的故事可以拥有比历史和现实更真实的样貌和更具真理性的力量，这一点既体现在《迈克尔·K 的生活和时代》的寓言性质中，也体现在库切第二个阶段（自我阶段）的写作中。

3 自我阶段

自我书写的后现代特征

在自我阶段，库切大量运用自传性的写作，将虚构与真实进行了某种后现代式的糅合，显示出用虚构介入历史与现实的卓越能力。

在库切的全部作品中，自传性写作占有非常重要的甚至是核心的地位，但却往往被大众忽视。由于《耻》的流行，大众对库切的关注往往聚焦于他在南非阶段创作的具有政治预言性的作品。如果说，南非阶段是库切的"布克奖阶段"，那么自我阶段则可以称为库切的"诺贝尔奖阶段"。这一阶段的核心作品是《夏日》（Summertime）。

《夏日》是库切获得诺贝尔文学奖之后的第一部作品，同时也是他前面两部自传性小说——《男孩》（Boyhood）和《青春》（Youth）——的延续。三部小说分别阐述了库切在南非度过的少年时代，在英国伦敦度过的青年时代，以及他从伦敦回到南非后正式成为作家的阶段。

对于库切的自传性写作，人们可能会有一定的质疑。作为一位生活在南非的作家，在社会面临种族和政治等"大我"问题的时候，书写自传性的"小我"是否面临着某种道德上的矛盾和冲突？意识到这点很重要。其实我们每个人在某种意义上都在进行自我神化，这是人的本能，也是一件很正常的事情。书写自我并不是一件不同寻常的事，重要的是一个人出于什么样的动机去书写自我，以及用什么样的方式书写自我。

库切之所以从自我下手，是因为他要将书写自我作为书写现实的重要手段。从这一手段中也可以反向窥探到库切所有写作的秘密。罗兰·巴特（Roland Barthes）提出过一个问题：如何不带任何自得地谈论自己？这是一件非常困难的事情。我们可以用一种相对客观冷静的视角谈论他人，也可以通过一个虚构的故事表达对历史与现实的看法，但当一个人面对并且书写自我的时候，想要做到"毫不自得"，无疑需要极大的勇气。库切的做法非常高明，当然也充满了谦逊的智慧。在自我阶段，他的作品体现出前所未有的、高度的独创性和后现代性，几乎每一部新的作品都有一个不同的、充满后现代色彩的创作手法。他为什么要这样做？我们或许可以从他的"自传三部曲"中找到答案。

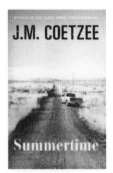

《男孩》和《青春》都有一个副标题，叫"外省生活场景"，这很容易让人联想到巴尔扎克的现实主义巨著《人间喜剧》（*Human Comedy*）。同时，这两部小说都采用了第三人称视角，在描述个人回忆时，库切刻意用"他"而没有用"我"。这些手法都让库切的个人化叙事具有了一般自传性小说不具备的"距离感"与克制感。

在《青春》中，库切还只是一个热爱文学的青年，在挣扎着想找到自己的风格时，他引用了艾略特的一段话：

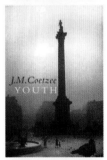

> 诗歌不是对感情的释放，而是对感情的逃避。诗歌不是对个性的表现，而是对个性的逃避，但只有那些具有个性和感情的人才能知道，想要从中逃避意味着什么？

这段话在某种意义上成为揭开库切写作秘密的一把钥匙。它解释了为什么在《男孩》和《青春》里库切会用第三人称描写自己，而且也解释了为什么他的自传性小说中会出现大量的后现代手法。这种写作的后现代性在《夏日》中体现得最为明显。

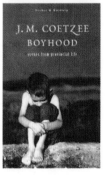

"自传三部曲"《夏日》《青春》《男孩》封面

在《夏日》中，库切想象作为知名作家的自己已经去世，一位年轻的学者想为他写一本传记，因此来到南非采访了五个与他有关的人。这本书主要由访谈构成，在访谈的首尾又嵌进了一些虚构的库切笔记本上的残篇。故事的叙述是碎片式的，只有阅读完五个被采访者的"口述"，读者似乎才能拼凑出一个相对完整的，然而也是想象中的库切。无论是第三人称叙事还是后现代式的拼贴手法，都使得库切的自传性小说实现了艾略特所说的"对感情的逃避"。也只有通过这种"对感情的逃避"，才能够实现罗兰·巴特说的"不带任何自得地谈论自己"。

永远不对自己撒谎

FACT:

福特·马多克斯·福特和贝克特分别是库切硕士论文和博士论文的研究对象，在对后者作品的研究中，库切采用了计算机语体分析的方法。

除艾略特以外，库切还在《青春》中提及了对贝克特的迷恋，他将小说家福特和贝克特进行了对比，指出与福特的虚荣相比，贝克特呈现出一种更为纯粹，也更为谦逊的状态：

> 在福特的作品中存在着他不喜欢，因而一直不愿意承认的妄自尊大的成分，这和福特知道在伦敦西区的什么地方去购买最好的驾车用手套，或如何区分梅多克和博讷葡萄酒的不同有关系；而贝克特没有阶级，或者说在阶级之外，他自己也愿意这样。

"生活在阶级之外"，这不仅是库切对其文学偶像贝克特的评价，似乎也是库切对自我理想状态的想象。在多年之后给贝克特写的书评中，库切说了这样一段话，这段话也完全可以用来描述库切自己的写作：

> 贝克特是一位着迷于这样一种人生观的艺术家，这种人生观认为人生没有安慰或尊严或高尚的承诺，在它面前我们唯一的责任——难以言明且难以实现，但毕竟是一个责任——是不对我们自己撒谎。

回到库切的自传性写作，如何做到不对自己撒谎，是库切自传性写作最基本的原则和道德。在繁复的后现代手法背后，库切作品中隐藏着大量的自传性元素，真实与虚构相互交织，构成了一个如迷宫般复杂的星系。例如，《夏日》中有一个受访者是巴西舞蹈家阿德瑞娜，库切在出版第一本作品之前曾经迷恋过她，但这位巴西舞蹈家对库切却毫无感觉。在访谈里，库切以极为坦诚的态度书写了阿德瑞娜对他的评价：

> "你在暗示他是同性恋吗？"访问者说。阿德瑞娜说："我什么都没暗示，不过他确实不具有女人期望从一个男人身上看到的素质，有力的素质，男人的气质。"

同样，在对《鲁滨逊漂流记》进行重构的小说《福》（Foe）中，出现了一个女性角色，她在最终的成书里是一个英国女人，但是据《夏日》里的评论家说，初稿里面她是一个巴西女人，而且是一个非常干练、美丽、迷人的巴西女人。可见，在构思《福》的故事时，库切同样参考了他和巴西舞蹈家阿德瑞娜的关系。这些小说就像是一个个链接，用后现代的手法编织着库切的一生。

还有一部非常重要的作品是《彼得堡的大师》（The Master of Petersburg），它以伪传记的形式呈现了库切的丧子之痛。所谓"彼得堡的大师"，就是陀思妥耶夫斯基。书中的陀思妥耶夫斯基同样经历了儿子去世的伤痛。因此，在某种意义上，库切是在把自己的悲痛以陀思妥耶夫斯基的名义展现出来。这本伪传记在当年出版后引起了很大的争议。一方面，很多人觉得库切的书写非常真挚，把小说的后现代性跟情感性结合得非常紧密；另一方面，也有很多书评家对这种虚实结合的传记写作提出了质疑，他们认为库切在书中虚构了很多陀思妥耶夫斯基并没有经历过的事情，而一个小说家没有权利去撼动和改变这样一个明显的史实。

其实，虚构带来的震撼有时候并不亚于历史，好的虚构作品

FACT:
库切的儿子尼古拉斯在23岁时从阳台意外坠落身亡。在《彼得堡的大师》中，库切安排"陀思妥耶夫斯基的儿子"巴维尔以同样的方式丧生，以此来隐喻自己丧子的经历。

甚至比历史本身更加富有历史性。例如，托尔斯泰在《战争与和平》(*War and Peace*)中对俄法战争的描写，对沙皇亚历山大一世统治时期历史的分析，就远远超过了一本枯燥甚至严谨的历史书。

在库切自我阶段的作品中，我们能读到一种非常冷静的动人，正是这种冷静的动人，让所有那些具有后现代风格的写作没有沦为浮华的炫技，而是与库切对自我的真诚表达交织在一起。

在采访舞蹈家阿德瑞娜的部分，库切还借阿德瑞娜之口写过这样一段话：

> 我一般看人不会看走眼，请告诉我是否看错了？约翰·库切，因为对我来说他什么都不是，他不具备一个男人最本质的东西，他真的是一个大作家吗？

可以说，库切在《夏日》中进行了深入的自我剖析。他仿佛拿了一把刀把自己切开，让世人看到不管多么伟大的人，在某种意义上都有普通乃至卑劣的一面。而一个人如果不去直面并超越人性中的低俗和卑劣，他也无法配称为伟大。

除了坦白书写阿德瑞娜对自己的无视，库切还在《夏日》中借评论家之口对自己的创作风格做出了"尖锐"的评价：

> 对我来说，我觉得库切作为一个作家，他知道自己在做什么，他有某种风格，但是坦白说，他不是一个巨匠。总而言之，我得说他的作品各种要素都绷得太紧，过于沉稳，过于规整，我得说太节制，太缺乏激情。

这段话像一面镜子，折射出库切对自己作品不够满意的一面——他始终觉得自己的作品缺乏激情，尽管缺乏激情在大众眼里已经成了他最鲜明的书写风格。没有激情到底是一种缺陷，还是一种风格？书写到底需不需要激情？库切在其写作的第三个阶段——澳大利亚阶段——似乎针对这些问题给出了一个非常好的回答。

4 | 澳大利亚阶段

"耶稣三部曲"中的新世界与旧问题

库切写作的最后一个阶段是澳大利亚阶段。这个阶段的核心作品是"耶稣三部曲"——《耶稣的童年》(*The Childhood of Jesus*)、《耶稣的学生时代》(*The Schooldays of Jesus*) 和《耶稣之死》(*The Death of Jesus*)。

三部曲的名字可能会使人疑惑。它们到底是什么类型的小说？是对耶稣生平的戏仿吗？还是像《彼得堡的大师》那样，是一部伪传记？更奇妙的是，除了书名之外，三部曲的文本几乎没有出现"耶稣"这两个字，这让人更加疑惑库切为什么要为三部小说取这样一个充满神学意味的名字。其实，答案就蕴藏在库切写作三部曲时所处的地理空间中。

"耶稣三部曲"是库切移民澳大利亚之后的代表作，相比于背负着种种沉重历史问题的南非，澳大利亚更像是一块新大陆。在《新约》中，耶稣代表着新世界的创生，这恰恰与作为"新世界"的澳大利亚有着某种微妙的呼应。因此，"耶稣三部曲"既不是传记，也不是伪传记，它更像是一个描绘新世界的童话故事。

故事的主人公是一个名叫西蒙的中年男子，他在难民船上遇到了一个和母亲失散的小男孩，这个孩子后来被命名为大卫。西蒙和大卫随船来到一个陌生的世界，他们的记忆都被漂白了，如何在适应陌生环境的同时找回属于自身的记忆，就成了他们在书中需要面对的主要问题。

选择这样一个题材，在某种意义上是库切"别无选择的选择"。他已经写尽了南非的黑暗，已经对自我做了无情的剖析，接下来还能写什么呢？接下来他只能写一个新世界里的老问题。实际上，日光之下并无新事，一个几乎没有历史的新世界也同样会面临人类社会在发展过程中出现的所有老问题。在"耶稣三部曲"里，库切用新的视角向旧问题发出质疑，使得新世界和旧问题形成了鲜明的对比。

小说中的小男孩大卫其实隐喻着标题里的耶稣，他和耶稣一样，代表了某种抽象的、未受污染的纯真。但大卫在某种意义上又是耶稣的一个反面，大卫不是上帝之子，他只是一个普通的人类的孩子，带有人类所有的缺陷。大卫身上神性与人性的混合，使库切得以借这个小男孩之口去向世俗的领域发问。这些拷问灵魂的问题，也因为孩子的懵懂和纯真而变得更加直接，也更加有力。

例如，大卫和西蒙（西蒙在某种意义上是库切本人的一个化身）曾经有过这样一段对话，大卫问西蒙：

> "什么叫施舍？"
> "施舍就是别人的善良，别人的慷慨。"
> 男孩奇怪地看着他。
> "你不会永远靠别人的慷慨过活，"他说，"你得既获取又给予，否则就没有对等，没有公平了。你想做哪种人：给予的人还是获取的人？哪种人更好？"
> "获取的人。"
> "真的吗？你真的这样想吗？给予没有获取好？"
> "狮子就不给予，老虎也不给予。"
> "你想当只老虎？"
> "我不想当老虎。我只是告诉你。老虎并不坏。"
> "老虎也并不好。它们不是人类，所以，它们无所谓善恶。"
> "嗯，我也不想当人类。"

"我也不想当人类"，这句话非常有力，也非常有意思。一方面，它似乎暗示男孩对成人世界一切肮脏和罪恶的抗拒；但另一方面，"只想获取，不想给予"的大卫自身也显露出人性自私的一面。在这个意义上，大卫成了人性最典型的代表。

疑问和矛盾在另外一个人身上也得到了体现，这个人就是《耶稣的学生时代》中的看门人德米特里，他疯狂迷恋着舞蹈学校的一位老师。他肮脏但富有激情，刚好是西蒙的对立面。通过对德米特里的塑造，库切突出了西蒙的懦弱，他的缺乏激情，以及他的略显可笑的冷静。

这三部小说中第一次出现了超现实的元素，在此之前的库切小说虽然有很强烈的寓言色彩，但几乎从未出现过超现实的元素。在帮助大卫寻找母亲的过程中，西蒙遇到了一个叫伊内斯的女人，出于某种强烈的、不可名状的本能，西蒙认定伊内斯在某种意义上就应该是大卫的母亲，尽管伊内斯和大卫并没有血缘关系。奇怪的是，伊内斯没有任何迟疑，欣然接受了成为大卫母亲的命运，她和西蒙组成了一个没有激情的临时家庭来照顾大卫，这在某种意义上是一个超现实的场景。

大卫的聪慧是书中的另一个超现实主义元素。尽管没有受过正规的教育，大卫自己却学会了读书和认字，而且还学会了说西班牙语。在《耶稣的学生时代》中，大卫进入了一所舞蹈学校，学校的老师只教授一种舞蹈，那就是通过跳舞把星星从天上呼唤下来，然后再把星星变成数字。在某种意义上，库切通过小说童话式的剧情展现了理性与非理性、冷静与激情之间的对立。舞蹈学校那种通过舞蹈把星星呼唤下来的做法，显然是非理性的。而在书中大量出现的作为故事背景的人口普查，则塑造了一个"一切皆可被测量"的理性世界。这两个世界形成了鲜明的对比，库切在小说中似乎更青睐那个充满激情的非理性世界。他在书中写道：

> 我想激情是好的，没有激情这个世界将停止运转。我们全都在这里，就是因为激情，某些人对别的某些人的激情。连分子也如此，如果氧气分子没有对氢气分子的激情，我们就不会有水。不会有水就没有一切，不是吗？

一棵盘根错节的果树

在"耶稣三部曲"中，我们依然能看到库切自传性的回想——在《夏日》里被库切迷恋的巴西舞蹈家阿德瑞娜在《耶稣的学生时代》中变成了大卫所在舞蹈学校的老师。这位如大理石般美丽的舞蹈老师和看门人德米特里一起构成了一个激情的组合，他们与西蒙的冷静形成鲜明的对比，并与《夏日》中对库切的无情批评形成了呼应。

同样地，在《耶稣的学生时代》结尾，西蒙开始笨拙地学习舞蹈，这与《夏日》中为了追求阿德瑞娜而参加舞蹈班的库切再度形成了呼应。因此，库切的小说在某种意义上是一个整体，它们彼此连接，构成一个环形的星丛，所有的自传性都似乎是精确而悲伤的星座，在这虚构的星丛中闪耀：

"现在，我不想让你放弃，西蒙。你要抬起双臂，保持自我平衡，你要继续做右收左收的动作，但每一步你都要在四分之一的圆环范围内转向左侧。"

他照她说的做着。"我得坚持多久？"他说，"我感觉眩晕了。"

"坚持。你会克服眩晕。"

他照做了。教室里有些冰凉；他感觉到了头顶高高的空间。梅赛德斯渐渐消失；只有音乐在响。他伸开双臂，闭着眼睛，划着缓缓的圆环移动步子。地平线上，第一颗星星开始升起。

与库切早年充满寓言色彩的作品相比，"耶稣三部曲"的可读性要更强一些，它们对现代读者来说是一个很好的阅读库切的"入口"。如果把库切的全部作品比作一棵果树，那么他在南非阶段创作的政治小说就是黑暗的根系，他的自传性小说是树干和枝叶，晚期的"耶稣三部曲"则是树上最甜美的果实，它们既营养，又好看，既具有形式上的美感，又不缺乏思想上的深度。

推荐书单

1
《安娜·卡列尼娜》
[俄]列夫·托尔斯泰 著 草婴 译
上海文艺出版社，2007年

我们知道托尔斯泰在《安娜·卡列尼娜》里面有一个分身叫列文，但我们同样可以在安娜身上看到托尔斯泰，看到托尔斯泰作为上流社会的一员，在上流社会的虚伪中突然看见真实的光芒出现时，所表现出的惊慌和失措。

2
《一位女士的画像》
[美]亨利·詹姆斯 著 项星耀 译
人民文学出版社，2018年

作为一个常年生活在欧洲的美国人，詹姆斯在这本书中同样表达了面对世界的无限可能时所感到的恐惧和忧伤。

3
《光年》
[美]詹姆斯·索特 著 孔亚雷 译
广西师范大学出版社，2018年

女主角芮德娜用她的故事告诉我们，真正高贵的不是名声，也不是金钱，而是生活中的每一分每一秒。也就是你怎样面对自己的生活，怎样面对自我。这又回到库切所说的，怎样对自己不撒谎，诚实地活着。

伦敦

美国得克萨斯

奥斯汀

库切于 1969 年在得克萨斯大学获得英语和语言学博士学位。图为得克萨斯大学奥斯汀分校,库切第一部小说《幽暗之地》的手稿也保存于此

南非开普敦

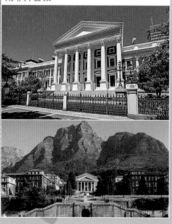

库切 1940 年出生于南非开普敦。图为开普敦议会大厦,也是南非政府议会所在地

1960 年和 1961 年,库切先后于开普敦大学获得英文和数学学士学位。图为背靠桌山的开普敦大学校园

索韦托

纳马夸兰

开普敦

Babylonstore

1962

移居英国,在伦敦国际商用机器公司(IBM)做计算机程序师

1940.2.9

出生于南非开普敦市

1974

出版第一部小说《幽暗之地

Timeline

1940　　　　　　　1950　　　　　　　1960　　　　　　　1970

2002 年，库切根据自己 60 年代在伦敦工作的经历创作了自传体小说《青春》。图为 20 世纪 60 年代的伦敦街景

库切在《等待野蛮人》中隐喻了 1976 年南非黑人反抗种族隔离政策的"索韦托起义"。图为南非最大的黑人城镇索韦托

在第一部小说《幽暗之地》中，库切书写了荷兰人在南非纳马夸兰地区的殖民活动。图为纳马夸兰沙漠

小说《耻》展现了南非白人农场内激烈的种族冲突和殖民主义的被迫瓦解。图为 Babylonstoren 农场，是南非保存最完好的农场

澳大利亚阿德莱德

2002 年移居澳大利亚后，库切任教于澳大利亚阿德莱德大学。图为阿德莱德大学毕业典礼礼堂

阿德莱德

983
借《迈克尔·K 的生和时代》获得布克奖

2003
获得诺贝尔文学奖

1990　　　　2000　　　　2010　　　　2020

encyclopaedic | encyclopedic

ADJECTIVE

Meaning & use

Of, pertaining to, or resembling an encyclopædia (see **1824–** encyclopaedia_*n. 1*); that aims at embracing all branches of learning; universal in knowledge, very full of information, comprehensive.

> **1824** Attempts at bringing knowledge into encyclopedic forms.
> *Blackwood's Edinburgh Magazine vol. 16 26*

Etymology

< **encyclopaedia**_*n.* + **-ic**_*suffix*.

Frequency

encyclopaedic typically occurs about 0.2 times per million words in modern written English.

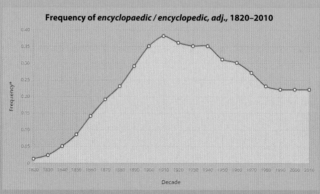

Frequency of *encyclopaedic / encyclopedic, adj.*, 1820–2010

第十一讲

奥尔加·托卡尔丘克

讲述灵魂的存在交响诗

🎤 **高兴**

作者,译者,博士生导师。著有《米兰·昆德拉传》
《孤独与孤独的拥抱》《水的形状》等专著、散文
集和诗集。译有《梦幻宫殿》《罗马尼亚当代抒情
诗选》等作品。主编"蓝色东欧"丛书等。

托卡尔丘克从一开始就把讲故事当作了灵魂的事
情。她始终把讲故事当作勘探存在、发现存在的
最佳方法。从这点来看,她并不是一个解构者,
而是一个建构者。

1 | 历史与幻想之间

被诺奖照亮

偏偏是她，奥尔加·托卡尔丘克（Olga Tokarczuk，1962—　），一位波兰女作家，获得了 2018 年度诺贝尔文学奖。一道强光照亮了她，让她在一夜之间为世界所瞩目。于她，这既是一份巨大的荣耀，也是一种严苛的检验。人们自然而然地会将目光立刻转向她的创作，转向她的作品。而许多人都会心照不宣地想到同一个问题：这一回，诺贝尔文学奖评委会是否做出了令人信服的选择？要知道，即便获得诺奖，也依然有一些作家没能经受住时间的检验，早已黯然失色。

又偏偏是波兰，一个人口不到 4000 万的中欧国家。要知道，继显克维奇（Henryk Sienkiewicz，1846—1916）、莱蒙特（Wladyslaw Reymont，1867—1925）、米沃什（Czeslaw Milosz，1911—2004）和希姆博尔斯卡（Wislawa Szymborska，1923—2012）之后，托卡尔丘克已是第五位获得诺贝尔文学奖的波兰作家。

托卡尔丘克毕业于华沙大学心理学系，1989 年以诗集《镜子里的城市》登上波兰文坛，而后又接连出版《书中人物旅行记》（1993）、《E.E》（1995）、《太古和其他的时间》（*Primeval and Other Times*，1996）、《白天的房子，夜晚的房子》（*House of Day, House of Night*，1998）、《玩偶与珍珠》（*Lalka i perła*，2000）、《多重鼓奏》（*Gra na wielu bębenkach*，2001）、《最后的故事》（*Ostatnie Historie*，2004）、《世界坟墓里的安娜·因》（*Anna In w grobowcach świata*，2006）、《云游》（*Bieguni*，2007）、《让你的犁头碾过死者的白骨》（*Drive Your Plow Over the Bones of the Dead*，2009）、《熊的时刻》（2012）、《雅各书》（*The Books of Jacob*，2014）、《迷失的灵魂》（*The Lost Soul*，2017）、《怪诞故事集》（*Opowiadania bizarne*，2018）等作品，其文学才华和创作成就受到波兰评论界的普遍赞扬，她也因此成为波兰当代文学的代表性作家。

托卡尔丘克

托卡尔丘克创作路子十分宽广，善于在作品中融合梦境、民间传说、神话、宗教故事等元素，善于深入挖掘人物的心理，始终关注波兰的历史命运与现实生活，同时也时刻关心自然，关心环境，关心世界和人类的发展动向。她的小说灵动，轻盈，精准，内在，具有打通现实和非现实、形而下和形而上、自我和多重自我的超强能力，从而获得特别丰富的意蕴。她曾多次获得波兰文学最高荣誉尼刻奖评审团奖和尼刻奖读者奖。2018 年，她因长篇小说《云游》获得曼布克奖国际文学奖（即布克奖）。

2019 年 10 月，瑞典文学院宣布授予托卡尔丘克 2018 年度诺贝尔文学奖，由于她"对于叙事的想象充满百科全书式的热情，象征着一种跨界的生活形式"。诺贝尔文学奖评委会称赞她"运用观照现实的新方法，糅合精深的写实与瞬间的虚幻，观察入微又纵情于神话，成为我们这个时代最具独创性的散文作家之一"。这让她一下子被一道强光照亮，成为名副其实的世界性作家。与此同时，波兰，一个中欧小国再一次因了文学而受到世界的瞩目，这是文学所发挥的不可替代的作用。

FACT：

托卡尔丘克也是首位获得布克奖的波兰作家。

照片上的托卡尔丘克颇有点波希米亚之风，一看就是那种心灵自由、个性十足、无拘无束、活力四射的美丽又可爱的女性。文如其人，用在她身上，倒是蛮贴切的。她的精力太旺盛了，似乎还有着不安分的天性，兴趣和爱好颇多，尚在学生期间，就常打零工，做过各种活计，阴差阳错地学了心理学，但内心并不真正喜欢。她真正心仪的还是写作，但最初并无太大的文学野心，只是喜欢而已。写作之外，她喜欢周游世界，热衷于公益，创办文学节。她不喜欢城市生活，几度搬迁，最终定居于乡村，"成为乡情、民俗的守望者"。

在诺贝尔文学奖历史上，她算得上年轻美丽的获奖者了。诺奖评委会似乎也格外青睐这位"年轻美丽的获奖者"。评委会委员瓦斯特伯格不吝赞词，称她是一位"享誉全球、博识非凡、诗情与幽默并蓄的诗人"，不知向来谦逊的托卡尔丘克听了这番赞美后，会有什么样的反应。

波兰文学的两种面向

为了更加深入地理解托卡尔丘克，我们有必要稍稍打量一下波兰文学。

浪漫主义和现实主义在波兰文学中始终有着深厚的根基。19世纪，亚当·密茨凯维奇（Adam Mickiewicz，1798—1855）无疑是浪漫主义的杰出代表。"我要翱翔于这死灭的世界之上，/向幻想的天堂境界飞行，/那里：神圣的热情产生了奇迹，/洒下了新奇的花朵，/以希望掩覆着它的黄金的光明。"这是典型的密茨凯维奇的诗歌：理想、使命和浪漫、激情紧密相连。他创作的叙事诗《塔杜施先生》（*Pan Tadeusz*，1834）被米沃什誉为"波兰诗歌中最重要的作品"和"世界诗歌中的奇葩"。而到了19世纪末20世纪初，最能代表现实主义的作家应该是亨利·显克维奇。只要读一读他的鸿篇巨制《你往何处去》（*Quo Vadis*，1895），我们就能领略到他的艺术和思想境界。在这部史诗般的作品中，客观性和真实性为批判性打下了坚实的基础。显克维奇也主要因为这部

1234

1 亚当·密茨凯维奇
2 显克维奇
3 米沃什
4 希姆博尔斯卡

作品而于 1905 年赢得了"来自北方的致敬"——诺贝尔文学奖。

无论浪漫主义还是现实主义都贯穿着同一个核心：爱国主义。密茨凯维奇和显克维奇都是大写的爱国者。密茨凯维奇不仅用作品而且用行动表达他对祖国深切的爱恋，为了祖国，甚至"把最后的瞬息都交给了战斗"。诺贝尔文学奖对显克维奇的评价，人们往往只注意到这几句："他的成就显得既巍峨高大又浩瀚广阔，同时在各个方面都表现得高尚和善于克制。他的史诗风格更是达到了艺术上绝对完美的地步。"其实被不少人忽略的另一句更为重要："他那种有着强烈的总体效果和带有相对独立性插曲的史诗风格，还由于它那朴素而引人注目的隐喻而别具一格。"朴素而引人注目的隐喻，这才是关键，才是显克维奇的真正用心所在。在波兰处于异国统治的年代，借助历史来影射当下，是十分智慧的写作策略。

米沃什主要活跃于 20 世纪下半叶，在某种程度上融合并发展了这两种传统。他在 20 世纪 50 年代从波兰"出走"之后，实际上一直念念不忘自己的祖国，始终有意识地将自己置于波兰语境中。地理上的远离背后是心灵上的贴近；表面上的"背叛"隐藏着内心深处的爱国之情。他认为："一个诗人如果拒绝面对凶恶残暴、弱肉强食的现实，就如同生活在愚昧的失乐园里。"他为诗歌下的定义是"对真实的热情追求"。求真，反抗，道德担当，社会责任，爱国主义，人道情怀，始终是米沃什的诗歌主题。

可以看出，密茨凯维奇、显克维奇、米沃什，都有一种"波兰性"，都是典型的波兰作家。他们都以自己的方式干预和介入，都将文学当作了某种武器。而

且他们都认为文学应该为民族服务，都渴望成为民族代言人。

同其他任何文学一样，波兰文学中当然也有另类。贡布罗维奇（Witold Gombrowicz，1904—1969)、舒尔茨（Bruno Schulz，1892—1942)、希姆博尔斯卡都是。贡布罗维奇是自觉意义上的另类，因此也最为典型。从一开始，他就同传统和模式决裂，就坚决主张要让文学独立自主。他的作品充满了荒诞、怪异和游戏。他独特的贡献也正在于此：将现代性引入波兰文学。舒尔茨，波兰文学中另一位"孤独者"，明显地受到卡夫卡的影响和启发，更多地转向内心，转向幻想天地。可惜的是，这位潜力无限的天才作家年纪轻轻便倒在了德国占领军的枪口之下。希姆博尔斯卡写作伊始曾"误入歧途"，写过一些应景诗作，但她及时转变，用机智、轻盈、反讽和幽默应对和处理重大主题，自成一家，作品虽然不多，却每首都是精品。这些作家身上都有着某种"非波兰性"，恰恰是这种"非波兰性"成为他们的文学名片，让他们同样赢得了世界性声誉。

继承与突破

那么，在波兰文学中，托卡尔丘克又属于哪一谱系？哪种传统？又算是怎样的作家？

托卡尔丘克出生于20世纪60年代初，20世纪80年代末以诗歌创作登上文坛。深入托卡尔丘克的背景和作品，我们会发现，很难将她划入波兰文学的某一谱系或某一传统。她其实早就有意识地同谱系和传统保持着距离，或者更准确地说，她早已对谱系和传统有所不满。她特别清楚，谱系和传统既是一种优势和财富，也是一种束缚和局限。即便如此，在她的创作中，影响的痕迹还是明显地存在着。她的细节呈现能力会让我们想到显克维奇；她作品中浓郁的诗意会让我们想到密茨凯维奇和米沃什；她大胆奇异的想象会让我们想到贡布罗维奇；她的梦境氛围会让我们想到舒尔茨；她的机智和轻盈又会让我们想到希姆博尔斯卡。总之，在她的作品中，你可以看到许多波兰文学先贤的影子，但就整体风格而言，她又谁也不像，她就是她自己。现实主义，浪漫主义，现代主义，魔幻和神秘气息，童

话和神话色彩，在她的作品中构成了一种奇妙的混合。她的兴趣十分宽广，历史、文化、自然、物理、乡俗、神话、医学、心理学、解剖学、生物学、电影、音乐等等都是她的关注点和兴趣点。这是需要激情的，而这种激情又会有效地提升她的想象力和创作力。兴趣的宽广，关注的驳杂，知识的丰富，为她的写作创造了无限的可能性。她路子宽广、观念先进，绝不停留于一种传统、主义，一种方法或手段。她似乎总是处于这样的创作过程：吸纳，融合，不满，突破并超越。其创作也确实有鲜明的混合特质。我们既能看到她作品中的波兰性，也能发现她作品中的非波兰性。波兰性和非波兰性的相辅相成，反倒丰富并拓宽了她的文学世界，最终让她成为波兰文学在世界文坛的代表人物。诺贝尔文学奖授予她的基本理由就是："对于叙事的想象充满百科全书式的热情，象征着一种跨界的生活形式。"

这自然和她的人生经历有着直接的关联。在波兰及其他中东欧国家，"东欧剧变"所产生的影响冲击到了社会生活的方方面面。文学也难以幸免，甚至更为明显。在《太古和其他的时间》译序中，译者易丽君先生谈到了 20 世纪 90 年代波兰文坛发生的变化，为理解托卡尔丘克提供了重要线索。随着制度的更迭，官方文学和地下文学的区别已不复存在。波兰文学传统中的重要主题明显减弱，文在 2014 年的作品《雅各书》中，托卡尔丘克讲述了 18 世纪波兰历史上一段几乎被忘记的插曲，一个颇具规模的东欧犹太人团体彻底改变自己信仰成为天主教徒的过程。这些犹太人原本有自己的宗教和习俗，遵从自己的法律，掌控自己的社会机构。后来，一名叫雅各布·弗兰克（Jacob Frank）的反叛者宣布拒绝犹太法典，称自己是弥赛亚，并在犹太神秘哲学中寻找启示。他获得越来越多的追随者。经过各种各样的政治和宗教动荡后，雅各布最终率领信徒在天主教的教堂受洗。小说从雅各布的反对者及其拥护者双重角度进行叙述，并对雅各布生活的那个时代进行了讽刺。作者在获"尼刻奖"后接受电视采访时指出，波兰这段历史曾被形容为一个开放的、包容的、没有对少数民族压迫的历史，可实际上波兰人曾作为多数民族压迫过少数民族，曾有过农奴制，也曾屠杀过犹太人。

核心人物雅各布·弗兰克在历史上实有其人，他是 18 世纪极具争议的犹太宗教领袖，历代假弥赛亚中最声名狼藉的一位。他自称人间救主沙巴塔伊·泽维的转世，与拉比院公开辩论，致力于打破教派规范，宣称犹太教徒有义务越界，乃至改宗，从精神到仪式上与伊斯兰教或天主教结合，其信徒一度高达五万人，他本人亦率众受洗。

学创作开始从宏大转向微小，从高亢转向低语，从批判精神转向艺术追求，从民族代言转向个性表白。相对于国家、民族、社会，故乡、家族、人性、内心成为作家们更多关注的对象。

20 世纪 90 年代正是托卡尔丘克作为作家，成长、发展并奠定自己地位的关键时期。波兰文坛的这些变化从根本上说是作家文学观念的转变。这种转变自然会直接影响她的创作并反映在其创作中。在相当程度上，她本人也已在不知不觉中成为这些变化的促成者和实践者。

相对于米沃什、昆德拉、马内阿（Norman Manea，1936— ）、卡达莱（Ismail Kadare，1936— ）、哈维尔（Vaclav Havel，1936—2011）、赫尔塔·米勒（Herta Muller，1953— ）等比较"政治化"的东欧作家，托卡尔丘克显然不太"政治化"，而更加文学化。但她并非不关心政治，只是不愿把政治和文学纠缠在一起。这也让她的写作获得了更多的普遍性和世界性。

2 | 故事背后的普遍意义

通过隐喻讲述灵魂

不少作家坦言，母亲的影响对于他们的创作至关重要，甚至成为他们创作的原动力。具有戏剧性色彩的是，在几乎同时发表诺奖演说时，来自不同国度的托卡尔丘克和汉德克不约而同地都从母亲谈起。在题为《温柔的讲述者》的诺奖演说开头，托卡尔丘克回忆起了母亲的一张黑白照片以及儿时同母亲的对话。母亲告诉托卡尔丘克想念会令人忧伤，而且还有这样的想念："你会想念你失去的人，也就是说，思念是由于失去。但也可能反过来。如果你想念某人，说明他已经来了。"母亲的这番话从此印刻在她的记忆中。"它使我的存在超越了凡俗的物质世界，超越了偶然，超越了因果联系，超越了概率定律。它让我的存在超越时间的限制，流连于甜蜜的永恒之中。通过孩童的感官我明白，这世上存在着比我想象的更多的'我'。甚至于，如果我说'我不存在'，这句话里的第一个词也是'我在'——这世界上最重要，也是最奇怪的词语。"对于托卡尔丘克，这是顿悟的时刻，是觉醒的时刻：母亲赋予了她灵魂般的爱，让她意识到了灵魂的存在，"我的存在"，存在的存在。它们之间没有边界。而灵魂，在托卡尔丘克看来，就是"这世上最伟大、最温柔的讲述者"。

托卡尔丘克也因此表明了她的写作立场："我写小说，但并非凭空想象。写作时，我必须感受自己内心的一切。我必须让书中所有的生物和物体，人类的和非人类的，有生命的和无生命的，穿透我的内心。"她相信，万事万物皆有灵魂，皆为存在。由此，我们似乎也能知晓她写作的缘由：她写作，是因为她要用灵魂去探索各种各样的存在；她写作，是因为她也要做一个温柔的讲述者。

也就是说，托卡尔丘克从一开始就把讲故事当作了灵魂的事情。考察一下她的创作，我们发现，她也确实相信故事的力量，始终把讲故事当作勘探存在、发现存在的最佳方法。从这点来看，她并不是一个解构者，而是一个建构者。

关键是怎么讲述故事？事实上，一些优秀的作家早就意识到，小说已进入一个"不是写什么而是怎么写"的时代。托卡尔丘克同样在深切地思考这一问题。她坦言，自己早已不满于传统的现实主义写作手法，她认为"现实主义写法不足以描述这个世界，因为人在世界上的体验必然承载更多，包括情感、直觉、困惑、奇异的巧合、怪诞的情境以及幻想"。需要打通各种边界，需要变通和糅合，需要多样化、碎片化和混杂化来呈现同样多样化、碎片化和混杂化的世界和存在。虽然意识到了这一点，虽然深知文学终究是小众之事，托卡尔丘克也并没有因此而故作高深或故弄玄虚，她依然选择了讲故事这一最朴素的方法，依然十分注重故事的可读性、耐读性和亲切性。但她又绝不是那种你一眼就能读透的作家，因为她特别强调的是，故事背后，需要有不断溢出的意义。"讲述总是要围绕着意义进行。"意义应该是讲述存在的基本理由。而这种意义最好通过隐喻来传达，但托卡尔丘克觉得当今的文学恰恰缺乏隐喻维度。心理学的专业背景又让托卡尔丘克格外看重文学中人物心理的呈现。她甚至认为，文学从本质上说，始终都应该是"心理的"。

短篇创作：提炼日常中的荒诞和诗意

我们不妨先来看看托卡尔丘克的一些短篇。翻开《最佳欧洲小说（2011）》，我们会读到托卡尔丘克的短篇《世界上最丑的女人》（*The Ugliest Woman in the World*）。一个马戏团经理娶了世上最丑的女人，他觉得这一行为能够让他与众不同。但与最丑的女人的具体生活却是可怕的，甚至是残酷的。他成了个分裂的人。他对她的感情也很分裂：既厌恶，又依赖，既恐惧，又好奇。而最丑的女人则意识到，人们之所以关注她，就因为他们自己缺乏独特之处，他们是孤独、苍白、空虚的。这篇小说是"一个特别的情感小说，一个特别的心理小说，一个特别的哲理小说，一个特别的寓言小说，或者说，一个特别的情感—心理—哲理—寓言小说，或者干脆说，一个特别的小说，那么的细腻，深刻，悲伤，肌理丰富，让人久久地回味"。小说创作中，短篇其实最能见出功力。艺术品般的短篇有时犹如奇迹，可遇而不可求。

托卡尔丘克的另一个短篇《女舞者》（*Tancerka*）则是个忧伤又令人感动的故事。主人公是位退休舞蹈演员，在乡镇租下一栋危房，将它改成剧院。这一举动最大的意义在于，作为女舞者，她终于拥有了自己的舞台，可以作为"首席女演员"为观众演出了。第一场演出举行时，观众寥寥无几。女舞者又开始筹备圣诞节演出。与此同时，她每天都会给父亲写信，但每次都没有写完。筹备演出，给父亲写信，成为她每天必做的两件事，也成为故事的两条线索。这两条线索相互补充，相互注解，相互丰富，具有极强的互文性。我们也因此窥见了女舞者内心的隐痛：缺失的父爱。父亲总是打击她。这究竟出于什么心理？是因为她是个女孩，抑或父亲只是以此方式不让她去为了艺术受苦受罪？父亲的打击反而成为女舞者的动力。渐渐地，父亲像个对手和挑战者，于她已不可或缺。无论如何，她都要证明自己的天赋。这种动力演变为执念，继而又演变成疯狂。在圣诞节演出遭遇冷场后，女舞者用了整整一个冬天做了件令人惊讶的事情：她竟然在剧院墙上画上了一片观众席。"灯光骤然亮起，大家一下子惊呆了，因为他们发现自己正置身于一间人头攒动的真正的剧院里。就像在电影院一样，观众席、阳台、包厢一应俱全。"这良苦的用心和精心的设计打动了现场的十来名观众，他们为她献上了热烈的掌声。读者非常明白，这其实只是虚幻的辉煌和成功，而且还伴有安慰和同情之意，女舞者依然感动不已。她终于给父亲写了一封完整的信并从邮局寄出。就在这时，父亲去世的消息传来。女舞者感到的不是哀伤，而是莫名的悲愤。她点亮剧院所有的灯光，取来油漆，在观众席上又画上了一张脸，然后朝着那张脸画了个十字，再度起舞。

《女舞者》读起来有点苦涩、凄惨，但不动声色中涌动着一股直抵心灵的感染力和冲击力。故事实际上有两个主要人物，在场的女舞者和缺席的老父亲。女舞者的隐痛、孤独，特殊的心理，父

《世界上最丑的女人》和《女舞者》均出自托卡尔丘克的短篇小说集《多重鼓奏》

亲的倔强和不可思议的情感都会深深打动读者。文字和情感都十分节制，因此更有张力。加上作者精心留出的空白和有意使用的跳跃，为故事添加了些许隐约和神秘的色彩，而这又会激发起读者的想象并呼唤读者的阅读互动。词语的精准不得不令人叹服。此外，小说中两个最突出的细节也让人难忘：壁画观众席和最后的舞蹈。壁画观众席透露出多少复杂微妙的心理：孤独、幻想、着魔，还有自尊和自恋。而故事的结尾犹如神来之笔，出人意料，又极为贴切，完全合乎心理逻辑。

　　而短篇小说《房号》(Numery)则有着机智的构思。故事发生在一家酒店，酒店的结构也自然而然地成为故事的结构。女服务员"我"仅仅是故事的视角，而非主角，只是起到了穿针引线的作用。主角既可以说是酒店，也可以说是酒店的客人。那些客人几乎都是不在场的。用不在场来表现在场，正是故事的绝妙之处。"我"打扫一个又一个房间，也分明是在走近一个又一个人。虽然不在场，但床、床单、地毯、衣柜、卫生间、浴缸、梳妆台、废纸篓，就连空气，都会留下客人的痕迹，都会成为想象和判断的线索，通过痕迹，人的习惯、状态、修养、性格，甚至情绪均一一泄露。我们很容易记住那对日本夫妇，他们已住过一段时间，但房间整洁，干净，不留痕迹，没有气味，看起来仿佛不曾有人住过一般。没有痕迹，也是一种痕迹。这是一种独特的存在。此处的小费细节为我们挖掘并呈现出特别的心理：他们支付小费，有可能是为没能融入这世界而抱歉，为"我"允许他们以这样的方式存在而表示感谢。还有那位连行李都没打开的客人。他的忙碌、仓促、焦虑，甚至他的欲望都通过房间细节暴露给了"我"。在酒店工作，"我"发现酒店就是一个五花八门的世界。可以想见，由于融入观察、判断、想象，甚至白日梦，"我"原本单调乏味的清洁工作顿时有了情趣、味道和色彩。"我"也由此发现了日常中的诗意。

　　表面上看，《房号》是在写酒店，写不在场的人，或者说是在写存在，各种各样的存在。但归根结底，它也是在写日常中的诗意。而从日常中发现并提炼诗意，正是一个优秀作家必须具备的天赋和才华。《房号》的灵感就来自作家自身的经历。有意味的是，故事中的酒店可以在伦敦、罗马、巴黎，可以在其他任何一个首都，背景的模糊反而为故事增添了普遍性。而让作品获得普遍意义，也正是托卡尔丘克的文学追求。

3 | 叙事中的时间哲学

"太古" 中弥散的时间碎片

如果说短篇小说显示出托卡尔丘克精湛的手艺和非凡的功底，那么，长篇小说则给予了她更加宽广的天地，让我们能够集中和充分领略她的才华和境界。托卡尔丘克 1996 年出版的成名作，长篇小说《太古和其他的时间》就有相当的代表性。"太古"是个虚构之地，位于宇宙的中心，但绝不是世外桃源，也并非纯洁之地。世间发生的一切都会直接影响并冲击到它。太古的四道边界意味着四种危险：北面是不安，南面是欲望，西面是骄奢，东面是愚昧。每一面都由一位天使长守护着。神话和隐喻气息从一开始就流露了出来。作者仿佛在告诫读者"不要用传统的阅读方式来对待此书，将它当作一个神话，或一则寓言来读，兴许更好"。

小说空间有限，主要突出时间维度，结构上也具有典型的时间特征：线性的、流动的、单向的、易逝的。但真的有时间吗？我们在阅读这部小说时，不由得会这样思考。倘若没有空间、生命，没有万物作为参照，时间也就不会存在，因此它又是依附的、相对的，既具体，又虚幻，既存在，又不存在。有了生命和万物，才有了时间。单纯的时间并不存在，存在的仅是具体空间、具体事物和具体生命的时间。托卡尔丘克极有可能出于这样的时间考量确定了小说的基本结构：太古的时间，格诺韦法的时间，米霞的天使的时间，麦穗儿的时间，恶人的时间，等等。这样的结构显然是开放的，是弥散的；同时，很容易让作者陷入膨胀和无度状态。但一名优秀的作家必定是懂得艺术分寸的。托卡尔丘克明白，

FACT：

《太古和其他的时间》被誉为"当今波兰神秘主义小说的巅峰之作"，同时也是入选波兰中学课本的国民小说。

《太古和其他的时间》
初版封面

正是一个又一个瞬间或片段构成了时间之流，那么，用一个又一个瞬间或片段来表现时间，岂不是更准确，也更符合时间逻辑？这些瞬间或片段既相对独立，又被同一条时间主线统领着，成为一个整体。

在《太古和其他的时间》中，我们读到的正是一个又一个的时间瞬息或时间片段，但这些瞬息和片段始终围绕着一条时间主线，围绕着太古这一中心，丝毫没有凌乱之感，反倒有着鲜明的整体感。再加细究，我们甚至会觉得，这部小说实际上是用八十余个短篇支撑起的一部长篇。这些故事既独立成章，又相互关联。读者可以像玩纸牌或玩魔方那样阅读此书，不同的搭配和组合会产生不同的阅读效果。精致，灵动，凝练，无拘无束，浓郁的诗意和密布的隐喻，托卡尔丘克短篇小说中的这些特征，在这部小说中均有所体现。可以说，托卡尔丘克作为写作高手的才华在这部作品里发挥到了极致。

万物皆有灵魂

在小说中，作者将目光主要投向了这几户人家：磨坊主米哈乌·涅别斯基家，地主波皮耶尔斯基家，木瓦工博斯基家，此外还有流浪女麦穗儿，疯婆子弗洛伦藤卡，恶人，等等。几个主要人物在书中反复出现，如果将每个人的时间碎片拼合在一起，都能形成比较独立而又完整的人生故事。众多人物的故事仿佛是时间之链上一个个独特的光点，让我们读出了各自不同的意味。格诺韦法的故事中，她与雇工埃利之间的男女之情隐含着幽微的心理和真实的人性。麦穗儿的故事中，我们看到一个"未开化女子"同社会的对峙和融合，但即便"未开化女子"也有尊严，有底线，有预测天分，有自己的生存哲学，并本能地梦想着更美好的世界。米哈乌的故事中，我们感受到了人生的沧桑、艰辛和对人世的领悟。地主波皮耶尔斯基的故事中，我们懂得了什么叫着魔，我们发现，沉湎于游戏，实际上是沉湎于思索存在。恶人的故事，仿佛给我们上了一堂哲学课。当世界迷失了方向时，回到原始，变回野兽，兴许也是一种出路。"一座唯一的森林胜过所有的村庄，所有的道路、桥梁、城市和塔楼。于是恶人便回到森林，永远生活在深林里。"弗洛伦藤卡的故事，让我们忍俊不禁，她指控"月亮总是在窥察她，而月亮的光辉则在镜子里，在玻璃上，在水里的反照中都给她设下了陷阱"。这真是一种疯狂，但这种疯狂也让我们领略到了另一种诗意,富有奇特想象力的诗意。某种意义上，疯狂也是探索存在的一条路径。

　　作者主要写人，间或也写物品、植物和动物，小咖啡磨，果园，游戏，椴树，等等，还写上帝、天使、圣像中的圣母、溺死鬼等。可谓地上天上，万事万物，都在她的视野之内、关怀之中。作者显然深信万事万物皆有灵魂，万事万物都有时间，并且，无论生灵还是事物，都有自己的命运。但作者的着重点还是落在了地上和人间，毕竟我们都活在地上，活在人间。从这一点看,《太古和其他的时间》又是极其"现实主义的"。然而，这是种高级的"现实主义"，调动并融合了隐喻、神话、童话、梦境、寓言、魔幻、荒诞、心理分析、哲学沉思等手法，捕捉了无数意味深长的现实画面和幽微心理。托卡尔丘克的厉害就在于掌握了如此丰富的"武艺"并运用得自然而然，得心应手。这显然既要有艺术修养和知识积累，又要有艺术敏感和创作天赋。

　　《太古和其他的时间》亦真亦幻，虚实相间，空灵，轻盈，自由，总体上并不脱离现实，但又能不断地将现实提升到艺术和思想的高度。历史的痕迹在时间的流逝中一清二楚。两次世界大战，德国和俄国官兵，制度的更迭、变迁，现代化进程等都在小说中留下了印记，并且都融入了时间、故事之中。有多少种存在，就有多少种时间，一种时间就是一种角度，就是一种思维方式。读者可以从各个角度，用各种方式来考察存在。或者反过来说，时间就是存在的各种各样的面孔。时间流逝，万物变化，从生到死，从创造到毁灭，从兴旺到凋零，从无到有，又从有到无；存在也许就是一场游戏。易丽君先生将这部小说称为"一首具体而又虚幻的存在交响诗"，十分准确。小说中的地主波皮耶尔斯基就一直在苦苦地追问："我是怎么来的？我是从哪里来的？我的源头在哪里？我们要向何处去？时间的尽头是什么？"这样的追问一下子触及了人类、世界和存在最最本质的问题，也让小说抵达了某种哲学高度。

　　托卡尔丘克曾如此表达她的写作意图："我们是否可能找到一个新型故事的基础，这个故事是普遍的，全面的，非排他性的，植根于自然，充满情境，同时易于理解。"我认为,《太古和其他的时间》基本上实现了她的这一写作意图。

1

《你往何处去》

[波兰] 亨利克·显克维奇 著
林洪亮 译
南海出版公司，2013 年

以文学方式挖掘和重现历史的惊心动魄的宏伟之作。

2

《费尔迪杜凯》

[波兰] 维托尔德·贡布罗维奇 著
易丽君、袁汉镕 译
人民文学出版社，2018 年

一部以近乎神圣的游戏性和无比惊艳的想象力表现社会荒诞的杰作。

3

《鳄鱼街》

[波兰] 布鲁诺·舒尔茨 著 杨向荣 译
广西师范大学出版社，2020 年

语言的魔术帮助作者深入梦幻世界，最终将平庸和腐朽化为神奇。

4

《被禁锢的头脑》

[波兰] 切斯瓦夫·米沃什 著
乌兰、易丽君 译
广西师范大学出版社，2016 年

沉思，锋芒和棱角，担当精神和道德光芒，让此书充满独特的魅力。

5

《万物静默如谜》

[波兰] 维斯拉瓦·辛波斯卡 著 陈黎、
张芬龄 译
湖南文艺出版社，2016 年

以轻松和幽默的语调和手法处理沉重和深邃的主题，这充分显现了女诗人的诗歌智慧。

6

《世界上最丑的女人》

[波兰] 奥尔加·托卡尔丘克 著 茅银辉、
方晨 译
浙江文艺出版社，2021 年

艺术品般的短篇有时犹如奇迹，可遇而不可求。在《世界上最丑的女人》中，你可以读到好多篇艺术品般的短篇。

7

《轻描淡写》

[波兰] 亚当·扎加耶夫斯基 著
杨靖 译
北岳文艺出版社，2020 年

以碎片化形式书写的随笔，充满丰富的话题和精致的思想，可谓包罗万象又博大精深。

Life Trajectory

《太古和其他的时间》虚构了名为"太古"的波兰村庄。图为波兰的一处农村风光

《云游》中提及的奥德河，为波兰与德国的界河

《白天的房子，夜晚的房子》以波兰和捷克的边界下西里西亚省为背景。图为下西里西亚省局部俯瞰图

1962.1.29
出生于波兰西部绿
附近的苏莱霍夫

Timeline ▼

1960

苏莱霍夫

托卡尔丘克 1962 年出生于波兰西部绿山附近的苏莱霍夫。图为苏莱霍夫高等职业学校

华沙

1985 年，托卡尔丘克毕业于华沙大学心理学系。图为华沙大学校门

《雅各书》揭露了波兰人迫害犹太人的历史。图为波兰犹太人历史博物馆，旨在呈现被大屠杀掩埋的犹太人在波兰的历史

波兰　　华沙

苏莱霍夫

弗罗茨瓦夫

瓦乌布日赫

国

捷克

弗罗茨瓦夫

1985—1986 年，托卡尔丘克住在波兰弗罗茨瓦夫市。图为弗罗茨瓦夫的标志性建筑百年厅

瓦乌布日赫

1986 年起，托卡尔丘克迁居瓦乌布日赫市。图为瓦乌布日赫市中心

1985
毕业于华沙大学心理学系

1986
迁居瓦乌布日赫，在该城的心理健康咨询所工作

1987
凭借诗集《镜子里的城市》在波兰文坛崭露头角

1996
出版长篇小说《太古和其他的时间》

2019.10.10
获得 2018 年诺贝尔文学奖

1980　　　　　1990　　　　　2000　　　　　2010　　　　　2020

language

NOUN (& INTERJECTION)

The system of spoken or written communication used by **c1300-**
a particular country, people, community, etc., typically
consisting of words used within a regular grammatical and
syntactic structure; (also) a formal system of communication
by gesture, esp. as used by deaf people (see sign language_
n.). Also *figurative*.

> **c1300** Þoruȝ godes grace heo was i-lad with men þat onder-stoden
> hire langage.
>
> *St. Thomas Becket (Laud MS.) 55 in C. Horstmann, Early South-English
> Legendary (1887) 108 (Middle English Dictionary)*

Etymology

Anglo-Norman *langage*, *language*, *langwage*, *laungage*, *launguage* and
Old French *language*, **Old French**, **Middle French** *langage* (**French**
langage)

Frequency

language is one of the 500 most common words in modern written English. It is similar in frequency
to words like *although*, *health*, *nature*, and *suggest*.

It typically occurs about 200 times per million words in modern written English.

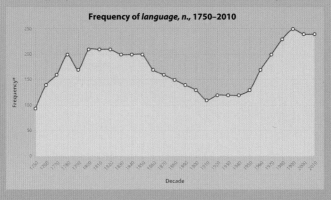

Frequency of *language*, n., 1750–2010

第十二讲

彼得·汉德克

反抗语言的规训

🎤 李敬泽

中国作家协会副主席、书记处书记，中国作家协会全国委员会委员，兼任中国现代文学馆馆长，中国文联第十一届全国委员会委员。著有《会饮记》《青鸟故事集》《咏而归》等。

语言的力量会变为统治权力和统治秩序，会从生命的根部驯服人，汉德克的作品都是从这个问题出发的，由对语言的批判到对资本主义文化和社会的批判到对人的存在的反思。在汉德克看来，要造反，要革命，就要从语言干起。

1 世界蘑菇大王

2019 年 10 月 10 日，瑞典文学院宣布了 2018 年度和 2019 年度的诺贝尔文学奖获得者，他们是波兰的托卡尔丘克和奥地利的汉德克（Peter Handke）。这两位获奖者，汉德克我们比较熟悉，2016 年他曾到访中国，国内也翻译出版了他的主要作品，九卷之多，洋洋大观。

一个文学奖评出来，不管是诺贝尔还是别的什么奖，只要这个奖有影响力，大家关注它，就一定会有或大或小的争议。相比之下，比如诺贝尔化学奖或物理学奖就没什么争议。为什么无争议？原因很简单，那是最强大脑，我们都不懂，都不在常识范围之内，公众不能参与。文学就不一样了，很少有人会谦虚地承认自己不懂文学，文学事关人类生活，事关经验和情感，提供想象和言说，关于人是什么样，人应该和可能是什么样。这几乎不存在什么唯一的真理，大家都有发言权，大家的感受、想法和判断肯定千差万别，在千差万别的对话中逐步形成相对的公论。所以，关于谁是世界上最好的作家，很难有绝对的答案。

当我们确认谁是好作家、哪一部小说是好小说时，每个人都是从自己的有限性做出判断。什么是有限性？就是我们每个人都有独特的性格、禀赋，有自己的经验背景和知识背景，有自己的趣味和偏好。但另一方面，文学给我们的最好的礼物，就在于，它不仅仅是一面镜子，让我们从中找到和认出自己，它还是我们

> **BOX**
>
> 在获得诺贝尔文学奖后的采访中，汉德克表示："这个奖项是一个很矛盾的事，是一个困局。但我意识到，我的确是一个歌德口中'世界文学'的读者，甚至是作家。诺贝尔文学奖评委会做出这样的决定，就说明他们还没有完全理解错世界文学的含义。"

住宅之外的一条街道，村子之外的一片原野，让我们去结识陌生的人，见识那些超出我们感知范围的事，让我们领会他人的内心、他人的真理，由此，我们才不会成为自身存在的有限性的囚徒，去探索和想象世界与生活的更广阔的可能性，或者更准确地说，是不可能性。什么叫不可能性？就是在我们自己的小宇宙里认为不可能，想都没想过，但是现在打开这本书，看着不可能的事物如何被想象、被确切地展现出来。

汉德克是奥地利人，生于 1942 年。汉德克曾经嘲讽诺贝尔奖，说该奖的价值不过是六个版的新闻报道。现在呢，他自己也变成了刷屏两三天的新闻人物。在突然激增的关于汉德克的知识中，我特别感兴趣的只有两点，第一点是他的身份。

身份政治是后冷战时代世界文学的一个重要主题，在新的世界政治和文化格局中，"我是谁"成为一个很纠结、很尖锐的问题，这绝不仅仅是启蒙话语中个人的自我意识问题，它还涉及族群、政治、权力关系。对于全球化体系的边缘地区和边缘人群来说，身份政治尤为重要，比如女性、女权。汉德克看上去好像没有这个敏感的、边缘的身份问题，他是白人男性，奥地利是欧洲和西方文化的中心地带，按说他应该不会为此而焦虑。但其实，他的生父和继父是德国人，他的母亲是斯洛文尼亚人。斯洛文尼亚人的历史说来话长，简单说，就是大部分在斯洛文尼亚，一小部分在奥地利，汉德克的母亲就属于这一小部分，所以才认识了他父亲。斯洛文尼亚是前南斯拉夫的一部分，而十几年前民族主义狂热，前南斯拉夫打成了一片血海。这件事对汉德克的身份意识、对他的创作乃至生活都造成了很大影响。

关于汉德克，还有一点是我特别感兴趣的。除了剧作家、小说家，他还是"世界蘑菇大王"。据他自己说，他是世界上对蘑菇的知识最丰富的那个人，是不是吹牛也不知道。蘑菇还不是指可吃的蘑菇，茶树菇、猴头菇、平菇、松茸什么的，不是，汉德克

FACT：

汉德克为其母亲玛莉亚与德国国防军官埃利希·勋纳曼的私生子，他的继父布鲁诺·汉德克则是驻扎在克恩滕的德国下级军官。

在2016年上映的纪录片《彼得·汉德克：我在森林，也许迟到……》中，汉德克面对镜头将新鲜采摘回来的蘑菇倒在地毯上，拿起小刀熟稔地清理起蘑菇上的泥土，并直言"大家都知道我爱蘑菇成痴，蘑菇真是美好的事物"。

1 | 2
　 | 3
　　1 彼得·汉德克
　　2 3 关于汉德克的纪录片截图，他正在清理蘑菇和做针线活

并不是专精蘑菇的吃货，他感兴趣的是不能吃的、吃了要发疯死人的毒蘑菇。据他说，世上的毒蘑菇有二百多种，他都认识。他为此还写了一篇带点自传性的《试论蘑菇痴儿》，一个人痴迷于蘑菇、寻找蘑菇的故事。顺便一提，除了蘑菇这一篇，他还写了《试论疲倦》《试论点唱机》《试论成功的日子》《试论寂静之地》，这个"寂静之地"就是厕所。

现在，我们看到了一个有博物学兴趣的作家。这样的作家中外皆有，比如纳博科夫也有这方面的兴趣，他不研究蘑菇，而是研究蝴蝶。写作这件事，上班下班没法分得清楚，作家整个的生命都会被放进去，蝴蝶、蘑菇也会不知不觉地进去。纳博科夫的小说就有蝴蝶之美，汉德克呢，他的写作也有毒蘑菇的风格。毒蘑菇艳丽、妖冶，一点也不低调，这艳丽和妖冶是危险的，它是诱惑，也是攻击，骗取你的注意，抵达它的目的。它的目的是什么？就是你的中枢神经，麻醉、致幻、休克等等。所以，汉德克的写作一直受到毒蘑菇的复杂意象的影响。

2 | 对语言的
警觉与批判

人存在于语言之中

瑞典文学院对汉德克有一个简短的评价，"他兼具语言独创性与影响力的作品，探索了人类体验的外围和特殊性"。

——关键词是"语言"。语言问题是我们理解汉德克的那把钥匙。汉德克有一个非常了不起的奥地利同乡：维特根斯坦。维特根斯坦启动了哲学在 20 世纪的语言学转向。关于人，关于人的存在，两千年来众多哲学家苦思冥想，提出无数说法，到维特根斯坦这里，他说，你们都想多了，都没想到点子上，关键在语言，人存在于语言之中。他的论述很艰深，深刻地影响了后来的西方哲学和文学，在汉德克这里，我们就能够清楚地看到维特根斯坦的影响。

汉德克在中国最有名的作品是《骂观众》。2016 年他来中国，所到之处，大家一提问就是请您谈谈《骂观众》。老头儿后来都有点烦了。但《骂观众》确实重要，从《骂观众》入手，我们可以理解汉德克的根本想法和根本姿态，他的世界观和方法论。从那时起，他已经写了四十多年，他的风格当然有变化，但是，这个根本似乎没有变。

BOX

在 2016 年来华期间，面对中国读者对《骂观众》的热情、追问与关注，汉德克以非常坦率的态度表示："我创作这部作品的时候只有 22 岁……希望大家放过我，不要再给我贴上后现代主义这样的标签……《骂观众》这部剧甚至都称不上是一部正规的话剧，就我的创作来说，我认为它更多的是一部完整的话剧前面的引言部分……"

　　《骂观众》很简单，但是惊世骇俗。这是一个剧本，和我们所熟悉的戏剧完全相反，它没有故事，没有人物，没有情节，舞台上也没有布景，甚至就没有传统的舞台与观众的区分。从头到尾，就是四个人，站在那里，喋喋不休、夹枪带棒地骂观众：你们这些蠢货，你们要看的所谓戏剧，不过是"用语言捏造出一桩桩可笑的故事来欺骗观众，将他们引入作者精心设计的圈套"，你们"心甘情愿地受愚弄，毫无思想、毫无判断地接受一种虚伪的、令人作呕的道德判断"。

　　《骂观众》骂的仅仅是戏剧吗？不是的，从根本上说，汉德克是在骂语言。汉德克的创作起于对人类语言的质疑和批判。他和维特根斯坦一样，认为人存在于语言之中，我们之所以是个人，那是因为人类发明了、学习了、使用了语言，离开语言，我们什么都不是，就是没有自我意识的动物，语言是人之为人的根本条件。但由此也带来了一个大问题，那就是，语言是外在于我们的，是异化之物。语言不是我发明的，也不是你发明的，是我们学来的，是一整套社会和文化的知识、传统、能力，强制性地传给你、教给你，不学行不行？当然不行。在这个意义上说，我们的思想、我们的存在都受语言的支配，这种支配是根本的，是我们自己意识不到的，越意识不到越根本，我们都以为是"我说话"，实际上，我们想想，大部分、绝大部分情况下，其实都是"话说我"，我们对此习以为常，我们意识不到。

所以，就要"骂观众"，就要通过这样的冒犯性行动，迫使你意识到这个问题。过去我们讲"灵魂深处爆发革命"，对汉德克、维特根斯坦来说，灵魂深处在哪里？就在语言里。语言绝不仅仅是被使用的工具，也绝不仅仅是指涉着客观事物的符号系统，它不是中立的、透明的，而是自带世界观和方法论。任何一种语言，它都积累、生成着复杂的意义，正是语言所携带的这些意义支配着我们的生命和生活。举一个简单的例子，法国作家罗兰·巴特在《恋人絮语》中曾经谈到，恋爱作为一种情感体验，它植根于一套恋爱话语，不是指向生殖的，而是指向精神的、隐喻的、游戏的这么一套话语。《阿Q正传》里，阿Q面对吴妈，有话要说，又说不出来，憋了半天，憋出一句：我要和你困觉！这就不是恋爱，这是生殖和找打。阿Q不是五四青年，他没有一套恋爱话语，他如果说，我想和你度过每一个夜晚，那会怎么样？也许不会挨打，没准还能谈下去。电影里、电视里、小说里，凡恋爱言情，必须是普通话，用地方方言一定笑场，为什么？因为在中国，恋爱话语本身就是用白话、普通话、书面语建构起来的，我们每个人都是在语言提供的现成剧本中演戏。

如果仅仅是谈恋爱倒也罢了，问题在于，这种语言的力量，会变为统治权力和统治秩序，会从生命的根部驯服人，会让你不知不觉认为女人就是低男人一等，穷人就该永远受穷，唯上智与下愚不移，等等。汉德克的作品，都是从这个问题出发的，都是从对语言的这种警觉和批判出发的，由对语言的批判，到对资本主义文化和社会的批判，到对人的存在的反思。从最初的小说《大黄蜂》开始，他就从根本上质疑传统的西方文学，认为那些小说不过是为人们提供理所当然的、骗人的世界图像，小说作为一种语言方式和话语方式，是虚构的，但渐渐地，这种虚构入侵乃至支配和替换了现实。在汉德克看来，要造反，要革命，就要从语言干起。●

FACT:
《卡斯帕》是德语戏剧中被排演次数最多的戏剧之一，在现代戏剧史上的地位堪比贝克特的《等待戈多》。

FACT:
《骂观众》对我国先锋戏剧导演孟京辉的创作产生了深刻影响，孟京辉的戏剧《我爱XXX》就是一部向汉德克致敬的作品。

从骂语言开始的主体革命

语言是如此重要和基本，它是人类存在的条件和根基，也是文学的条件和根基，在这个问题上干革命，肯定会带来很复杂、很严重的后果。

首先一个后果，就是汉德克认为，所有那些我们以为是小说的小说，有故事，有情节，有人物，有命运，等等，都是骗人的，都体现着语言造就的统治秩序。那么现在，为了让人们觉醒过来而写小说，该怎么办？答案是必须写不像小说的小说，写不像戏剧的戏剧。所以，读汉德克得准备好，如果我们是一个19世纪小说爱好者，那肯定会很生气，你不一定觉得他在骂你，但肯定会觉得他在浪费你的时间。

另外一个后果更为根本。如果我们认为语言是人类的牢笼，使我们既无法认识自己，也无法认识世界，但同时，人又不得不在语言中存在，汉德克还得用德语写小说，那么怎么办呢？这不是无解的悖论吗？

在汉德克看来，这正是人的悲剧所在。在他的另一部戏剧《卡斯帕》中，一个人生下来，喘气儿，活着，当然这还不行，他得"通过语言真正地生下来"，于是就开始学语言，但是，"当我学会第一个词，我便掉进了陷阱"。卡斯帕这种进退维谷的命运就是人类命运的象征。可以说，汉德克的写作就是为了应对、反抗这个命运，把人从作为一种统治秩序的语言中解救出来，让人身上和心里那个沉默的、无言的"我"活过来，发出声音，获得语言，不是"话说我"，而是"我说话"。

但是，"我说话"何其难啊，一个人去掉现成话语的遮蔽和支配，把自己、把这个所谓"主体"呈现出来，这是很难的事。这就好像我们自己，现在忽然发了疯，"惟陈言之务去"，排除所有现成的话，看见今晚的月亮不要想李白、苏轼，不要想嫦娥、玉兔，只把今晚的这一轮月亮说出来，赤条条无牵挂地说出来；然后同样的，关于你的生活，关于你自己，排除所有现成的意义话语，你说吧——我估计绝大部分人就无话可说了，反正我是无话可说，一台电脑卸载了系统，那还怎么运行？

这既是逃避和反抗，反抗语言的规训，同时，也是探索、发现，你不得不最

1966 年，《骂观众》在法兰克福 Theater am Turm 首演

直接地注视自己和世界，并找到、发明相应的语言。在这个过程中，你实际上是要成为自己的上帝，要有光，靠自己的光照出自己、创造自己，自己把自己生出来、长起来。在生活中，真要这么干，跟疯了也差不太多，所以，我们没必要这么干，我们读汉德克的书就可以了。

但汉德克的书真的难读。他的小说不是回音壁，不是音乐会，他一点都没打算让读者舒服，读者舒服他就失败了。这里还会碰到一个问题，就是翻译。瑞典文学院所赞许的语言当然是汉德克的德语，而我们读的是翻译过来的汉语，从德语到汉语，等于过了一遍筛子，故事、情节、人物、命运，哪还可能剩下不少，而这些在汉德克那里本来也没有多少，他有的是"语言"，但偏就是这个语言，过完筛子就基本不剩下什么了。我读汉德克，总觉得结结巴巴、不知所云。我相信，汉德克的德语原文很可能也是结巴的、缭绕的，不会那么流畅，他本来就是要表现意识和主体的原初的生成，这种生成肯定是不熟练的，不可能是顺口溜。这种语言瑞典人能看出好，看出创造性，汉语读者能不能看出来就不好说了。由此看来，人还是应该学语言，除了汉语，最好还要学外语。

3 | 直面泥泞的人类困境

我认为我理解汉德克的理念，但是我不知道我是否喜欢他的作品。就理念来说，虽然看上去很本质，很尖锐，但我总觉得那近于屠龙之技，杀龙的技术，技术很高，很新，但龙在哪里？或者说，在欧洲语境下，他的批判缺乏真正的政治性。人固然是生存于语言，一竿子插到语言上去，能搞出五花八门精致的理论，也能搞出各种惊世骇俗的当代艺术，但也很可能回避了现实的和结构性的社会政治疑难，沦为无关痛痒的撒娇。这不仅是汉德克的问题，也是欧洲，特别是西欧文学的问题。我在别的场合说过，西欧小说已经失去了动力，因为它的意识封闭掉了，自以为"真理在握"，它不再能面对真正的问题，不再能经受人类生活严峻复杂局面的考验。

从斯洛文尼亚到南斯拉夫

然后，考验来了，正好掉在汉德克头上。前面说到，他的母亲是斯洛文尼亚人，虽然属于奥地利这边，但毕竟斯洛文尼亚民族的主体是在南斯拉夫。20 世纪90 年代冷战结束后，社会主义的、以斯拉夫人为主的南斯拉夫土崩瓦解，发生残酷的内战，这是二次大战后在欧洲发生的唯一一场战争，而斯洛文尼亚率先宣告独立，投向西方阵营，为这场战争拉开了序幕。后殖民后冷战时代给世界上很多人带去了身份上的纠结、危机，南斯拉夫忽然打起来了，换了别人也就是看新闻看热闹，而汉德克却与之有着很深的关系。由此，我们也看到身份问题的复杂性，它不是身份证上的照片和号码那么简单，人有层层叠叠的身份和认同，比如我，是中国人，是山西人，是山西运城人，是山西运城芮城人，像个俄罗斯套娃，但我要是碰见河北人，我又马上变成了河北人，河北保定人，河北保定顺平县人，因为那是我母亲的家乡。我的认同可能随境遇而变化和变换，认同与认同之间、身份与身份之间，很多时候并行不悖，你是个山西人一点不妨碍你同时是个司机，是个男人，是个父亲，是个中国人，但有时会发生冲突，会撕裂和断裂，特别是在严峻的社会历史局面中，人很可能会陷入身份危机，某些自然的、休眠的身份可能被唤醒，人甚至会脱胎换骨，为自己发明新的身份，建构新的认同。比如汉德克，他身上流着斯洛文尼亚人的血、斯拉夫人的血，对他来说这未必是多大的事，但在战争这场悲剧中，他忽然意识到自己不是看戏的人，他不是新闻的看客，他的批判性理念过去运行在语言层面、个人的日常经验层面，现在，他面对着大规模的杀戮、仇恨、面对历史和现实矛盾的总爆发，他身在其外，心在其中，斯洛文尼亚的事、南斯拉夫的事一定程度上也是他自己的事。

于是，他来到了塞尔维亚、斯洛文尼亚、波斯尼亚，一路走过去，写了三篇文章：《梦想者告别第九王国》《多瑙河、萨瓦河、摩拉瓦河和德里纳河冬日之行或给予塞尔维亚的正义》，还有《冬日旅行之夏日补遗》。这三篇文章的中文版收入在《痛苦的中国人》中，大家看书名都以为和咱们有点关系，实际上没什么关系。认真读完这三篇文章，我认为汉德克此前的作品如果是飘着的，那么这三篇就是他的锚，扎到了泥泞的、迫在眉睫的人类困境和苦难中去，在极其复杂的历史和现实境遇里艰难地探索什么是真实，什么是正义。

前南斯拉夫问题，确实极其复杂，上千年的一团乱麻，如果在这里说清楚，就不是谈文学，而是变成讲历史了。简单地说，在当时的西方舆论中，在西方知识界、文学界，关于前南斯拉夫的内战形成了一个固定的剧本，牢不可破，在这个剧本中，塞尔维亚是邪恶的，是进行种族屠杀的一方，塞尔维亚领导人米洛舍维奇几乎就是一个小号的希特勒，美国人是这样认为的，西欧人、德国人也是这样认为的。但是我们知道，汉德克对这种写好了的

FACT：

1999 年，在北约空袭南联盟期间，汉德克曾两次穿越塞尔维亚和科索沃旅行，甚至为了抗议德国军队的轰炸而退回了 1973 年授予他的毕希纳奖。

《痛苦的中国人》封面

剧本根本不信任，那往往只是意识形态的统治秩序的产物，而就南斯拉夫来说，这套剧本显然是冷战的延续，不仅因为南斯拉夫曾是一个社会主义国家，更因为南斯拉夫、塞尔维亚是"斯拉夫"，北边还有一个"斯拉夫"，就是俄罗斯。

现在，汉德克来到昔日的战场，从冬日到夏日，他面对着阴郁、沉默的人们，那些塞族人，那些被指认的罪人。他的行文、他笔下的人依然是迟疑、艰难、不连贯的，但我想，这未必完全是翻译的问题，这也不仅是从空无中自我生成的艰难，这是一种被专横的话语暴力压制着，压制到沉默之后的艰难，是面对世界无话可说、知道说了也白说的无望和凄凉。在这里，汉德克对语言和文学的批判落到了土地上，落到了焦土和废墟上，扩展到对媒体语言、信息语言的政治批判。他发现西方媒体围绕南斯拉夫发生的事制作了一套远离真实、漠视真实的非黑即白的图景，深刻地控制、支配着人们的思想，进而控制和改造了现实。在这里，虚构就是这样变成现实的，语言就是这样被抹去声音的。汉德克面对着这片土地上活生生的悲剧，忍不住想象，一切本来可以不这样，原来的南斯拉夫或许能够构成第三条道路，各民族可以在其中和平相处，但是，在西方的推波助澜下，南斯拉夫被毁掉了，他说，"这是一个很可耻的行为"，进而，他站出来说：我们也应该听听塞尔维亚人的声音，我们应该思考一下塞尔维亚人的正义。

也就是说，汉德克并没有简单地站在斯洛文尼亚这边，实际上，就像刚才说的，斯洛文尼亚率先独立，迅速完成了民族和国家身份的转换，不再是"斯拉夫"，而是属于中欧，向着西欧。我感觉，汉德克对于这个民族如此轻率地转身是痛惜的，在他的眼里和笔下，这个新的国家如此轻佻，他一点也不喜欢德国化的斯洛文尼亚。他的认同经由斯洛文尼亚转向了原来的南斯拉夫，这使他的批判意识获得了一个支点：人们站在审判者和成功者一边，那么，为什么不听听被审判者和失败者的声音？这到底是不是一个公正的、追求真实的法庭？

勇敢的诺贝尔奖

这之后，汉德克就闯祸了，他被骂惨了。在大街上骂观众是要付出代价的，

BOX

2006年，汉德克公开参加塞尔维亚前总统米洛舍维奇的葬礼，这一举动引起了西方媒体的攻击，一些欧洲国家取消了汉德克剧作的演出安排，德国杜塞尔多夫市政府则拒绝支付给汉德克海涅奖的奖金。2014年，汉德克获得易卜生奖，一些西方学者对此表示不满，认为"把易卜生奖颁给汉德克就等同于把康德奖颁给戈培尔"。

《柏林苍穹下》海报

背叛他的西方精英身份和认同的结果是，汉德克成为西方文学界和知识界公认的"混蛋"。这厮获得诺贝尔奖，他们气炸了：你们怎么能把奖给了这么一个家伙，他说塞尔维亚也有正义，他甚至参加了米洛舍维奇的葬礼！

在这件事上，我佩服瑞典文学院。他们艺高人胆大，敢于发一回疯，以此证明他们没有失去语言和精神的弹性。虽然以我的知识，无法对前南斯拉夫问题做出深思熟虑的判断，但这样一个作家，他一直力图自己把自己生下来，离群索居，艰难地让沉默化为语言，然后，在命运（对不起，他不喜欢这个词）来临时，他忽然发现，所谓"人类体验的外围和特殊性"在越出了资本主义世界的日常经验之后竟是不可触碰的，他走过去了，决意把自己放到困境中去，走进被放逐的人群之中，至此，被他生下来的那个自己，才真正走进世界。这个欧洲老炮儿，他让我想起阿尔及利亚战争期间的加缪，我因此喜欢他，尽管他在很多人眼里是个混蛋，尽管他的大部分作品我其实看不下去。

汉德克，他也是维姆·文德斯的著名电影《柏林苍穹下》的主要编剧，在那部影片里，有一首诗一直回响：

当孩子还是孩子时，走起路来摇摇晃晃，幻想小溪是河流，河流是大川，而水坑就是大海。

当孩子还是孩子时，不知自己是孩子，以为万物皆有灵魂，所有灵魂都一样，没有高低上下之分……

推荐书单

1 《痛苦的中国人》

[奥地利] 彼得·汉德克 著 刘学慧、张帆 译

上海人民出版社，2016年

《痛苦的中国人》实际上和中国人没什么关系。在这本小说里，"痛苦的中国人"是一个隐喻和象征。在他的语境里，所谓"中国人"，差不多就相当于远方的人或者是陌生的人，从世界尽头来的人。这本书最重要的部分就是前文提到的汉德克的一系列游记。

2 《试论疲倦》

[奥地利] 彼得·汉德克 著 陈民、贾晨、王雯鹤 译

上海人民出版社，2016年

收录了汉德克从20世纪80年代末到2013年创作的五篇叙事作品，这些作品集中体现了他对传统叙事模式的颠覆与解构，之前提到的《试论蘑菇痴儿》和《试论寂静之地》，也都收录在这本《试论疲倦》之中。

3 《骂观众》

[奥地利] 彼得·汉德克 著 梁锡江等 译

上海人民出版社，2013年

上海人民出版社出的汉德克文集，其中囊括了他的一系列剧本，其中以《骂观众》最为出名。

Life Trajectory

德国杜塞尔多夫

1966 年，汉德克移居德国杜塞尔多夫市。
图为杜塞尔多夫老城

奥地利萨尔茨堡

1979 年，汉德克回到奥地利，
生活在萨尔茨堡。图为萨尔
茨堡的粮食胡同

杜塞尔多夫

奥地利格里芬

汉德克 1942 年出生于奥地利克恩滕州的
格里芬。图为位于克恩滕州的大钟山

维也纳

萨尔茨堡

格拉茨

格里芬

斯洛文尼亚

塞尔维

《梦想者告别第九王国》中提到的特里格
拉夫峰，是斯洛文尼亚西部尤利安山的
主峰

1966
发表剧本《骂观众》，
在德语文坛引起轰动

1979
返回奥地利，在萨
茨堡隐居，创作风
开始发生转变

1961
在格拉茨大学修读法
律，成为"格拉茨文
学社"的一员

1973
获得毕希纳文学
奖，移居巴黎

1942.12.6
出生于奥地利格里芬

Timeline

1940   1950   1960   1970   1980

奥地利格拉茨

1961 年，汉德克在格拉茨大学修读法律。图为格拉茨大学主楼

汉德克曾两次穿越塞尔维亚旅行，并写作相关游记。图为塞尔维亚国家博物馆

《痛苦的中国人》中提到的德里纳河

《多瑙河、萨瓦河、摩拉瓦河和德里纳河冬日之行或给予塞尔维亚的正义》反思了1995 年的斯雷布雷尼察大屠杀。图为斯雷布雷尼察 - 波托卡里纪念中心

2019.10.10

获得 2019 年诺贝尔文学奖

▽

2000　　　2010　　　2020

图书在版编目（CIP）数据

12 堂小说大师课 . Ⅱ , 谁在书写我们的时代 / 李敬
泽等著 . 一北京：生活·读书·新知三联书店 , 2023.10
（三联生活周刊·中读文丛）
ISBN 978-7-108-07684-7

Ⅰ . ① 1… Ⅱ . ① 李… Ⅲ . ① 小说家－作家评论－世
界② 小说评论－世界 Ⅳ . ① I106.4

中国国家版本馆 CIP 数据核字 (2023) 第 147896 号

特邀编辑	蔡雪晴
责任编辑	王晨晨
装帧设计	蔡　煜
责任校对	张　睿
责任印制	宋　家
出版发行	生活·讀書·新知 三联书店
	（北京市东城区美术馆东街 22 号　100010）
网　　址	www.sdxjpc.com
经　　销	新华书店
印　　刷	天津图文方嘉印刷有限公司
版　　次	2023 年 10 月北京第 1 版
	2023 年 10 月北京第 1 次印刷
开　　本	720 毫米 × 1020 毫米　1/16　印张 17.5
字　　数	265 千字　图 262 幅
印　　数	0,001 − 8,000 册
定　　价	99.00 元

（印装查询：01064002715；邮购查询：01084010542）